El Quetzal y la Cruz

Para Rodrigo & Andrea,
un poco de historia de
Guatemala.

Conrado
12/23/2021

El Quetzal y la Cruz
EL ÚLTIMO PRINCIPE MAYA

UNA NOVELA HISTÓRICA

Conrad Samayoa

Copyright © 2012 por Conrad Samayoa.

Número de Control de la Biblioteca del Congreso de EE. UU.:		2012911890
ISBN:	Tapa Dura	978-1-4633-3158-0
	Tapa Blanda	978-1-4633-3157-3
	Libro Electrónico	978-1-4633-3159-7

Todos los derechos reservados. Ninguna parte de este libro puede ser reproducida o transmitida de cualquier forma o por cualquier medio, electrónico o mecánico, incluyendo fotocopia, grabación, o por cualquier sistema de almacenamiento y recuperación, sin permiso escrito del propietario del copyright.

Esta es una obra de ficción. Los nombres, personajes, lugares e incidentes son producto de la imaginación del autor o son usados de manera ficticia, y cualquier parecido con personas reales, vivas o muertas, acontecimientos, o lugares es pura coincidencia.

Este libro fue impreso en los Estados Unidos de América.

Para pedidos de copias adicionales de este libro, por favor contacte con:
Palibrio
1663 Liberty Drive
Suite 200
Bloomington, IN 47403
Llamadas desde los EE.UU. 877.407.5847
Llamadas internacionales +1.812.671.9757
Fax: +1.812.355.1576
ventas@palibrio.com

A María Eugenia, mi esposa; gracias por las sugerencias y su comprensión.
A mis hijos, Evelyn y Alex.

Personajes K'iche

TECÚN UMÁN, También conocido como Ahau Galel, Príncipe Tekún; Nima Rajpop Achij traducido como Gran Capitán General Tecúm, Nieto del Rey Don K'iqab. TECÚM UMÁM

IXCHEL, prometida de Tecún Umán

YUM KAAX IX, Canciller del Reino

KAKUPATAK, Ministro de la Guerra, Mentor de Tecún Umán, Ex Ayudante del Rey Don K'iqab

CHILAM KINICH, Capitán de la Guardia Imperial

IXMUCANE, Madre de Ixchel

K'ETZALIN, Hermana de Ixchel

AH PUCH KISIN, Sacerdote Supremo

IXPIYACOC, Amigo íntimo de Tecún; posteriormente ayuda del Ministro de la guerra Kakupatak

VUKUB, Amigo íntimo de Tecún, posteriormente su ayudante

XAHIL, Rey K'akchiquel o Cachiquel

ACAJAL, Rey de los Tz'utujils o Zutujiles

Personajes Españoles

PEDRO DE ALVARADO Y CONTRERAS, Conquistador de los reinos maya, Vencedor de Tecún Umán

HERNÁN CORTÉS, Conquistador de Méjico, posteriormente Virrey de la Nueva España(Méjico), Jefe de Alvarado

CRISTOBAL DE OLID, Capitán, Ayudante de Alvarado

PEDRO PORTOCARRERO, Capitán, Ayudante de Alvarado

JUAN DIAZ, Sacerdote Católico, miembro de la expedición de Alvarado en la conquista del reino K'iche

JUAN GODINEZ, Sacerdote Católico, miembro de la expedición de Alvarado en la conquista del reino K'iche

JUAN ARGUETA, Sargento, salvador de Alvarado durante la batalla final contra Tecún Uman

DIEGO GÓMEZ DE ALVARADO, Padre de Pedro de Alvarado

MEXIA SANDOVAL, Madre de Pedro de Alvarado

ALEJANDRO Y SARA SANDOVAL, Tio de Alvarado; esposa de Alejandro

RODRIGO SOSA, primo de Alvarado

GÓMEZ, DIEGO, JORGE, Hermanos de Pedro de Alvarado

Dioses Maya

K'UQ'MATZ, La serpiente emplumada; también conocida como QUETZALCOATL (maya-quiche), Patrón de la casa real Tekún; también llamado Q'UQ'MATZ
AH MUN, Dios del Maiz
AH MUZENCAB, Dios de las Abejas
AH PUKUB, DIOS DE LA MUERTE
AWILIX, PATRON DEL REINO K'ICHE
AKNA, Diosa de la fertilidad
AHAU, Señor o rey
BALAM, Dios Jaguar, Brujo o Shaman
BULUC CHABTAN, Dios de la guerra
CACOCH, Dios creador
CHAAK, Dios de la lluvia
HUN HUNAPÚ, Padre de los héroes Maya (Ixpiyacoc and Vukub)
IXBALANQUÉ, Dios Jaguar o Dios Sol
JAKAWITZ, Diosa Madre
NAHUAL, PROTECTOR/ ANGEL GUARDIAN
TEPEU, Creador
TONATIUH, EL SOL O EL DIOS SOL
TOJIL, Dios Jaguar
VUKUB CAQUIX, Pájaro-demonio
XIBALBÁ, REY DEL INFIERNO O DEL BAJO MUNDO

Fechas Importantes

11 de Agosto 1500 (11 de Agosto 3114 Calendario Maya), fecha del nacimiento de Ahau Galel, Tecún Umán or Tecúm Umám 1488, Fecha del nacimiento de Pedro de Alvarado

T'ZOLKIN, Calendario Maya Corto o abreviado

HAAB, Calendario Maya completo o extenso

VENUS, ESTRELLA DE LA MAÑANA Y LA NOCHE, INTIMAMENTE RELACIONADA CON DESASTRES NATURALES, GUERRAS O GRANDES EVENTOS COMO LA FECHA PROPICIA DE PLANTAR EL MAIZ.

CICLO DE VENUS, 52 SEMANAS EN EL CALENDARIO MAYA COMPLETO

PREDICCIONES MAYA HASTA EL AÑO 6885 (APROXIMADAMENTE DICIEMBRE 2012)

NOCHE TRISTE, 30 de Junio 1520- 1 de Julio 1520(Tenochtitlán, capital del imperio Azteca.

OTROS PERSONAJES IMPORTANTES: XICOTENGA, CACIQUE DE LOS TLAXCALTECAS

LUISA DE XICOTENCALT, TAMBIEN CONOCIDA COMO LUISA DE TLAXCALA PRINCESA TLAXCALTECA, POSTERIORMENTE ESPOSA DE PEDRO DE ALVARADO; HIJA DE XICOTENGA

Reinos Maya

K'ICHE, también conocido como Kek'chi, QUICHÉ
K'AKCHIQUEL, Conocido como Cakchiquel, Cachiquel
TZ'UTUJIL, Zutujil, Tz'utuhil
CIUDADES Y OTROS LUGARES IMPORTANTES:
K'UMARKAJ, GUMAARKAJ, CAPITAL DEL REINO K'ICHE
IXIMCHÉ, CAPITAL DEL REINO K'AKCHIQUEL
CHUITINAMIT, CAPITAL DEL REINO TZ'UTUJIL
TENOCHTITLÁN, Capital del Reino Azteca
VERA CRUZ, Nuevo nombre del enclave de Villa Rica, actualmente
    VERACRUZ, Méjico
BADAJÓZ, una provincia del nuevo imperio de España lugar del
    nacimiento de Pedro de Alvarado
ESPAÑOLA, Isla en el mar Caribe, también conocida como
    HISPANIOLA, ahora Labadee, territorio de Haití.
ISLA DE JUANA, Actualmente Cuba.

SOLO EL CIELO SOLITARIO ESTÁ ALLI. SOLAMENTE EL MAR ESTÁ ACUMULADO BAJO EL CIELO; NO HAY NADA, ABSOLUTAMENTE NADA ESTÁ JUNTO. ALGO QUE PUDIERA ESTAR, SIMPLEMENTE NO ESTÁ: SOLO SUSURROS, OLAS EN LA OBSCURIDAD, EN LA NOCHE. DENTRO DE LAS AGUAS TENEBROSAS RESIDIA UN DIOS, SOBERANO, SERPIENTE EMPLUMADA, ENVUELTA EN PLUMAS VERDE-AZUL DE QUETZAL, EL DIOS CELESTIAL, CORAZÓN DEL CIELO, TAMBIEN LLAMADO HURAKAN DESCENDIÓ Y SE UNIÓ A ÉL.

DEL LIBRO SAGRADO MAYA-K'ICHE POPOL VUH (WUH)

Capitulo 1

Lejos, muy lejos, miles de kilómetros del otro lado del inmenso Océano Atlántico, en las montañas de Meso-América, ahora Guatemala, todavía desconocida para los Europeos, existía una ciudad grandiosa llamada K'umarkaj, una gran metrópolis, capital del imperio K'iche, poblada por los últimos descendientes directos de los Maya, los Quichés.

La ciudad estaba construida alrededor de una plaza central masiva, con el templo de Tojil, el Dios Jaguar, patrón de la ciudad, orientado hacia el poniente. El templo dedicado a la Diosa mayor, Awilix tenía su fachada principal hacia el norte. El templo de Jacawitz, la Diosa madre miraba hacia el sur. La estructura más impresionante, orientada hacia el oriente estaba consagrada a K'uq'matz, la serpiente blanca emplumada- Q'UQ'MATZ para los K'iche, protector de las cuatro casas reales del reino. Cada casa real gobernaba el reino rotando el poder cada cinco años. El templo estaba construido de manera que la luz de la mañana iluminaba el altar mayor, dándole una atmósfera etérea. En el interior, en el vestíbulo, una estatua inmensa de K'UQ'MATZ les daba la bienvenida a los fieles. Este templo gigantesco también albergaba el salón del consejo, una estructura masiva donde el consejo supremo del reino discutía las leyes y tomaba las decisiones más importantes que afectaban al reino.

Todos los templos estaban construidos con grandes bloques de piedra gris, albergaban suntuosos jardines y veredas por donde los fieles podían deambular y meditar. Cientos de variedades de flores adornaban los diseños intrincados, con las orquídeas desplegadas en un tapiz de colores múltiples, blancos, rojos, amarillos, morado, entremezclados con largas y ondulantes colas de Quetzal, pinos fragantes, con fuentes cuyas aguas cristalinas susurraban en tonos suaves y melódicos.

Cuatro canchas grandes para el juego de pelota estaban diseminadas por la ciudad. Los Mayas eran fanáticos ávidos de los juegos de pelota y los torneos anuales eran presenciados por cientos de espectadores. Las canchas eran estructuras rectangulares con un aro de madera, sostenido por una pértiga de madera, vertical, afianzada en la tierra. Los jugadores podían mover la pelota usando todas las partes del cuerpo con excepción de las manos y tratar de pasarla por el aro. La pelota estaba hecha de una substancia suave, maleable, como hule, llamada "copal".

La población de la metrópolis durante las festividades crecía hasta una cantidad de doscientos mil habitantes. En esta ocasión, miles de personas caminaban hacia la plaza central. La música de las marimbas, una en cada punto cardinal de la ciudad, unida al sonido triste de las chirimillas y el monótono batir de los "tunes" era ensordecedor. La música era continua; tan pronto un grupo terminaba de tocar, otro grupo proseguía. El ambiente estaba saturado de alegría y música.

K'umarkaj estaba celebrando dos acontecimientos. El festival anual en honor al Dios del Maiz, Ah Pun. El otro, más solemne y de mucha alegría, el nacimiento de un príncipe de la casa real de Tekún, heredero al trono K'iche. Los "augures" habían predicho que este infante había nacido para cumplir las profecías del Popol Vuh, que afirmaban que este príncipe crecería para guiar a su pueblo. Su "Nahual", protector, era el Quetzal, un ave pequeña de increíble belleza, con plumas de un verde iridiscente, un pecho de color escarlata y una cola larga y curva de hasta un metro de largo. El Quetzal era venerado como un símbolo de libertad. La tradición Maya aseguraba que esta ave preciosa no podía vivir en cautiverio. La leyenda también afirmaba que el Quetzal era la reencarnación de Quetzalcóatl, la serpiente blanca emplumada, creador y protector de las cuatro casas reales del reino Maya-K'iche.

Los astrólogos habían anunciado que estos dos eventos coincidirían con el alineamiento de Venus, la estrella de la mañana, con el sol, un evento esperado por los mayas por muchas generaciones.

"Ah Pun, nuestro Dios divino, Maíz", el sacerdote supremo invocó "humildemente te rendimos homenaje, has vuelto a la vida en la forma de nuestro recién nacido, príncipe Ahau Galel, de la noble casa de Tekún, nieto del gran rey Don K'iqab"; prosiguió, "recibimos este regalo sagrado con gratitud y alegría, que Awilix, nuestra Diosa y patrona, proteja y guie su vida. Oh, gran espíritu mantén nuestras cosechas abundantes, haz nuestras mujeres más fértiles". Con gran reverencia y el mayor cuidado, el sacerdote tomo al niño en sus brazos poderosos y alzándolo a los cielos desde las alturas del templo de K'uq'matz lo presentó al pueblo congregado alrededor del perímetro del templo. La multitud delirante al ver al príncipe heredero empezó a gritar, "Ahau, Ahau, Ahau", muchos derramando lágrimas de alegría. La casa real de Tekún era muy querida y respetada por las masas que habían esperado este nacimiento por cientos de años. Finalmente la espera había concluido; el reino K'iche ahora tenía un heredero, Ahau Galel, Príncipe Tecún Umán. El nacimiento ocurrió el 11 de agosto del año 3114 del calendario Maya extenso, el año 1500 del calendario Europeo.

Las celebraciones continuaron por tres días más, con comida, bebidas y golosinas gratis para todos los celebrantes. Era una ocasión muy especial. Después de la ceremonia y de la bendición final, la muchedumbre se dispersó; algunos se encaminaron al campo de pelota, otros se dirigieron a las márgenes del rio Olintepeque donde muchos habían acampado. Un gran número de los feligreses permaneció en el templo.

El reino K'iche estaba gozando de un inusitado periodo con sorprendentes avances en astronomía cuyos astronomos habían logrado pronosticar el avance de Venus y otros cuerpos celestiales por los próximos 6885 ciclos de Venus, cada ciclo consistente de 52 semanas, con cinco días adicionales que eran considerados de poca importancia. Estos cálculos eran usados como guía para la ocasión más propicia para plantar el maíz, el grano básico de la dieta del pueblo. Los sacerdotes, además de sus conocimientos en astronomía también tenían conocimientos muy avanzados en medicina, tan desarrollados como para poder hacer trepanaciones craneales. El uso del cero en sus cálculos era común; los constructores usaban maderas preciosas para decoración y soporte de los edificios y templos. Las calles eran amplias y estaban pavimentadas con una mezcla especial de calcio, extraído de conchas de mar, solidificado al fuego con carbón obtenido de árboles. El pavimento era blanco y muchas calles parecían bulevares de hasta 20 metros de ancho.

La mayoría de los habitantes eran pequeños agricultores llamados "Kajols", quienes eran propietarios de sus tierras. La clase alta estaba compuesta de los "kaweks", comerciantes y los "Ajaws", la clase noble, encargada del gobierno y la defensa del reino.

Ahau Galel, Tecún Umán pertenecía a la clase privilegiada pero creció siendo preparado para ser el próximo gobernante del reino. Su vida fue dedicada a aprender los símbolos gráficos del lenguaje Maya, complementado con enseñanza en música y artes marciales como era esperado de un príncipe real. Los años lo transformaron en un hombre apuesto, con una cara varonil, ojos oscuros y penetrantes, como obsidiana, con una nariz corta y ligeramente aguileña y una boca determinada. Su rostro estaba enmarcado en cabello negro y brillante, acentuado por una piel bronceada y músculos poderosos. Su carácter era serio pero podía bromear con sus amigos o mezclarse con el pueblo con mucha facilidad. Con práctica, Tecún se volvió muy certero con la honda de hule con la cual podía lanzar "bodoques", esferitas de arcilla endurecidas, a una distancia de hasta cien metros. Era muy listo y se volvió muy hábil en el arte de la cacería usando el arco y flechas, así como también empleando la lanza y el "mazo", un garrote de madera con un extremo ligeramente abultado con incrustaciones de obsidiana, una piedra de color negro, dura como el diamante.

Sus mejores amigos eran Ixpiyacoc y Vukub con los cuales se juntaba muy a menudo, atendiendo múltiples actividades, especialmente los juegos de pelota. Frecuentemente cazaban venados y otros animales en los bosques cercanos. Desafortunadamente, su padre y su abuelo perecieron en una de las múltiples batallas que el pueblo K'iche libraba contra sus enemigos perennes, los K'akchiquels y los Tz'utujils. No recordaba mucho de su padre puesto que había muerto cuando Tecún era aún muy joven. Su abuelo, Don K'iqab con la ayuda de su hija, criaron a Tecún. Kakupatak, uno de los discípulos de su abuelo se convirtió en su mentor y amigo. Tecún visitaba su casa muy a menudo y jugaba con los hijos de Kakupatak quien eventualmente se convirtió en figura paterna y muchas veces Tecún le llamaba "tata", papá; otras ocasiones le llamaba "tio Kaku".

En compañía de sus amigos Ixpiyacoc y Vukub, supervisados por Kakupatak, Tecún exploró y aprendió a conocer las márgenes del rio Olintepeque; también se volvió sumamente familiar con los bosques y los atajos de los animales salvajes.

Ahau Galel, Tecún, atendía con regularidad los servicios religiosos y aprendió mucho de religión sin ser un asceta.

Era una vida tranquila, casi de ensueño, anclada firmemente por las enseñanzas de los sacerdotes, su abuelo, Kakupatak y otros personajes de la corte real. Con mucha frecuencia visitaba las fincas más remotas del reino y conversaba con los campesinos quienes le respetaban y apreciaban. Sin fatigarse era capáz de correr por varias leguas, lo cual hacia frecuentemente. En el rio aprendió a nadar y pescar; con el tiempo, llegó a conocer las corrientes y los lugares más profundos del rio.

Capitulo 2

Badajoz, en la provincia de Extremadura del nuevo imperio de España, era una tierra pobre, caliente, las polvorientas praderas apenas enfriadas por el gran rio que cruza el pueblo. Los habitantes sobrevivían con enormes sacrificios y trabajo duro.

La casa de Don Diego Gómez de Alvarado y su segunda esposa, Mexia Sandoval era una humilde morada, muy pequeña, que escasamente acomodaba los muchos hijos de Don Diego y Mexia. Don Diego, después de haber sido comandante de la guarnición de Lobón, instructor oficial de Enrique IV de Castilla y grado trece, un grado menos para convertirse en Gran Maestro de la orden de Santiago, vió su futuro colapsarse, encontrándose casi en la miseria, rentando una finca pequeña y sobreviviendo con el ingreso miserable obtenido de la venta de las cosechas de aceitunas y el poco aceite que lograba exprimir de las semillas casi secas. Su último hijo, bautizado como Pedro de Alvarado y Contreras había nacido recientemente- otra boca que alimentar, Don Diego pensó sombríamente. Pedro heredó los ojos azules y piel blanca de su madre, mientras que el cabello rubio lo recibió de su padre.

La vida de Pedro de Alvarado fue una vida dura, llena de trabajo manual de la mañana a la noche. La mayoría de los días, después de las faenas, Pedro, junto con sus hermanos y sus primos Rodrigo y Hernando Sosa, se acercaban a jugar en las orillas del rio, exploraban los sitios cercanos y caminaban en la arena blanca y suave. Los muchachos pronto aprendieron a nadar y con el tiempo se convirtieron en tritones consumados. El grupo de Pedro era una presencia constante en las márgenes del rio, cuyo centro albergaba corrientes fuertes y traicioneras. La corriente turbulenta acarreaba troncos de árboles, basura y algunas veces el cuerpo de una persona que había perecido ahogada.

El paso de los años convirtieron a Pedro en un mozo guapo, con una cabellera larga y dorada y esos ojos de un azul intenso. Pedro y sus amigos jugaban constantemente, pretendiendo ser piratas y algunas veces soldados del rey, simulando batallas contra los Moros- Árabes, recientemente expulsados del naciente reino de España después de ser derrotados por los reyes Católicos de Aragón y Castilla en la ciudad de Granada.

La mente de Pedro y su familia estaba llena de las fantasías de enormes riquezas que venían del nuevo mundo descubierto por Cristobal Colon en 1492. Muchos estaban convencidos que el oro se encontraba a flor de tierra, listo para ser recogido por alguien muy valiente que navegara a esas tierras de fábula.

Con la situación más y más difícil, el padre de Pedro se había convertido casi en un alcohólico, un ermitaño que constantemente abusaba a su esposa e hijos, siempre lamentándose y acusándoles falsamente de su caída y cambio de fortuna. Por razones desconocidas, Don Diego fue expulsado de la corte de Castilla y perdió su lugar en la orden de Santiago, abandonó casi por completo la educación religiosa y académica de sus hijos, aunque algunas veces, casi como un favor, instruía a sus hijos en el uso de la espada, la puya y la daga. Su madre, Mexia, continuó siendo una católica devota y atendía la misa siempre que podía convencer a Don Diego que la llevara a la iglesia, Don Diego constantemente quejándose de la hora tan temprana de la misa, alrededor de las cinco de la mañana, aduciendo que no entendía la jerigonza del sacerdote quien oficiaba la misa en Latín. La madre de Pedro era una mujer dulce, muy bella, joven y sin experiencia, con muy poca instrucción académica como era la costumbre para las mujeres de esa época. Sin embargo ella insistía que Pedro, el más joven, atendiera misa y ayudara al señor cura durante el servicio. A cambio, el sacerdote, cuando no estaba borracho, le daba a Pedro algunas hogazas de pan, aceitunas, aceite de oliva y otras cosas pequeñas. Pedro se quejaba con su madre del mal olor del cura que olía a aceite, ajo y sudor viejo, con sus vestimentas manchadas de vino. Pedro siempre se preguntaba como el sacerdote podía comprar comida y vino, pero de alguna manera el clérigo siempre tenía provisiones; finalmente Pedro descubriría que toda la comida y bebida era donada por los feligreses como limosna, gente que casi no podía alimentarse a ellos mismos. Cuando Pedro supo esto, su mente se rebeló ante esta blasfemia, tomando pan de los desposeídos.

Mexia tenía un hermano, de profesión carpintero, quien se había movido a Cádiz, un puerto en el Mediterráneo de donde partían la mayoría de los barcos con destino al nuevo mundo. En más de una ocasión Mexia le comunicó a Pedro que su hermano Alejandro y su esposa Sara le habían ofrecido recibirla en su casa pero ella se rehusó porque no quería dejarlos solos. Los hermanos mayores también rechazaron la oferta pues no querían dejar a solas a su madre con Don Diego porque temían por su seguridad. A cambio, Alejandro enviaba de vez en cuando un poco de dinero para ayudarles a soportar las penurias.

Una mañana, la frágil relación de Pedro con el sacerdote llegó a un punto candente cuando Pedro, por accidente derramó parte del vino que ya había sido consagrado. Ese pequeño error envió al sacerdote en un arrebato de furia y tan pronto la misa concluyó, el cura tomó un látigo y empezó a castigar a Pedro, lanzando palabras obscenas, en latín, una lengua que Pedro no entendía. El sacerdote fue brutal con el látigo, flagelando a Pedro muchas veces, demandándole cada vez que le golpeaba que se arrepintiera de sus pecados. Como Pedro no contestaba, el cura continuó su castigo hasta que su brazo se cansó. El capellán tenía la cara enrojecida, cubierta de sudor, su cuerpo emanando un olor rancio por falta de higiene, su sotana manchada de restos de comida y vino. Durante el castigo, Pedro no derramó una lágrima, tomo los latigazos con estoicismo, en silencio. Aprovechando un descuido del sacerdote, Pedro se liberó. Tan pronto como se sintió libre, Pedro acumuló saliva en su boca y con gran puntería le lanzó la escupida a la cara del cura, al mismo tiempo gritándole "no hay Dios, Dios no existe; si Dios existiera no permitiría que gente como usted tomara ventaja de la gente pobre, quitándole las pocas monedas que tienen para gastarlas en comprar vino para emborracharse; usted es una desgracia para la iglesia." Pedro abandonó la iglesia y juró nunca más volver a pesar de los ruegos de su madre quien quería de alguna manera salvar su alma eterna. Cuando su padre Don Diego se dió cuenta de lo sucedido, inmediatamente agarró un látigo y principió a castigar a Pedro sin misericordia, gritándole que nunca llegaría a ser alguien en la vida. Cada vez que la fusta golpeaba su cuerpo, Pedro apretaba sus dientes pero no derramó ni una lagrima. Su madre y sus hermanos, a pesar de sus buenas intenciones no intervinieron, temerosos de la furia de Don Diego. Cuando la golpiza terminó, Pedro fue enviado al establo donde durmió acompañado de los caballos, abrazado a un perrito que había sido su compañero de juegos desde que era niño. Sus ojos eran duros como el acero, fríos, inmutables. A la mañana siguiente, muy temprano, sus hermanos y su primo Rodrigo le lavaron las heridas y le aplicaron un ungüento para calmar la picazón y el dolor.

Pocos días después, sentado en la suave arena de la playa del rio, Pedro trazaba cruces y rápidamente las borraba, sus ojos vacíos, perdidos en el horizonte, renuente a entablar conversación con nadie. Recordaba con amargura el castigo injustificado que el sacerdote y después su padre le habían propinado.

El rio se convirtió en su refugio, su lugar de juegos, el escenario donde vicariamente podía vivir sus fantasías. La vida continúo, los días se hicieron más largos, más duros y más dificil de tolerar los abusos de su padre contra su madre Mexia. Su único escape era el rio. Alvarado tenía miedo que uno de estos días, su padre, en un ataque de cólera pudiera matar a su madre, pero no había nada que él pudiera hacer, por lo menos por el momento. En su mente elaboraba escenarios complejos para escapar con su madre y llevársela a Cádiz donde todos podrían vivir felices en la casa de su tio Alejandro y Sara; Pedro aún era muy joven e inocente.

Una tarde, mientras los hermanos y el primo jugaban en el rio, su hermano mayor, Gonzalo gritó, "hay una bolsa negra en medio del rio, se mira pesada; tal vez pertenecía a un soldado que se ahogó y podría estar llena de oro y piedras preciosas", pero Gonzalo no hizo ni el menor intento por rescatar la bolsa. Pedro, sin titubear se lanzó al agua y con fuertes brazadas llegó hasta la bolsa; para su sorpresa, la bolsa contenía un perro negro, enorme que desesperadamente trataba de mantenerse a flote. Con mucho cuidado, Pedro sujetó la bolsa y con gran ternura, con voz muy suave le habló al perro, "no te preocupéis, yo te salvare"; con mucha determinación agarró al perro por el cuello, sin saber si la bestia podría morderle, y lo llevó hasta la orilla del rio. Una vez que arribó a la playa, la sorpresa de Pedro fue muy grande al darse cuenta que el animal era una hembra y ¡estaba preñada! Alvarado inmediatamente adoptó a la perra, cuidándola con mucha dedicación y amor, alimentándola con las sobras de comida que podía rescatar de su casa hasta que finalmente, la hembra dió a luz seis cachorros preciosos, uno de ellos de color negro, con ojos amarillos y líquidos. Después de que las criaturas dejaron de mamar, Pedro decidió quedarse con el cachorrito negro; otro de los perros se lo regaló a su primo Rodrigo y el resto de la camada lo vendió a personas que él sabía cuidarían de los perritos. Pedro había bautizado a la perra rescatada "alma del rio" puesto que había venido de las aguas del rio. Dos de los nietos de "alma del rio" se convertirían en "Valor", el perro perteneciente a Pedro y "Amigo", el cachorro de su primo Rodrigo. Los dos animales vendrían al nuevo mundo con ellos.

Mucho tiempo después, Pedro de Alvarado se enteró que su perro pertenecía a una raza llamada "Presa Canario", una variedad de perros llevada por los conquistadores Romanos a las Islas Canarias, la nueva posesión de España en el océano Atlántico.

Día tras día, Pedro y su primo continuaron su entrenamiento poco usual en las márgenes del rio, usando espadas de madera, puyas y mazas improvisadas. Por su cuenta, sus técnicas mejoraron y se volvieron más sofisticadas. Algunas veces los amigos eran supervisados por soldados veteranos, ahora desempleados porque la guerra contra los Moros había concluido después de más de quinientos años, en ruta a sus casas. El nuevo reino de España muy pronto entraría en una nueva época de expansión, de alguna manera entorpecida por la intolerancia de los frailes de la orden de Santo Domingo, quienes empezaron a estrangular a la población con la amenaza de la Santa Inquisición, una institución que podía despojar a los habitantes de sus propiedades y su libertad al capricho del Inquisidor Mayor, Pedro de Torquemada, sin derecho a una audiencia en la cual pudieran probar su inocencia.

Con el entrenamiento, Pedro y sus hermanos con el primo Rodrigo se convirtieron en hombres fuertes y pesados, su cuerpo se hizo duro y torneado, con brazos y piernas poderosas, con un aspecto imperioso, más acentuado por su cabellera dorada, sus ojos azules y su piel bronceada, complementados por una mente sagaz y analítica. Su mente se obsesionó con los relatos del nuevo mundo y las fantasías que casi a diario escuchaba acerca de estas tierras de ensueño, relatadas por los soldados que pasaban por Badajoz. Ansiaba madurar, hacerse independiente y así poder enlistarse en uno de los muchos barcos que cruzaban el Atlántico. Estaba desesperado por su situación familiar. Pedro se empezó a preguntar porque su padre había dejado la Orden de Santiago y bajo cuales circunstancias, pero nunca tuvo la osadía o el tiempo de preguntarle a su padre la razón de su desgracia. Eventos fuera de su control se lo impedirían.

La situación era cada día más desesperada y el pueblo no ofrecía nada que pudiera ayudar a avanzar, especialmente si se era pobre y sin educación, como la mayoría de los habitantes eran.

Capitulo 3

Las celebraciones en honor de Akna, la madre de la fertilidad y de Chaak, el Dios de la lluvia, estaban en su apogeo en la ciudad de K'umarkaj, la capital del reino K'iche. El ambiente era de alegría y los habitantes eran felices.

Muchos ciclos habían transcurrido desde aquel día del nacimiento de Tecún Umán. Ahora se encontraba reunido con sus amigos, Ixpiyacoc y Vukub discutiendo los resultados del campeonato de pelota recientemente concluido. El trío de amigos eran ávidos seguidores de los encuentros y muchas veces participaban en ellos. Recordaban con lujo de detalles la forma en que su equipo favorito había ganado el último partido de la temporada.

Vukub era el más bullicioso, describía con mucho lujo de detalles el último gol con el cual su equipo había conseguido la victoria, pero la mente del príncipe Ahau Galel, Tecún, volvía constantemente al encuentro inminente con su prometida, la princesa Ixchel, Diosa de la luna con la cual estaba comprometido prácticamente desde el nacimiento, una alianza hecha por sus padres y los padres de Ixchel, como era la costumbre de la nobleza Maya. Cada vez que se encontraban, su mente se ponía en blanco, perdía su voz, sus manos le sudaban y su corazón amenazaba con salírsele del pecho. Siempre se encontraba casi sin palabras ante su porte y su belleza. Habían acordado reunirse en el jardín central del templo de Tojil, el Dios Jaguar. Estaba seguro de que Ixchel era como un bálsamo para la vista, una mujer muy adorable.

"Hola, Tecún", su amigo Ixpiyacoc le dijo, "hombre, sí que estás enamorado de Ixchel; no puedo creer tu transformación- no que siempre hayas sido el centro de la fiesta, pero aun así, amigo, has caído completamente", su compañero concluyó de manera juguetona. Sin perder un segundo, Tecún le contestó, "mira quién habla de estar enamorado; yo sé que tú estás enamorado de K'etzalin, la hermana de mi dulce Ixchel; ni siquiera intentés negarlo porque he visto la manera en que la mirás. Que piensas Vukub?", de manera velada le preguntó al otro amigo. "Tengo razón o no?". Ixpiyacoc, a pesar de su piel bronceada se puso rojo como un tomate maduro e inmediatamente cambió la conversación.

El jardín central del templo era inmenso, con miles de flores de colores exóticos, con muchas variedades, entre las cuales destacaban las orquídeas de color blanco. Cientos de colas de quetzal le brindaban un aire de tranquilidad al recinto. Los jardines estaban abiertos al público con la idea de brindarles un lugar de meditación y paz. Los tres amigos caminaban hacia el lugar del encuentro, donde Ixchel, sentada junto a su madre de inmediato sintió la presencia de Tecún, haciendo que su corazón sintiera una agitación exquisita, sus emociones galopando desenfrenadamente. Aun cuando era de esperar que ella se casara con el novio escogido por sus padres, Ixchel estaba consciente de qué se encontraba atrapada en las redes del amor. Ya sabía que cada día que pasaba amaba a Tecún más y más. Ixchel se consideraba una mujer afortunada porque tenía a un hombre a quien amaba, que era muy guapo, suave, considerado y valiente pero al mismo tiempo cortés e inteligente. Estaba segura de que Tecún le amaba tanto como ella le amaba a él, lo que hacía su felicidad completa. En silencio agradeció a la Diosa de las abejas, Ah Muzencab, una divinidad íntimamente relacionada con felicidad y prosperidad. Eran tan afortunados. ¿Qué más podía pedir?

Como era la costumbre Maya, cuando Tecún se acercó, saludó primeramente a Ixmucane, su madre, quien a su vez le abrazó con cariño, como si fuera su propio hijo. Después dirigió sus palabras a

Ixchel y a su hermana, K'etzalin- aunque sabía que sus palabras eran exclusivamente para su amada, Ixchel. "Princesa K'etzalin, Princesa Ixchel, que placer verlas de nuevo; me hace tan feliz verlas tan bellas y radiantes", Tecún exclamó, manteniendo una distancia prudente. Los mayas eran socialmente reservados y hasta cierto punto tímidos, muy estrictos en sus costumbres con el sexo opuesto.

Después del intercambio de saludos, K'etzalin y su madre Ixmucane, acompañadas por Ixpiyacoc y Vukub empezaron a caminar pocos pasos delante de la pareja, quienes no podían estar más agradecidos de tener unos pocos momentos preciosos solamente para ellos. A los dos les costaba mucho esfuerzo mantenerse separados, se encontraban tan atraídos uno al otro; ambos se morían por tomarse de las manos, acariciarse la cara, explorar los lugares prohibidos, buscar el placer en los brazos del otro. Era como una tortura estar separados aunque fuera unos pocos centímetros, pero por lo menos estaban juntos.

Caminando por las veredas del templo, muchas personas que pasaban, les deseaban con mucho afecto, felicidades en su próxima boda, comentando lo felices que se miraban. Todos los habitantes del reino esperaban con ansia el día de la boda. Por supuesto sabían que habría comida gratis. El grupo pronto dejó los recintos del templo y se encaminaron hacia el palacio de los padres de Ixchel, donde la pareja y sus acompañantes degustarían unos bocadillos.

Una vez que llegaron al palacio, su corta intimidad se esfumó y fue reemplazada por la melodiosa voz de K'etzalin, quien también se encontraba sumamente nerviosa por la presencia de Ixpiyacoc, su amor secreto; casi no podía esperar a que él le confesara su amor, que compartiera sus sentimientos. Pero Ixpiyacoc era tan tímido cuando estaba con miembros del sexo opuesto.

La tarde fue muy agradable, llena de bromas, abordando diferentes temas; los hombres discutiendo sin parar, los resultados de los juegos de pelota, las mujeres elaborando planes para la boda. Todos gozaban de una amistad muy estrecha.

Inexorablemente el tiempo de decirse adiós pronto arribó para la pareja. Afortunadamente estaban casi solos.

Ahau-Tecún, tomándole las manos, le susurró, "Ixchel, me gustaría tanto estar contigo mañana, tarde y noche; mis días están tan vacíos sin tí, soy tan feliz a tu lado, me siento tan en paz en tu compañía. Le ruego a los dioses que hagan volar el tiempo para que pronto podamos casarnos"

Ixchel, llena de amor, respondió, "Ahau, yo también deseo verte todo el tiempo; cuando estamos juntos me siento tan completa, tan alegre. Mi "nana", madre, me dice en broma que desde que estamos comprometidos, cuando quiere verme casi tiene que pedirme audiencia, pero sabes, ella te ama tanto como si fueras su hijo, tanto que muchas veces me siento celosa", Ixchel finalmente exclamó con un aire de coqueteo que hizo que su corazón sintiera unas punzadas de dicha inmensa. Se sentía muy contento, lleno, realizado. Tecún estaba agradecido con los dioses por haberle dado esta mujer tan adorable, este regalo que no tiene precio.

Los novios continuaron su charla hasta que finalmente Ahau dejó el palacio en compañía de sus amigos con quienes continuo su charla, ahora centrada en su próxima meta, ir a la caza de venados en los bosque cercanos a la capital en los próximos días. Eran muy jóvenes, llenos de vida, sin mayores preocupaciones; el reino K'iche se encontraba gozando de paz por muchos años. Los K'akchiquels y Tz'utujils finalmente habían aceptado el ultimo tratado de paz.

Cuando el grupo llegó al palacio de Ahau, se despidieron con la promesa de continuar su conversación el próximo día para proseguir planeando la cacería.

Capitulo 4

Con gran sigilo los hombres comenzaron a desplazarse a través de la densa arboleda de pinos, sus "caites" de suelas suaves disipando el ruido de sus pisadas. El grupo de cazadores estaba encabezado por Ahau Galel, príncipe Tecún, heredero del trono del reino K'iche. Por varios días el grupo había estado siguiendo a una manada de venados guiada por un gamo de porte imponente, piel ligeramente oscura, sin defectos, de cuernos altos y movimientos exquisitos.

Tecún, con gran cuidado, en contra del viento, sin hacer ruido, se había acercado a casi veinte metros de distancia del precioso ejemplar. Su presa era una criatura magnifica, majestuosa y completamente desarrollada. Por un instante Tecún sintió remordimiento por tener que matar a esta bestia tan noble, pero su instinto de cazador prevaleció. El animal sintió su presencia, continuó moviendo sus orejas, olfateando el aire, tratando de identificar la amenaza. Tal vez presentía que su vida estaba a punto de terminar.

Con el mayor cuidado, Tecún seleccionó una flecha de punta aguda, hecha de obsidiana y la colocó en el arco, estiró al máximo la cuerda de yute, aguantando la respiración por breves segundos para calmar su corazón, lanzó la flecha que en pocos segundos, con un sonido seco penetró el pecho del venado, perforando su corazón. El animal se mostró sorprendido y aterrado al descubrir a su atacante y pronto se desplomó al suelo, sin vida.

Con mucha reverencia, en silencio, el príncipe y sus acompañantes agradecieron a Jacawitz, el dios de la montaña por haberles dado el honor de una gran cacería. Después de unos minutos de introspección, un gran grito brotó de la garganta de los cazadores cuando se dieron cuenta del gran animal que Tecún había matado. En pocos minutos, con gran determinación y mucha soltura, Tecún desenvainó su cuchillo de obsidiana y procedió a remover la piel del animal, agregándola a otras pieles que los portadores cargaban. Después, las pieles serían "curadas" y posteriormente usadas para hacer "caites", abrigos para el frio de las sierras, alfombras para adornar los templos o palacios. Los "cueros", pieles, también serían usados para fabricar escudos de guerra a ser usados durante combates, aunque los tres amigos nunca habían tenido que luchar en ninguna guerra.

Ixpiyacoc, su amigo de toda la vida, siempre el bromista, exclamó, "Ahau, conseguiste un gran trofeo; ahora puedes correr hacia la ciudad y mostrárselo a Ixchel y decirle que buen cazador eres". El príncipe le respondió, "mi querido amigo, ya basta; sé que estas envidioso de mi destreza, estas realmente molesto porque te he ganado la partida, de otra manera, ahorita mismo estarías corriendo cuesta abajo para contarle a K'etzalin acerca de tus grandes habilidades. Si, lo sé, estás enamorado de ella pero tienes miedo de confesarle tus sentimientos. ¿Me equivoco?", Tecún dijo.

Después de pocos minutos de continuar las bromas, Tecún exclamó, "preparemos la carne para la cena; entonces, en forma de broma exclamó, "creo que merezco un trago de "chicha"- una bebida fermentada preparada con tamarindo, maíz, levadura y azúcar de caña que producía un licor fragante, ligeramente acido, una forma común de alcohol que era producido y consumido por todos, nobles y plebeyos.

El bosque de pinos en el que acampaban se extendía por muchos kilómetros en todas direcciones, con algunas áreas tan densas que la única forma de desplazarse era usando las veredas que las bestias salvajes habían labrado por cientos de años. El aire era fragante, agradable, perfumado con el olor de la grama, moras salvajes, bellotas de pino. La vista era espectacular. En la distancia, muy lejos, se podía divisar el rio Olintepeque que fluía plácidamente alejándose de la ciudad de K'umarkaj, la capital del imperio K'iche (Quiché), habitada por los últimos descendientes de los Mayas.

Los cazadores continuaron su conversación hasta tarde de la noche hasta que finalmente sucumbieron al cansancio y al sueño bien merecido. En pocos minutos los únicos sonidos que se escuchaban eran los ronquidos de los amigos, mezclado con el rugir de los grandes felinos, los jaguares y los pumas.

La cacofonía incesante de los pájaros anunció una mañana resplandeciente, el sol brillaba intensamente y una suave brisa agitaba la paja como olas en un lago.

En lo alto del cielo, un quetzal solitario se desplazaba vigilante, velando por su protegido, el príncipe Ahau Galel-Tecún.

Aun cuando los mayas eran una nación pacifica, los Ajaws- los nobles como Tecún y sus amigos habían sido adiestrados en el arte de la guerra. Estos hombres estaban entrenados de tal manera que podían caminar largas distancias o correr por varios kilómetros sin cansarse. El espectro de la guerra siempre estaba presente, una amenaza perenne de los reinos vecinos de los K'akchiqueles y los Zutujiles, por mucho tiempo sus enemigos. Tecún aun podía recordar con tristeza cuando su padre murió durante una de estas guerras.

Durante el esplendor de la cultura Maya, estos tres grupos eran uno solo, pero en el pasado no muy lejano, los K'akchiqueles, sintiéndose menospreciados, ninguno sabia porque, dejaron la alianza y se desplazaron hacia el poniente (oeste), donde fundaron su capital Iximché, la cual, en un periodo de cincuenta años se convirtió en una metrópolis pujante, rivalizando el esplendor de K'umarkaj. Por su parte, los Zutujiles, siguiendo el ejemplo de los disidentes cachiqueles, se trasladaron hacia el oriente (este) para construir su propia capital Chuitinamit, en las márgenes del gran lago llamado Atitlán. Los tres reinos tenían una lengua común, los mismos vínculos de sangre, e idéntico sistema de gobierno y castas.

Los Cachiqueles (K'akchiquel) eran un grupo belicoso, constantemente buscando una excusa para empezar una nueva guerra, a pesar de que la mayoría de las ocasiones eran derrotados por los Quichés.

El ensimismamiento de Tecún fue interrumpido cuando el jefe de sus cazadores le informó que el campo estaba desmantelado y ya estaban listos para emprender el regreso hacia la ciudad cuando el príncipe lo ordenara.

El grupo partió con rumbo a la capital. Los siervos cargando las pieles que los perdigueros habían coleccionado durante los días de cacería. Los cazadores solo mataban los pocos animales que ellos consideraban un desafío a sus proezas; no mataban por el placer de matar ya que los animales del bosque eran considerados sagrados y eran sacrificados únicamente durante la época de caza. Además, los mayas eran casi vegetarianos.

Ahau Galel, príncipe Tecún contaba ansiosamente las leguas que le faltaban para llegar a la ciudad. Estaba ansioso de ver de nuevo a Ixchel; apenas podía esperarse. Ella se había convertido en la luz que le guiaba, su estrella más brillante. A pesar de que nunca había acariciado su cara hermosa, sus ojos luminosos se entrometían con frecuencia en sus pensamientos. Tecún podía, con sus ojos cerrados, vislumbrar su cuerpo escultural, podía sentir en sus manos aquel cabello sedoso que ondulaba como la paja cuando ella caminaba. Los pliegues de los huipiles no podían ocultar las curvas de su cuerpo. ¡Ah! estaba enamorado, desesperadamente encariñado con ella. No le importaba. ¿Qué más podía pedirles a los dioses? Tecún podía escuchar la voz de sus amigos que caminaban a su lado, como si estuvieran conversando muy lejos mas no sabía de lo que hablaban.

Después de dos días de marcha ardua, los viajeros arribaron a la metrópolis y pronto Tecún se encontró en su palacio. El mayordomo, habiendo sido alertado de antemano por un grupo que llegó primero, le esperaba en el vestíbulo con un "pocillo"- una taza de arcilla, de limonada fresca y ordenó a los otros sirvientes que le trajeran frutas frescas. Al mismo tiempo, el mayordomo le recordó que más tarde era esperado en el palacio de Ixchel para una cena informal- como si necesitara un recordatorio para visitar al amor de su vida; ni pensar que se le había olvidado.

El mayordomo ya le había escogida la ropa que se pondría para visitar a Ixchel. Tecún llevaría una falda corta, con un cuchillo pequeño, la empuñadura labrada de madera de "chichipate", una madera muy dura y resistente obtenida de un árbol que crecía en los cerros. La hoja estaba hecha de obsidiana. Su pecho estaría descubierto como era la costumbre de la época. A Tecún no le gustaban muchos adornos o joyería. Sus pies calzarían unos "caites" muy suaves, de color café oscuro, con suelas delgadas. Para el frio de la noche llevaría un chaleco de color gris, tejido del más fino algodón de la comarca. Una vez que su mayordomo concluyó sus preparativos salió de los aposentos. Tecún pudo tomar un baño largo y sin prisa, dejando que sus músculos se relajaran y sus pies cansados reposaran un poco, su mente aun vislumbrando la imagen de Ixchel.

Una vez que estuvo listo, Tecún salió de su palacio y principió a caminar con rumbo al palacio de Ixmucane, la madre de Ixchel.

Las calles de la ciudad, después de la actividad comercial del mercado, se hallaban casi desiertas, con muy pocos perros pequeños que salían huyendo cuando presentían su presencia.

Capitulo 5

Ixchel, Diosa de la luna, estaba sentada en uno de los jardines del palacio de sus padres, observando a los pájaros que se bañaban en las fuentes; gozaba el alegre colorido de sus plumas, escuchando con placer el suave trino de su canto. Su mente se escapaba de vez en cuando, pensando en su prometido, el príncipe Ahau Galel, Tecún. Estaban comprometidos por mucho tiempo, prácticamente desde el nacimiento, únicamente esperando a que Ixchel cumpliera su mayoría de edad; solamente le faltaban pocos meses, casi quince ciclos de Venus.

Su hermana K'etzalin, favorita de Quetzalcóatl, se acercó furtivamente, moviéndose en silencio hacia Ixchel quien no había notado su presencia hasta que su hermana estaba casi tocándola. K'etzalin, en una voz melodiosa, llena de picardía, se dirigió a Ixchel, "mi querida hermana, ¿Dónde estás? Tu mente estaba lejos, como a cientos de leguas, perdida en el cielo, casi cerca de Tepeu, nuestro creador. ¿Te preocupa algo?", le preguntó solícitamente. K'etzalin, continuó, "no me digas; ¿tal vez estabas pensando en ese apuesto prometido tuyo?" agregó con marcada inocencia. ¿Acaso te preguntas si ya regresó de su cacería, o tal vez se olvidó de tu invitación? prosiguió llena de falsa preocupación. "No te preocupes, ya está de regreso después de cazar a un venado inmenso, el más grande de la montaña- noticias de su regreso ya habían hecho presencia en los corredores y cocina del palacio donde K'etzalin había averiguado que su cuñado ya estaba de regreso. La proeza del príncipe era la comidilla del día. Ixchel hizo pucheros, todo el mundo, menos ella sabía del regreso de su amado, agregando al mismo tiempo, "no es eso; me preocupa su seguridad. Uno de estos días podría encontrar a una partida de guerreros Cachiqueles o Zutujiles quienes podrían atacarlo, inclusive matarlo", Ixchel continuó, "no entiendo porque nos odian tanto, ¿será envidia de nuestra prosperidad? Nadie me puede dar una respuesta a mis preguntas o cual fue la razón de que se apartaron de nosotros. Le he preguntado a mi "nana", he interrogado a Kakupatak, aun he acorralado a Yum Kaax, nuestro jefe de protocolo, quien esta supuesto a saber todo lo concerniente al reino, pero nadie puede darme una respuesta. Es desesperante"

"Hermanita, no te preocupes, nadie le hará daño; bien sabes que es muy capaz de defenderse a sí mismo; además, sus fieles amigos Ixpiyacoc y Vukub siempre están con él, como su sombra; algunas veces pienso que son hermanos. Bien sabes cómo son de leales, tanto es así que darían su vida por salvarlo. Así que cálmate, ya no tarda en llegar".

Las hermanas continuaron su intercambio por algún tiempo más. La luz del día se iba extinguiendo, la hora de recogerse se acercaba con mucha prisa. Al entrar al peristilo del palacio, su madre, Ixmucané les saludo sonriente, "ah, allí están, pensé que había perdido a mis dos joyas preciosas", les dijo con afecto. "Vengan, siéntense", su "*nana*" dijo indicando la alfombra suave extendida en el piso. "Le he pedido al cocinero que nos prepare un chocolate caliente"; él me ha dicho que tiene unas "*pepitas*" de cacao maravillosas. Mientras degustamos el chocolate, me pueden confesar todos sus pecados", Ixmucané concluyó de manera sonriente. Estaban sentadas en una de las salas informales del palacio, decorada con mucho gusto con alfombras suaves, de colores, rellenas de plumas de aves, bordadas con diseños de abejas, pájaros, tejidas del algodón más fino. Las paredes estaban adornadas con frescos que describían paisajes de belleza incomparable. Algunas de las pinturas detallaban símbolos de la casa de Hun Hunapú, una de las familias más antiguas y nobles del reino K'iche, de la cual su familia descendía.

La conversación prosiguió por algún tiempo más, tocando muchos temas pero continuamente volviendo al tema más importante, la boda real. Ixmucane estaba muy feliz de que Ixchel pronto se casaría con Tecún quien era un hombre muy especial a quien todos amaban. Ella había estado esperando por esta boda porque había comprobado que Ixchel y Tecún cada día más sentían más atracción el uno por el otro, como imanes, como luciérnagas atraídas a la luz. Su corazón le decía que su hija sería feliz, inmensamente feliz.

Brevemente discutieron las noticias alarmantes que provenían de Tenochtitlán, la capital del imperio Azteca, hacia el norte, traída por los "kaweks", los comerciantes. Todavía no podían creer que el emperador Montezuma y su yerno Cuauhtémoc, estuvieran en guerra contra los Tlaxcaltecas y los Cholutecas, sus aliados de antaño. No sabían la razón de esta agresión. Decidieron esperar a que Tecún llegara, tal vez él les podría explicar el asunto.

Al ingresar Ahau a la habitación, las tres mujeres entraron en un pánico controlado, felices, ansiosas de su compañía, atraídas como abejas a la miel. Tecún al darse cuenta de toda la atención, interiormente se sintió un poco incómodo-era un hombre sencillo; pensó que no merecía tanta atención, pero, le gustara o no, pronto se convertiría en el nuevo hombre de la casa, el nuevo patriarca. Por pocos segundos pensó, ¡soy tan joven! ¿Cómo puedo llenar el lugar del "*tata*"- padre, de Ixchel? Poco a poco se fue sintiendo más a gusto y pronto se involucró en la conversación, durante la cual Ixmucane comenzó a hacerle preguntas acerca de las noticias que venían del imperio al norte. Ixmucane hizo sus preguntas con un poco de miedo, temerosa por la suerte de su reino. ¿Pasará lo mismo aquí? se preguntó a sí misma.

"*Nana*- mamá, Yo también estoy preocupado con estas noticias alarmantes. Lo que he escuchado es que los aztecas están sedientos de oro y han roto su promesa de tratar a sus aliados como si fueran aztecas cuando llegaron a un acuerdo de paz. Completamente han perdido la decencia; abusan a las mujeres, usándolas como esclavas; más alarmantes son las noticias de que los conquistadores están imponiendo sus leyes y costumbres sobre los Tlaxcaltecas y Cholutecas. Hay rumores de que estas gentes están listas a sublevarse. Necesito recabar más información; les preguntaré más en detalle a los mercaderes". Entonces, con mucho tacto y diplomacia, Ahau encauzó la conversación hacia temas más mundanos. Tecún respondió a sus preguntas acerca de su expedición y les narró la forma en que había cazado al hermoso venado. También conversó acerca de otros eventos relevantes.

La tarde estaba transcurriendo muy de prisa, quería estar a solas con Ixchel, pero K'etzalin, como a propósito, siguió hablando y hablando, hasta que finalmente, afortunadamente fueron dejados a solas y pudieron discutir sus propios temas.

Estaban sentados muy juntos, podían sentir el calor que emanaba de la piel del otro. La dulce fragancia de Ixchel estaba volviendo loco a Tecún, sublíme, sutil pero poderosa. Tecún quería tocarla, sentir su cuerpo suave entre sus brazos, besar sus labios rojos, por siempre acariciar ese largo y sedoso pelo. Pero aun no era su esposa. La avergonzaría si rompía las reglas del decoro. Que agobiantes eran las normas sociales, pensó con ansiedad.

Lo único que la pareja podía hacer era tocarse las manos de manera casual, demorarse un poco más en separarse, prolongar el contacto y mirarse a los ojos comunicándose de forma silenciosa sus deseos. De manera renuente finalmente le dijo adiós, promesas de último minuto fueron intercambiadas; cada uno prometió encontrar una manera de verse más a menudo; excusas tendrían que ser inventadas aunque realmente no necesitaban hacerlo pues ya estaban comprometidos. ¿No era así?

Pocos minutos después de que Tecún se marchase, K'etzalin vino corriendo a la sala donde su hermana, Ixchel estaba y pronto estuvo interrogándola acerca de la visita de Ahau; ¿Te quiere, hermanita?

¿De verdad crees que te adora?" preguntó solícitamente, aunque perfectamente sabia cual sería la respuesta. Ixchel le dijo, "si, me ama muchísimo; soy tan feliz y casi no puedo esperar a casarme y dejar esta casa donde hay gente tan preguntona", exclamó de manera sonriente. Las dos hermanas siguieron su charla por mucho mas tiempo. Gozaban de una amistad muy estrecha e inocente. K'etzalin miraba a su hermana con mucho amor, como su ejemplo; alguien a quien queria imitar.

Capitulo 6

"Esperanza, Esperanza. Por fin podemos ir a la Esperanza", Gonzalo de Alvarado exclamó, agregando, "Pedrito, vos vendréis con nosotros". Los hermanos Alvarado habían estado planeando esta escapada por muchos meses; con muchos sacrificios pudieron ahorrar unas pocas pesetas, lo suficiente para tal vez comprar un poco de vino barato y con suerte, los favores de una dama de la vida alegre.

El pueblo de Esperanza estaría celebrando las fiestas en honor a la virgen de los dolores, la patrona de la ciudad. "Que buen tiempo pasaremos", Gonzalo afirmó; era el hermano mayor de Pedro de Alvarado.

Esperanza era una ciudad cercana a Badajoz, a pocas leguas. Era una población mayor, más sofisticada, con habitantes mejor vestidos, refinados y elegantes. Muchas familias nobles vivían allí y el arzobispo también tenía su palacio en el pueblo. Las casas eran más grandes y opulentas, las calles eran anchas. En la plaza principal se encontraban el palacio municipal donde se albergaba la fuerza de policía conocida como "la guardia"; el edificio más grande era la catedral, imponente, amedrentadora.

Los hermanos Alvarado ya tenían el permiso de su madre y Don Diego, de mala manera, les dió su bendición para emprender la aventura. Después de ponerse la mejor ropa que poseían, los hermanos dejaron el pueblo a la mañana siguiente, muy temprano, llenos de planes, anhelando divertirse mucho.

La madrugada encontró al grupo cabalgando hacia su destino; cruzaron el puente sobre el rio- su lugar de juegos y tomaron el camino principal. El ánimo era ebullente, alegre, lleno de la promesa de la juventud. A pesar de ser pobres, sus cabalgaduras eran finos caballos andaluces, longanos, con movimientos delicados y miembros poderosos. Legua tras legua, los hermanos mantuvieron viva la conversación, haciendo bromas constantes, molestándose unos a otros. Había pasado mucho tiempo desde su visita anterior. Rodrigo Sosa, su primo también cabalgaba con los hermanos. El grupo se acercaba a una colina, cuando Gómez, uno de los hermanos frenó su caballo y señalando hacia adelante, exclamó, "escuchad, ¿podéis oír ese ruido?" El resto de los jinetes detuvieron a sus bestias y escucharon con más atención. El disturbio era muy grande, como si alguien estuviera golpeando ollas y cazuelas con un pedazo de madera, mezclado con un idioma extraño, el rebuzno de asnos, intercalado con canciones y muchas palabras obscenas. El ruido era ensordecedor, como para despertar a los muertos. El cacarear de las gallinas agregaba una atmosfera irreal al escenario absurdo. Después de una curva, los viajeros encontraron una vista que sus ojos no podían creer. El ruido provenía de una caravana de carretas, cubiertas con mantas de muchos colores y muchos utensilios de cocina colgando de los lados de los vagones. Los pocos hombres del grupo empujaban con mucho esfuerzo a una carreta, tratando de hacerla subir la pendiente con poco éxito.

Los hermanos Alvarado fueron tomados por sorpresa; ¡esas gentes eran gitanos! Por el amor de Cristo, gitanos- considerados por los cristianos como intocables, sin clase, mentirosos, lo peor sobre la tierra, ladrones, secuestradores, no dignos de asociarse con ellos. Una desgracia completa.

Al divisar a los Alvarado, el hombre a cargo de las carretas, les gritó, "amigos, ¿podrías ayudarnos a empujar estos carros cuesta arriba? Nadie de la partida de Pedro se movió, estaban paralizados. ¿Cómo un gitano se atrevia a pedirles ayuda, tener la osadía de dirigirse a ellos que eran cristianos? Ni siquiera estaban supuestos a mirarlos, menos aún hablarles. ¡Increíble! ¡La audacia de esa gentuza!

Pedro de Alvarado, a pesar de su juventud se hizo cargo de la situación y ordenó a sus hermanos y primo a prestarles ayuda a los gitanos. "Vámos Gonzalo, Rodrigo; empujad los vagones. Esta gente necesita nuestra ayuda". A regañadientes todos desmontaron de sus caballos y se entregaron a la tarea de empujar, olvidándose por el momento de las diferencias que existían entre los dos grupos. Una a una las carretas fueron empujadas cuesta arriba. Las mujeres de la caravana, de manera subrepticia observaban a los extraños entregarse al trabajo. Una vez que la última carreta fue empujada, el hombre al mando de la caravana caminó hacia Pedro, extendiendo su mano, sin vacilar, diciendo al mismo tiempo, "mi nombre es Sancho y esta es mi familia; estamos en camino rumbo a Santiago de Compostela, para asistir a las celebraciones en honor del apóstol, patrón del pueblo". Prosiguió, "tan pronto como encontremos un lugar apropiado para acampar, vos y tu familia estáis invitados a acampar y cenar con nosotros". Pedro, con mucha soltura estrechó manos con el forastero y aceptó su invitación.

Todos montaron de nuevo y se unieron a la caravana que pronto empezó a moverse, resumiendo el sonido infernal. Después de pocas leguas de marcha, el grupo encontró un espacio abierto, grande, con mucho pasto para los animales, algunos árboles para brindar sombra y un riachuelo con agua fresca para los viajeros y las bestias. Los hermanos habían encontrado la forma de obtener una comida gratis, y gitanos o no gitanos decidieron pasar la noche con ellos.

Las mujeres vestían prendas de colores brillantes y atrevidos; las mujeres jóvenes usaban un escote bajo que mostraba gran parte de los pechos. La mayoría de las damas tenían ojos azules o verdes, con cabello lacio, de color rubio o café claro, caoba; piernas largas y torneadas que las hacían caminar con movimientos sutiles y elegantes. Cuando Pedro de Alvarado se dió cuenta de que algunas de las muchachas jóvenes se encaminaban al rio a recoger agua fresca, ofreció ayudarles y se unió al grupo. Una de las mujeres se dirigió a Pedro en un castellano agradable y musical- otra sorpresa, ella podía hablar su lenguaje, diciéndole, "soy Sarita, Sancho es mi padre y el patriarca de nuestra familia, compuesta de primos, tíos, abuelos, hermanos y hermanas. Después de la cena, para compensar el favor que le hiciste a mi padre, os leeré la suerte en la palma de tu mano". Pedro le agradeció y se dedicó a llevar el agua hasta que hubo suficiente para beber, cocinar y lavar algunas prendas. Nunca le habían leído la suerte.

Los hermanos Alvarado alimentaron y dieron agua a sus caballos y arreglaron su propio campo, un poco alejados de los gitanos pues todavía temían que les robaran sus pocas pertenencias. Inmediatamente el ambiente se saturó con el aroma de la comida que estaba cocinándose. En pocos minutos los hermanos fueron invitados a sentarse alrededor del fuego y fueron servidos por algunas de las damiselas, quienes también atendieron a todos los varones de la caravana hasta que finalmente se sentaron en la suave grama, mezclándose con los huéspedes, conversando libremente, sin malicia, sin inhibiciones, de manera amistosa, relatando con gracia las aventuras que habían pasado y los lugares que habían visitado. Como Pedro había descubierto anteriormente, además de su dialecto, podían hablar castellano, un poco del lenguaje "vasco" y portugués, mientras que los hermanos Alvarado solo podían conversar en su castellano rústico, con el marcado acento de Badajoz. Las doncellas de vez en cuando lanzaban miradas furtivas a los hermanos, alentándoles con los ojos picarescos. Los Alvarado estaban felices con la comida; nunca en su vida habían probado platillos tan deliciosos, con aromas pungentes y especias fragantes aún desconocidas para ellos. Durante la cena una botella de vino hecho de fresas salvajes pasó de mano en mano y poco tiempo después, algunos de los hombres empezaron a tocar la guitarra, entonando canciones bellas y tristes que hablaban de amores perdidos, amantes despechados y tierras hermosas y lejanas.

Pedro se dió cuenta que algunos de los hombres y mujeres mayores fumaban unas hojas que producían un aroma ligeramente acido. Se encaminó a Sancho y le preguntó, ¿"que estáis fumando? a lo cual Sancho respondió, "estamos fumando tabaco, una planta traída del nuevo mundo, al igual que las especies usadas para cocinar. El tabaco cuesta una fortuna, si tienes que pagar por él", agregó en tono de conspiración guiñándole el ojo derecho a Pedro. Sancho le ofreció un poco a su joven amigo, pero este rechazó la oferta.

Una vez que la cena concluyo y los utensilios de cocina fueron lavados, Sarita vino a buscar a Pedro; luego se sentaron en las gradas de su carreta y Sarita le tomó la mano, sin ninguna vergüenza y principio a trazar las líneas de su mano derecha, al mismo tiempo diciendo en una voz dulce y grave, inconsistente con su edad, "miro en tu futuro muchas aventuras; viajareis a tierras extrañas que muy pocos han visto. La línea del amor predice que tendréis dos amores, pero solo uno de ellos os dará felicidad y una nueva familia, diferente. Con el pasar del tiempo os haréis rico y famoso, pero tus acciones causaran mucho dolor y sufrimiento. Tengo miedo por ti porque tu carácter te traerá muchos momentos amargos en la vida. Ten cuidado con tu corazón. Trata de ser generoso. Veo que el apóstol Santiago siempre te protegerá y algún día fundarás una ciudad en su honor". Sarita quería decir más pero vio la alarma y el desasosiego en los ojos de Pedro y decidió suspender sus predicciones, a pesar de que Pedro le urgía que continuara con sus augurios. Sarita le respondió que ya no miraba más, pero Pedro supo que no le decía la verdad. Alvarado estaba confundido, temeroso. ¿Cómo podía esta niña predecir acontecimientos tan sin sentido? Después de todo solo era una gitana y ellos solo iban camino a La Esperanza para divertirse, pero decidió mantener silencio y con mucha cortesía, después de unos minutos de reflexión agradeció a Sarita sus predicciones y le deseó buenas noches. Sarita el ver que Pedro estaba muy alterado, le invitó a pasar la noche con ella pero Alvarado rehusó diciéndole que tenían que madrugar al día siguiente y fue en busca de sus hermanos. Esa noche Pedro no pudo dormir; su cuerpo daba vueltas y vueltas, pensando en los augurios de Sarita. Era verdad que su padre había sido miembro de la orden de Santiago pero Pedro no creía en los santos. Después de mucho tiempo logró conciliar el sueño, pero este fue incompleto, inquieto, intranquilo durante la mayor parte de la noche.

    A la mañana siguiente, el cacarear de los gallos y la bulla de los gitanos despertó a los hermanos; los viajeros estaban levantando el campo, alistándose para partir. Después de un suculento desayuno gratis, los hermanos ayudaron en el desmantelamiento del campamento y dijeron adiós a sus nuevos amigos; rehusaron la oferta de Sancho de que viajaran con ellos a Compostela, aun maravillándose de la hospitalidad de los gitanos. No habían esperado mucho de ellos, la familia sabía más que los hermanos, eran más literatos, mas ilustrados, hablaban varios dialectos y lenguajes; sus mujeres eran más cultivadas y algunas de ellas podían leer y escribir, algo insólito en su tierra de Badajoz. Pedro se dió cuenta de que no eran tan malos como su reputación afirmaba; eran normales, muy felices y sinceros, con muy pocas inhibiciones, con una forma nueva de mirar la unión entre un hombre y una mujer. En resumen, Alvarado concluyó que eran buenos, muy trabajadores aunque no ortodoxos en su forma de pensar. ¡Ni siquiera les habían robado; todavía podían contar las pocas monedas en sus bolsillos!

    Jorge, uno de los hermanos de Pedro, no podía mantener la boca cerrada, narrando la experiencia que había tenido la noche anterior con una de las doncellas gitanas, alguien llamada Isabel, quien le llevó a su vagón para pasar la noche juntos. Jorge continuo contándoles que "Chabelita" era una experta en relaciones intimas, quien le mostró muchas formas nuevas de hacer el amor en las pocas horas que estuvieron juntos. Jorge estaba tan entusiasmado de su experiencia con Isabel que juró que algún día volvería y se casaría con ella.

    El encuentro casual con estas gentes tan singulares les había hecho cambiar la forma provincial con la que miraban al mundo. Ahora ya sabían que había muchos gentes y lugares exóticos más allá de las fronteras de su tierra natal. Ahora miraban a los gitanos bajo una nueva luz y con mayor respeto.

Pedro de Alvarado también hacia recuento de su propia experiencia con Sarita; como ella le había leído poemas que hablaban de lugares distantes, algunas veces ficticios, que describían amores no correspondidos. Se sorprendió que ahora ya componía versos en su mente, poesías que hablaban de la belleza de su compañera de la noche anterior. Mentalmente juró que algún día aprendería a leer y a escribir correctamente, de tal manera que sería capaz de escribir los pensamientos que cruzaban por su mente. Tenía que encontrar una forma de lograr este objetivo cuando regresara a Badajoz. ¿Pero cómo podría lograr esta meta? Eran tan pobres como ratones de iglesia. Sin embargo, Pedro se hizo la promesa que cumpliría su propósito. Le rogaría a su padre que le ayudara.

Legua tras legua el grupo mantuvo la conversación, bromeando, desafiándose, jugueteando entre ellos, prometiéndose que la pasarían muy bien en La Esperanza. Esperaban que con sus escasos recursos pudieran cumplir sus deseos y fantasías.

Capitulo 7

Cuando la comitiva de Pedro llegó a La Esperanza, las celebraciones estaban en su apogeo. Las calles estaban abarrotadas de gente, todos apresurándose, corriendo hacia la plaza central del pueblo. Como no conocían las calles, los hermanos decidieron seguir a la muchedumbre. Había cientos y cientos de celebrantes, locales y foráneos, la mayoría vestidos con sus mejores galas, otros no, como los Alvarado, quienes de pronto se sintieron semidesnudos, como méndigos. Las mujeres se cubrían la cabeza con "mantillas" exquisitas, con brocados intrincados que enmarcaban luminosos ojos verdes y azules, con largas pestañas. Algunas damas usaban "abanicos", manejados con suma destreza, que al usar movimientos cortos y precisos de las muñecas, mostraban el rostro para luego, en el próximo movimiento, hacerlo desaparecer. Algunos hombres usaban "boinas", el gorro suave y sin forma con bolas de diferentes colores cocidas en la coronilla, de tal forma que le permitía moverse libremente, hacia la derecha o la izquierda, ajustándose a la forma en que el portador caminaba.

El ruido de la muchedumbre era ensordecedor, agobiante, con muchos acentos de las diferentes regiones alrededor de la población. Todos estaban excitados, apresurándose para lograr escoger el mejor sitio en la plaza desde donde podrían, sin obstáculos, presenciar la procesión de la virgen, cuando el sermón y la bendición del obispo concluyeran.

El alcalde y otros dignatarios del pueblo, así como también muchos nobles con sus familias, se encontraban instalados en una plataforma elevada de más o menos un metro. Cuando los hermanos Alvarado arribaron, el sermón del obispo se encontraba casi a la mitad, lleno de amenazas, condenación, mencionando los tormentos del infierno, pero ni una palabra de aliento o esperanza de redención para ingresar al cielo- el problema era que nadie entendía lo que el cura hablaba pues se dirigía al pueblo en Latín, en esa época la lengua universal de la iglesia católica. Sin embargo, todos pretendían prestar atención pues estaban temerosos de la presencia de los oficiales de la Sagrada Orden para preservar la fe- la inquisición, que mantenía a la población en las garras del miedo sagrado.

Por pura casualidad, Pedro y sus hermanos, casi como un milagro, se encontraron en una esquina de la plataforma desde la cual podían observar sin obstáculos los eventos que se desarrollaban en lo alto del entablado.

De manera casual los ojos de Pedro encontraron una cara angelical, de ojos amarillos, grandes, como de tigre, con largas pestañas y pequeñas indentaciones en sus mejillas rosadas, con una boca roja como un clavel. Pedro se sobresaltó cuando esos ojos divinos se cruzaron con los suyos, enviando señales profundas de deseo, de una necesidad de acercarse a esa criatura exquisita. Al mismo tiempo Pedro se sintió estremecido por la audacia de esa mujer de mirarlo directamente, sin bajar la mirada, como retándole a que se acercara. Pedro, de manera inconsciente se prometió que encontraría una manera de averiguar quién era ella. Por mala suerte para Pedro, la arenga del prelado continuaba sin cesar, hora tras hora, las palabras brotando de la boca del párroco como agua de una catarata; finalmente, a Dios gracias, para alivio de los presentes, el cura cerró su homilía casi sin aliento.

En un susurro, Pedro le dijo a Rodrigo, su primo parado a su lado, "¿habéis mirado a esa mujer hermosa, la del vestido verde y ojos como un ángel? exclamó señalando discretamente con su dedo a la dama que había despertado su interés. Sin parar agregó, "tengo que encontrar una manera de hablarle, de conocerla. Cuando descienda de la plataforma, sigámosla".

Una vez que la hermosa dueña descendió del tablado, Pedro y Rodrigo comenzaron a seguirla de una manera subrepticia. Pedro apresuradamente les explicó a sus hermanos su propósito y que les encontraría después en la posada donde se alojaban.

Paso a paso, con cautela, los dos primos siguieron el cortejo que pocos minutos después detuvo su marcha en uno de los jardines de la plaza, como a propósito, Pedro pensó. Sin perder un segundo, Alvarado fue en busca de la señorita; cuando se acercó, removió su sombrero, mostrando su hermosa cabellera dorada, se inclino ligeramente y en una voz profunda y llena de confianza, exclamó, "bella doncella, mi nombre es Pedro de Alvarado y Contreras, a vuestros pies", entonces graciosamente, con elegancia, la tomó de la mano, besándola suavemente, inhalando el suave perfume que emanaba de su piel. La dama prontamente se repuso de su asombro, respondiendo, "soy Raquel Fuentes, gusto de conocerlo". Pedro, en un instante, aprovechando la oportunidad presentó a su primo Rodrigo Sosa. Después de unos minutos de conversación, Raquel le informó a Pedro que tomaría el almuerzo con su tio que era el arzobispo del pueblo, pero que más tarde volvería a la iglesia y le agradaría volverle a ver. Los nuevos amigos acordaron reunirse más tarde en los jardines de la catedral.

Alvarado estaba más que contento, realmente feliz. No paraba de dar gracias a su buena suerte de haber encontrado a esta bella criatura. Brevemente se preguntó cómo Sarita, esa gitanilla había pronosticado que encontraría esta mujer incomparable. ¡Asombroso! ¡Irreal!

La tarde transcurrió con parsimonia, muy despacio, los minutos pasando con una lentitud desesperante, uno a uno, haciendo que Pedro perdiera la paciencia. Finalmente, con Rodrigo decidieron encaminarse a la posada para encontrarse con sus hermanos como habían acordado, haciendo planes para el encuentro de la tarde, Rodrigo deseando que Raquel tuviera una hermana o una amiga a la que él pudiera conocer. Cuando la pareja doblaron la esquina se encontraron presenciando una pelea, que inicialmente trataron de evitar, cuando súbitamente una voz ronca les llamó, "Pedro, Rodrigo, ayúdanos", su hermano Gonzalo imploró, "estos rufianes quieren matarnos; no sé porqué pues no hemos hecho nada para provocarles. Nos han atacado sin ninguna razón. Pienso que están borrachos y solo están buscando una pelea". Pronto, Pedro y Rodrigo se unieron a la melee, dispensando golpes a diestra y siniestra, haciendo el mejor uso del entrenamiento informal que recibieran en su pueblo.

Sin ningún aviso, uno de los atacantes desenvainó una espada y atacó a Jorge, tratando de penetrarle el pecho. Al darse cuenta, Jorge, con gran rapidez y destreza produjo una daga, desvió la espada y sepultó el cuchillo en el pecho del asaltante. La víctima se desplomó al suelo agarrándose el pecho, la sangre brotando de la herida a borbotones. Al darse cuenta los amigos del herido empezaron a gritar, "guardia, llamad a la guardia; ayuda. Asesinos, habéis matado a mi hermano" El clamor pronto aumentó cuando más voces se unieron al llamado de la guardia. La chusma se volvía más y más agresiva, llena de amenaza y exclamaciones obscenas. Los gritos llamando a la guardia fueron repetidos por mucha más gente quienes presintieron un desastre, clamando venganza por algo que no tenían idea, pero lo mismo, exigiendo justicia.

Con gran entereza y determinación, Pedro sujetó a su hermano Jorge que estaba paralizado, pegado al lugar, ordenándole al resto de sus amigos que se dispersaran y huyeran. La guardia había respondido inmediatamente y junto con la plebe empezaron a perseguir a los fugitivos; la cacería había empezado. Los Alvarado corrieron, tratando de escapar, doblando esquinas, perdiéndose en las calles que no eran conocidas hasta que finalmente, por buena suerte, llegaron al albergue. Por el momento habían perdido a los perseguidores. Apresuradamente los escapados ensillaron sus monturas y se hicieron al camino, emprendiendo la fuga con gran velocidad. Por el desconocimiento de las calles, equivocadamente tomaron el camino con rumbo al puerto de Cádiz, en vez de encaminarse hacia Badajoz. Cuando se dieron cuenta de su error ya era muy tarde ya que la guardia había encontrado su pista y estaban pisándole los talones. Los hermanos estaban desesperados, con miedo, tratando de alejarse tanto como fuera posible. Afortunadamente sus caballos eran más veloces que los de los perseguidores y pronto empezaron a ganar terreno, con muchos de los seguidores perdiendo interés en la persecución. Finalmente los fugitivos se perdieron en una nube de polvo. Por el momento estaban a salvo.

Capitulo 8

PUERTO DE CÁDIZ, SEVILLA, ESPANA.

Desesperadamente, huyendo por sus vidas después de la debacle en La Esperanza, donde Jorge de Alvarado, por puro accidente, aparentemente había matado un hombre durante las festividades. Pedro de Alvarado y sus hermanos arribaron en el puerto de Cádiz en el mar Mediterráneo, buscando asilo con su tio Alejandro y su esposa Sara a quien aun no conocían. Los hermanos Alvarado sabían que su tio Alejandro hacia algún tiempo que vivía en Cádiz, trabajando como carpintero. Repetidamente había invitado a sus sobrinos y a su hermana Mexia a que vinieran a vivir con él y su esposa en el puerto donde podrían encontrar trabajo sin mayores dificultades. En más de una ocasión mencionó que podría tomarlos como aprendices de carpinteros pero nunca habían hecho el viaje, hasta ahora, forzados por los eventos desastrosos de La Esperanza.

Cádiz era una ciudad ebullente, llena de gentes de todas partes del mundo conocido en esa época, de muchas nacionalidades, griegos, turcos, árabes, judíos, venecianos, cientos de soldados dados de baja de las guerras recién terminadas, atraídos por el prospecto de enrolarse en una de las muchas expediciones hacia el nuevo mundo llamado Las Indias. Todos deseaban hacerse ricos, tal vez aún famosos.

Los hermanos Alvarado, después de preguntar a muchas personas que encontraban en su camino por direcciones y de perderse muchas veces, finalmente llegaron hasta la casa de Alejandro. La propiedad estaba situada en una colina que miraba hacia las azules aguas del océano y una vista espectacular de la bahía y un jardín muy bien trazado y atendido, un establo grande para los muchos animales de la casa, incluyendo caballos, un perro pequeño, gallinas y patos. El perrito anuncio su llegada con ladridos muy agudos, inconsistentes con su tamaño, hasta que finalmente el dueño de la propiedad, Alejandro abrió la puerta de la casa. Se sorprendió mucho cuando vió a sus sobrinos y a Rodrigo; quedo sin habla tratando de explicar su presencia, pero feliz de verlos después de tantos años de ausencia de Badajoz. Después de invitarlos a pasar adelante, les presentó a Sara, su esposa y reiteró su ofrecimiento de albergarlos. Les invitó a cenar durante la cual, Gonzalo, a nombre de todos, le informó de su escape de La Esperanza; no omitió ningún detalle pues no quería poner en aprietos a su tio con la guardia. Le hizo saber que posiblemente Jorge había matado a una persona y que eran fugitivos de la ley. Jorge y los demás agregaron su propia versión de los acontecimientos y mencionaron que posiblemente la guardia les podría estar siguiendo. Después de escuchar las alarmantes noticias, Alejandro les aseguró que, si se mantenían alejados y callados estarían seguros en Cádiz. Reiteró su oferta de conseguirles empleo como aprendices de carpinteros. Hizo mención de que los barcos esperando a zarpar necesitaban cocineros, carpinteros, herreros, toda clase de trabajadores para tripular los muchos barcos que estaban anclados en la bahía. En la mañana irían al puerto para buscarles trabajo.

Alejandro les preguntó acerca de su hermana, Mexia y deploró el hecho de que no había venido con ellos. La echaba mucho de menos. Para complementar la cena preparada por Sara, un vino de muy buena calidad fue abierta y degustada por la familia. Los hermanos elogiaron a Sara acerca de su excelente comida y se mostraron maravillados con su suavidad y gracia como anfitriona.

Sara era una mujer muy joven para Alejandro, extremadamente bella, educada, agraciada, llena de vida y sumamente amistosa. Se mostro sorprendida por la larga cabellera dorada y los ojos de azul profundo de Pedro, su porte y su forma de conducirse. Inmediatamente se dió cuenta de la tristeza que lo embargaba. Se preguntó a si misma ¿Qué le habría pasado; cual sería la razón de su pena?

Posteriormente a la cena, Pedro y Rodrigo se ofrecieron a ayudar a Sara a recoger y lavar los trastos de cocina. Pedro se dió cuenta que el perrito se mantenía quieto, en silencio pero alerta, descansando a los pies de Sara. Una vez que la cocina fue puesta en orden, Alejandro le pidió a Sara que les leyera unos poemas, lo que Sara hizo con una voz dulce, melodiosa que les hizo derramar lágrimas. Un poco después, tomó una guitarra y comenzó a cantar canciones que les llenaron de nostalgia por la tierra y la casa, que contra su voluntad abandonaron. Pedro estaba realmente impresionado con los muchos talentos de Sara, especialmente el hecho de que sabía leer y escribir. Ya tarde de la noche, los fugitivos fueron llevados a las habitaciones de huéspedes y pronto se encontraron durmiendo pacíficamente.

A la mañana siguiente Alejandro salió temprano de la casa para su trabajo, mientras que a los hermanos Sara les guió por la casa. Sara los condujo a los jardines donde mostró ser una jardinera consumada que sabía los nombres de todas las flores y arboles del jardín. Después les mostró el establo. Pedro y sus hermanos la felicitaron por sus habilidades y le agradecieron su hospitalidad. Sara reciprocó diciéndoles que Alejandro estaba muy feliz con la presencia de sus sobrinos extraviados y el primo Rodrigo. Les aseguró que eran bienvenidos a quedarse tanto tiempo como desearan. Los Alvarado estaban conmovidos por la falta de egoísmo de Sara. Pedro notó que Sara le daba órdenes al perrito con señales silenciosas y más tarde le preguntó que como lo hacía y mencionó que el también tenía un perro en su casa y que lo echaba mucho de menos. Pedro confiaba tanto en Sara que pronto le confesó acerca de su fallido romance con Raquel cuando tuvieron que salir huyendo para salvar sus vidas. Sara le escuchó con mucha paciencia y trató de alentarlo, de levantarle el ánimo.

Cuando Alejandro regresó de su trabajo les hizo saber que una gran flota de barcos estaba anclada en la bahía esperando zarpar para la isla de La Española, actualmente Labadee, territorio de Haití y que el jefe del grupo en realidad estaba buscando trabajadores para los buques y si estaban dispuestos podrían navegar con la expedición.

Durante la cena les dió las buenas noticias de que les había conseguido trabajo como sus aprendices, después de que hablara con el jefe de la flotilla, general Hernán Cortés. También les informó que la fecha de partida era incierta pues la expedición no podía encontrar inversionistas que financiaran el viaje. Los prestamistas estaban descontentos con las ganancias de los viajes anteriores. En voz baja les hizo saber que la situación se había complicado aún más cuando los judíos, los mayores banqueros habían sido expulsados de España cuando se rehusaron a convertirse al catolicismo como fue ordenado por los reyes católicos, Isabel de Castilla y Fernando de Aragón. Muchos hebreos abandonaron España y se dirigieron a Roma donde el nuevo papa electo, Rodrigo Borja, quien a cambio de contribuciones exorbitantes para sus arcas, supuestamente para financiar obras sociales, les ofreció asilo. Las contribuciones fueron usadas para sobornar a los electores del colegio de cardenales.

Los días se volvieron meses, Alejandro y sus sobrinos salían temprano de la mañana para encaminarse al trabajo en los muelles del puerto. Con el nuevo ingreso de dinero, los Alvarado y Rodrigo Sosa fueron capaces de adquirir vestimentas más a la moda, mejores espadas y dagas. Un buen día, un soldado de paso, le ofreció a Pedro una espada enorme y se sorprendió cuando Alvarado fue capaz de usarla con gran maestría. La espada era forjada del más fino acero toledano, digno rival de las mejores espadas de Damasco. El florete perteneció a un soldado árabe que pereció a manos del soldado que vendía la espada. Con el tiempo, el soldado, cuyo nombre era Juan Argueta, se convirtió en uno de los mejores amigos de Pedro de Alvarado y decidió radicarse en Cádiz y posiblemente zarpar con la flota. El sargento Argueta se volvió como una sombra, constantemente al lado de Alvarado, posiblemente como gratitud hacia Pedro que le había devuelto su propia estima al rescatarlo del alcoholismo en el que había caído al encontrarse sin trabajo.

Alvarado y Sara desarrollaron una amistad muy cercana, Pedro siempre respetando las normas de decencia hacia la esposa de su tio. A pesar de su edad, Sara era una magnifica ama de casa y manejaba los quehaceres diarios con mucha precisión. Conforme pasaron los días, Sara logró ganar la confianza de Pedro quien le contó todos los detalles de su pesar; ella le alentó y le ayudó a sobreponer su amargura. A petición de Pedro, Sara diariamente le leía poemas de amor y pronto, sin pensarlo mucho, Pedro empezó a dictarle las poesías que acudían a su mente. Le pidió que le ayudara a mejorar su lectura y escritura. También le rogó que le mostrara y le enseñara las señales silenciosas con las que guiaba al perrito. Pedro estaba hipnotizado con esta maestría de Sara. Alvarado le comunicó que el también tenía un perro, "Valor", el cual había quedado en su casa a la cual ya no podía regresar. Estaba temeroso de nunca más le volvería a ver, preguntándose al mismo tiempo si su madre estaría cuidando del mastín. Echaba mucho de menos a su madre y deseaba tanto que algún día ella pudiera unirse a los hermanos en su nuevo refugio de Cádiz.

Una tarde, cuando los hombres regresaron de trabajar, Sara vino corriendo hacia ellos con gran agitación; los trabajadores se preguntaron si algo le había sucedido. Al acercarse más, Sara tomó la mano de Pedro y corrió con él al patio de la casa, en la parte de atrás, diciéndole con palabras entrecortadas, "tengo una sorpresa para ti y Rodrigo", agregando con picardía. Cuando llegaron al patio, Pedro vio al mastín, Valor, quien se acercó a grandes zancadas; Pedro se quedó sin habla, incrédulo. No podía creer lo que sus ojos miraban. Finalmente abrazó a su amigo que ya se había convertido en una bestia gigantesca. Pronto, perro y amo se fundieron en un fuerte lazo, como una unidad. Ambos saltaban de alegría, Pedro lloraba lágrimas de alegría. Rodrigo también abrazaba a su mastín, "Amigo". Después de que su entusiasmo pudo contenerse, Pedro notó que el portador de tan buenas noticias era su hermano Hernando. Al preguntarle, Hernando les informó de que la guardia aun estaba buscándoles, que no podían regresar a Badajoz a menos que quisieran enfrentar cargos ante la ley. Hernando dijo, "nuestra madre os envía saludos, su amor y sus bendiciones; esta muy triste porque piensa que nunca más volverá a veros. Ella esta especialmente preocupada por ti, Pedro, porque tú eres el más chico, pero se rehúsa a abandonar a nuestro padre quien esta a punto de perder la finca por falta de pagos. Ahora esta bebiendo más y más", concluyó.

Durante la cena, los hermanos informaron a Alejandro de los eventos; los Alvarado resolvieron enviarles dinero a sus padres para ayudar a aliviar la difícil situación económica. Así mismo tomaron otra decisión crucial, enrolarse en la expedición al nuevo mundo. Alejandro prometió hablarle al general Cortés para tratar de conseguir un lugar a bordo de uno de los galeones; con los nuevos conocimientos que habían adquirido, Alejandro estaba seguro de que no habría dificultad en conseguirles pasaje.

En su tiempo libre, Alvarado y su primo Rodrigo continuaron adiestrando a sus mastines, ahora ya usando las señales silenciosas que Sara les había enseñado. Corrían en la arena de la playa, a veces chapoteando en las partes no profundas del agua, a diario mejorando su resistencia física. Pedro se volvió más diestro y fuerte con la espada y el pico.

Una noche durante la cena, Alejandro les hizo saber que él y Sara habían determinado unirse en la aventura. Tomaron la decisión basados en que no tenían más familiares y también querían probar suerte en las tierras de fábula; ahora ya estaban convencidos de que en el nuevo mundo se volverían ricos. Seguramente construyendo casas para los nuevos emigrantes se convertiría en un negocio fabuloso. El último tropiezo seria convencer al jefe de la expedición de que los incluyera en los barcos que zarparan. Aun cuando Alejandro conocía a Cortés, no eran de ninguna manera amigos íntimos.

Pedro y sus hermanos continuaron siguiendo las maniobras que los soldados ejecutaban en la playa, algunas veces imitando a los guerreros. Estaban fascinados viendo a la milicia y la caballería ejecutar maniobras usando fuego real. Se sorprendió al notar que los perros usados en las maniobras no tenían miedo del ruido de los arcabuces y los cañones. Así mismo notó que los soldados usaban banderas para guiar a las tropas. Era muy excitante. Los arcabuces eran muy poderosos pero extremadamente ruidosos.

Por su parte, Hernán Cortés mantenía bajo vigilancia los movimientos de la pequeña tropa de Alvarado y sus familiares, prestando suma atención a los dos mastines enormes siendo entrenados por los jóvenes. Estaba mesmerizado de la forma en que el joven rubio dirigía a su mastín con señales silenciosas usando solo sus manos, no palabras o gritos. Hizo una nota mental de tratar de acercarse al mozo y preguntarle acerca de esta habilidad. Tendría que adiestrar a sus perros en esta nueva técnica que ciertamente le daría más ventaja contra sus enemigos en el futuro.

Súbitamente, un grito de alarma fue escuchado por todos las personas que presenciaban las maniobras, pidiendo ayuda. Un caballo se había escapado y galopaba desenfrenadamente hacia la multitud que estaba paralizada de terror cuando se dieron cuenta que el animal se encaminaba directamente hacia una niña que jugaba solitaria en la arena de la playa; nadie se movía o intentaba hacer algo por salvar a la criatura de ser atropellada por la bestia enloquecida. Con horror, Pedro descubrió que, si nadie intentaba salvar al infante, el caballo la aplastaría. Sin titubear un segundo, Pedro montó su yegua "Corazón", urgiendo al noble animal a volar, tratando de alcanzar a la niña antes de que fuera demasiado tarde. Pedro urgía a su montura a apresurarse, a acortar la distancia entre el animal salvaje y la criatura. Con un esfuerzo supremo, "Corazón" llegó al lugar donde la chiquilla estaba, completamente ajena a los gritos de sus padres. Finalmente, con un esfuerzo sobrehumano, Pedro se inclinó hacia la víctima y la sujeto por la cintura con su mano derecha, segundos antes de que el caballo desenfrenado la aplastara. Pedro continúo galopando hasta que el peligro pasó; luego llegó a presencia de los padres y con gran ternura les entregó a su hija. Los padres estaban llenos de alegría y agradecimiento al buen samaritano, maravillándose del milagro. Después de pocos metros más en su yegua, Pedro desmontó y se acostó en la arena, tratando de comprender la hazaña que había ejecutado. Casi había sido una tragedia que Pedro pudo prevenir. Estaba muy feliz. Brevemente cerró sus ojos, cuando de repente detectó una sombra en su visión periférica e inmediatamente se puso de pie, al mismo tiempo desenvainando su espada, en guardia, tratando de defenderse del peligro; una voz grave y autoritaria le ordeno, "cálmate hombre, envaina tu espada", Cortés dijo dirigiéndose al rescatador. "Lo que habéis hecho tomó mucho coraje y una acción rápida; os agradezco por haber salvado a esa pequeña. Mi nombre es Hernán Cortés; soy el jefe de estas tropas. Me honraría mucho saber tu nombre. ¿Aceptarías tomar una copa de vino conmigo?", Cortés preguntó extendiendo su mano hacia Alvarado. Después de una breve pausa, recobrando su aplomo, Pedro respondió, "general, soy Pedro de Alvarado y Contreras a vuestro servicio; me dará mucho gusto aceptar vuestra invitación. Agradezco vuestras palabras de elogio", Pedro dijo, extendiendo su mano hacia el general. Para sus adentros Pedro estaba extático, no podía creer su buena suerte, estaba hablando con el jefe de la expedición y además le había invitado a tomar una copa de vino. ¡Increíble! Lo que había hecho fue puro instinto, pero igualmente estaba feliz que su buena obra estaba a punto de pagar dividendos.

Cortés y Alvarado dirigieron sus pasos hacia el embarcadero desde donde una embarcación pequeña los condujo hacia el buque insignia de Cortés. Una copa de vino terminó en una invitación a cenar. El general Cortés deleitó a Alvarado con sus hazañas durante los combates contra los moros, cómo fue nombrado comandante de esta expedición, sus planes y esperanzas para el viaje hacia el mundo recientemente descubierto. Finalmente, Cortés después de mucho pensarlo, le preguntó a Pedro que le explicara como hacía para que su mastín le entendiera las órdenes que con sus manos le daba. Cortés estaba hipnotizado con la narrativa de Alvarado quien se había convertido en un buen narrador de anécdotas; se sintió más que feliz de cumplir con el deseo del general. Le explicó con mucho lujo de detalles este arte que recién aprendiera, agregando algunas historias de su invención. Pedro deseaba tanto prolongar esta reunión. Cortés se mostro tan entusiasmado de las ideas de este muchacho que decidió invitarlo a que él y sus hermanos se unieran a los soldados durante las maniobras militares que diariamente ejecutaban en la playa y lugares cercanos. A cambio, Cortés le pidió que enseñara a los encargados de los perros los trucos que poseía.

Alvarado estaba jubiloso, apenas podía creer que casi había encontrado su pasaporte a los nuevos territorios; el truco ahora seria convencer al general a que tomara a él y a su familia a bordo de uno de los barcos. Todas las riquezas más allá del inmenso océano Atlántico le esperaban. Le prometió a Cortés que al día siguiente muy temprano estarían esperando a las tropas para practicar con ellas. Alvarado casi no podía esperar a llegar a casa y contarle las buenas noticias a su familia. Estaba tan feliz. Después de algún tiempo mas, deseó buenas noches a su nuevo protector y partió a casa. Para él la noche lucia prometedora, llena de encanto, el aire más puro. ¿Era su destino navegar hacia el nuevo mundo?, Pedro se preguntó. ¿Era suficientemente maduro para unirse a tal empresa? Pedro sintió que el tiempo que le llevó llegar a la casa de Alejandro fue eterno, estaba ansioso de comunicar las buenas noticias. Tendría que pedirle a Alejandro su opinión, tal vez el podría orientarlo cual era la mejor opción. ¿En realidad su tio vendría con ellos? Cuando finalmente arribó a la casa, Alejandro soltó un suspiro de alivio al ver que Pedro había regresado sano y salvo. Todos se sintieron anonadados cuando Pedro les contó acerca de la oferta del general Cortés. La noche se hizo corta para los planes que cada quien estaba elaborando, algunas veces gritando sus ideas a los otros participantes en el conclave. Estaban rebosantes de alegría, aún Sara, la más conservadora y cautelosa, pronto se envolvió en el proyecto. Tal vez, pensó, podré convertirme en una señora, rodeada de sirvientes. Todo era posible en esas tierras lejanas, o de esa manera fue hecha creer por los rumores que circulaban por el puerto de Cádiz.

Capitulo 9

A la mañana siguiente, muy de madrugada, Pedro de Alvarado y su grupo estaban en la playa esperando a las tropas de Cortés. Ahora ya podían entrenar en capacidad oficial con soldados reales. Los hermanos aprendieron nuevas tácticas; fueron instruidos en la forma correcta de usar la espada y la "puya"-pico; cargaron y descargaron el complejo arcabuz. Se convirtieron en soldados endurecidos y fuertes. Pedro adquirió mayor destreza con la inmensa espada y descubrió que era un líder nato y que los otros soldados seguían sus órdenes a pesar de ser tan joven. Su mastín se hizo más grande y amenazador, aprendió nuevos trucos. Podía permanecer silencioso por largos periodos de tiempo pero siempre estaba listo a entrar en acción a la menor señal de su amo. Alvarado les mostró a sus nuevos amigos todas las artimañas en su arsenal, agregando maniobras nuevas.

Día tras día, Alvarado inventaba formas nuevas de convencer a Cortés de que él era el hombre ideal para la futura empresa; se volvió indispensable para el general, siempre a la mano para cumplir sus órdenes. Conforme pasaron los días, sus métodos sagaces encontraron una audiencia más receptiva con Cortez, hasta que un buen día Cortés capítulo y prometió a Pedro un lugar en su ejército. Fue nombrado Capitán menor. Cortés le dijo, "Pedro, me has convencido de tu utilidad, tu espíritu, tu bravura; te he visto trabajar con mucho ahínco, te he visto convertirte en un mejor soldado. Habéis entrenado a mis perros y los tuyos con mucho cuidado", prosiguió, "los soldados te estiman y siguen tus ordenes sin protestar. Cuando salvasteis a esa niña, los hombres se pusieron de tu lado. <u>Tomó</u> mucho valor hacer lo que hiciste. Tu pronta acción evito una gran tragedia. Serviréis bajo mi mando". Este nombramiento estaba más allá de las ilusorias expectativas de Alvarado. Ahora se había convertido en un oficial bajo el mando directo del jefe supremo. Apenas podía esperar a contarles a sus hermanos y tíos. Decidió tomar ventaja de su suerte un poco más; Pedro respondió, "general, me honráis muchísimo en ofrecerme servir bajo tu mando". Zalameramente agregó, "os serviré fielmente, así como también a nuestros reyes; general, no os arrepentirás de vuestra decisión". Alvarado estaba en flux. Tomando un fuerte respiro, decidió hacer su próxima petición; era ahora o nunca, "general Cortés, habéis conocido a mis hermanos y ya conocéis a mi tio Alejandro quien es un carpintero excelente; su esposa, Sara además de ser una dama esplendida es una cocinera excelente. Os suplico incluirlos en la expedición", Alvarado terminó inclinando de manera dócil su cabeza, esperando la explosión de su nuevo comandante; en vez de eso, Cortés, de manera afable respondió, "Pedro, Pedro, si que sabes cómo negociar; bien sabes que aprecio mucho a tu tio aunque no conozco a su esposa, pero estoy seguro que es una dama sin reproche. Son bienvenidos a unirse al viaje". Con un poco de picardía prosiguió," no te olvides de incluir a tus hermanos y al primo Rodrigo, así como también a vuestros mastines".

La conversación continúo por algún tiempo más, pero la mente de Pedro ya estaba más allá del horizonte, visualizando tierras verdes lujuriantes, montañas llenas de oro y piedras preciosas. Vorazmente había estado escuchando a los soldados que recién regresaban de esas lejanas tierras. Ya podía imaginarse a si mismo lleno de tesoros. Se hizo la promesa de que algún día volvería a La Esperanza, rico y famoso y le propondría matrimonio a Raquel, quien continuaba siendo una fijación en su mente, una necesidad en su corazón, aun cuando apenas la conocía ella había dejado una huella indeleble en sus sueños de joven.

Al regresar a casa, durante la cena, Alvarado les di̲ó las buenas noticias a su tio Alejandro, a Sara, su esposa y a sus hermanos y Rodrigo, su primo. Todos prometieron estar listos cuando el tiempo de zarpar llegara.

En los próximos días, Alejandro hizo arreglos para rentar sus propiedades y el taller de carpintería a un buen amigo de él. Alejandro y Sara también se habían infectado con el virus de esas ricas tierras del otro lado del océano. Estaban excitados ante la posibilidad de que con trabajo duro y tiempo, también se harían ricos. Razonaban que con seguridad buenos carpinteros se necesitarían en las nuevas colonias. Sara, por su parte ya estaba planeando como construir su nueva casa, con grandes jardines, muchos establos para los caballos y otros animales. Ella también había escuchado historias de esas tierras vírgenes. Le habían contado que había miles de árboles y flores aun desconocidas en Europa. Estaba excitada con las posibilidades.

Después de muchos meses más de demoras, contratiempos y desencantos, Cortés les informó que el Arzobispo de Cádiz, junto con los reyes católicos y otros inversionistas habían decidido financiar la empresa. A cambio de su inversión, además de las ganancias monetarias, el Arzobispo insistió que deberían convertir a los salvajes en la fé católica y las leyes de España. El prelado les manifestó a los reyes que al traer nuevas almas bajo el yugo de España también pagarían tributo a los soberanos. Una ganancia para todos, excepto para los pueblos próximos a ser conquistados.

La flotilla finalmente zarpó del puerto de Cádiz, rumbo a la isla llamada La Española, actualmente Labadee (Labadie) en el ahora llamado mar Caribe. De allí, los barcos harían una escala final en la isla de Juana (Cuba) para después dirigirse a su destino final, los nuevos territorios de La Nueva España (Méjico).

La flota antes de atravesar el inmenso océano atlántico hizo un descanso final en la nueva colonia de España, las Islas Canarias, para reabastecerse de provisiones y hacer las reparaciones necesarias a los barcos antes de la última etapa del viaje, cruzar el aterrador Océano Atlántico.

Después de casi tres meses de navegación, los viajeros anclaron en la población de Villa Rica en 1519, una colonia rustica fundada por otro español, Juan de Grijalva. Una vez allí, Cortés fue informado por un grupo de indígenas Totoneca, que a varios días de marcha, hacia el norte existía una ciudad imponente llamada Tenochtitlán, gobernada por un emperador, Monctezuma, extremadamente rico pero muy cruel con sus aliados anteriores, los Cholutecas y Totonecas. El cacique de los Totonecas le prometió a Cortés cincuenta mil guerreros para atacar a sus amos anteriores. Cortés, después de efectuar muchas mejoras al puerto, lo bautizó como el puerto de la Vera Cruz y entonces decidió marchar hacia la capital del imperio Azteca, Tenochtitlán. Después de quemar vivo al emperador Monctezuma, tuvo que enfrentarse al yerno del fallecido emperador, Cuauhtémoc, quien casi le derrota durante la batalla conocida como la noche triste", en los días del 30 de Junio al primero de Julio de 1520. En esta batalla, Cortés fue milagrosamente rescatado por Pedro de Alvarado quien evitó su muerte segura. Este acto cimentó la amistad entre Cortés y Alvarado. Cortés, en gratitud y en reconocimiento a la valentía de Pedro de Alvarado lo ascendió al rango de Capitán mayor y posteriormente lo nombro encargado de los territorios alrededor de Vera Cruz. Durante su mandato, Alvarado mostró su crueldad imponiéndoles a sus aliados anteriores, los Totonecas y Cholutecas, impuestos obscenos y castigos severos por las menores infracciones. Finalmente Cortés, ante la amenaza inminente de rebelión de parte de los indígenas, fue forzado a destituir de su posición a Alvarado. Al hacerlo, Cortés le castigó verbalmente; Alvarado estaba furioso, casi echando chispas, pero mantuvo su compostura esperando por una nueva oportunidad. ¿No había sido el responsable por salvar a Cortés? Estaba seguro que merecía un mejor tratamiento de parte de su superior. ¿No era así?

Poco tiempo después, Cortés fue nombrado "Adelantado" del valle de Oaxaca y otras posesiones más hacia el sur, con sede en la ciudad de Méjico, la capital del nuevo reino de Nueva España, anteriormente la sede de Tenochtitlán. Su nuevo mandato incluía posesiones más lejanas, más allá de las tierras de los Choluteca y Totoneca, el dominio de los Tlaxcaltecas y otras partes aún no exploradas por el hombre europeo.

Alvarado continuó esperando el tiempo propicio para esta empresa pero mantuvo la presión sobre el asunto; algunas veces apretando fuerte, otras aflojando el apremio, tratando de conseguir otra posición, siempre congraciándose con Cortés, insinuándose, tratando de volverse su acolitó favorito, intrigando para ser el oficial que Cortés buscara en sus momentos de necesidad.

Alvarado estaba impaciente, sin sosiego, hasta que una tarde, durante una de las reuniones con Cortés, Pedro finalmente tuvo el valor y exclamó, "general, me gustaría que me autorizara a desplegar mis tropas hacia el sur; tengo información muy confiable- aunque estaba estrechando la verdad, de que estas tierras son ricas en oro, plata, especies y mujeres bellas- esa alusión despertó el interés de Cortés, y salvajes que necesitan ser convertidos en la fe católica para beneficio de nuestros exaltados reyes", Alvarado siguió, "por favor, dejadme que marche a esos sitios y traer a esas gentes bajo tu dominio; además, los hombres están muy impacientes, aburridos después de tantos meses de inactividad", Alvarado concluyó. Cortés no le dió una respuesta de inmediato y decidió esperar, para ver si Pedro cambiaba de opinión. En sus adentros, Cortés pensó, ¿Qué voy a hacer con este impetuoso capitán? Se ha convertido en una peste, un absceso que necesita ser extirpado, ¿pero cómo? A pesar de todo le debía la vida a este hombre. Que determinación tan grave tenía que tomar. ¿Se arrepentiría mas tarde de su decisión?

Los meses continuaron pasando, Alvarado prosiguió insistiendo en sus peticiones hasta que finalmente Cortés, hostigado por la presión constante de Alvarado, después de meditarlo mucho y contra su mejor juicio, nombró a Pedro de Alvarado y Contreras como gobernador de la provincia de Oaxaca, una ciudad menor al sur de Méjico.

El arribo de Alvarado a Oaxaca fue una gran decepción; él esperaba encontrar una ciudad tan imponente como Tenochtitlán; en su lugar, Alvarado encontró una población pequeña, con pocos edificios dignos de llamarse palacios. Sin embargo, Alvarado pronto se recobró de su desencanto y se entregó a trabajar, intentando construir una ciudad mejor. Alvarado ordenó construir, alrededor de una plaza central, el palacio municipal- su palacio, una catedral-contra sus más íntimos deseos puesto que no era una persona devota quien creía en Dios, además de otros edificios gubernamentales, como la sede de la "guardia" y otras estructuras de menor importancia.

Meses después, mientras estaba sentado en sus oficinas, Alvarado recibió la visita de uno de sus ayudantes anteriores, el capitán Cristobal de Olid quien traía despachos del general Cortés. De Olid fue admitido de inmediato en la oficina de Alvarado. De Olid, tomando un breve respiro se dirigió a su superior, "gobernador Alvarado, os traigo un regalo del general Cortés", con aprobación de Alvarado, De Olid continuó, "el general os ha enviado una princesa india, la hija de Xicotenga, el cacique de los Tlaxcaltecas, quien entregó a su hija como prueba de amistad hacia Cortés, pero el general, como prueba de su estima os la ha cedido. La princesa ha sido recientemente bautizada en la fe católica como Luisa de Xicontencalt. La princesa ha aprendido castellano y habla, además de su dialecto, otros dialectos de las almas que viven hacia el sur de vuestro dominio". De Olid agregó, "gobernador, creo que os sería útil como intérprete con estos nativos. ¿Puedo presentártela? De Olid preguntó con trepidación puesto que conocía el temperamento legendario de Alvarado.

Alvarado estaba intrigado. ¿Era este un truco de Cortés? Después de un momento de silencio, le indicó a De Olid, "muy bien, traedla, dejadme ver que me ha enviado el general". Pedro de Alvarado esperaba ver a una mujer vieja y fea. Alvarado se sorprendió cuando la princesa fue presentada. La princesa mostraba un porte real, digno, un regalo para los ojos. Doña Luisa tenia ojos grandes y oscuros, vibrantes; su cabello era negro y brillante, largo, que le llegaba casi hasta la cintura; sus pechos eran pequeños y firmes, con un abdomen solido y una cadera amplia con piernas largas y poderosas. Su aspecto era de alguien de dinero y posición, de clase. En breve una princesa india real.

Sin esperar permiso para hablar, en una voz suave y melódica, bien modulada, casi sin acento, la princesa se dirigió a Pedro de Alvarado, "Soy doña Luisa de Xicotencalt, mi padre es Xicotenga, rey de los Tlaxcaltecas quien me ha entregado a ti como gesto de amistad y respeto hacia el rey y la reina de España y al gobernador de Oaxaca, don Pedro de Alvarado y Contreras". Luisa continuó, "mi señor, he sido ordenada por el general Cortés presentarme ante vos y ser tu leal ayudante- se rehusó a decir sirvienta o esclava; entonces se inclinó con mucha gracia y dignidad, de manera respetuosa pero no servil.

Alvarado después de recuperarse de su asombro momentáneo ante la osadía de esta niña, recobró su aplomo y usando su voz más melosa y exhibiendo sus mejores maneras, dirigió sus palabras a Luisa, "princesa, os doy la bienvenida a mi servicio"- casi dijo a mi cama; Alvarado siguió, "serás mi interprete con tu gente y las gentes mas allá de nuestras fronteras; entiendo que eres fluida en otros dialectos", declaró. "Estaréis en una oficina cercana a la mía de tal manera que cuando os necesite vendréis sin demora". La mente de Alvarado ya estaba contemplando posibilidades más allá del papel que la princesa desempeñaría. Ya se sentía atraído a esta mujer misteriosa. ¿Quién era ella? ¿Podría usarla para cumplir sus ambiciones? ¿Se convertiría en una aliada o seria un lastre?

Alvarado instruyó a De Olid a cumplir sus órdenes. En pocos días la princesa fue instalada en una oficina cercana a la del gobernador Alvarado, con una puerta que conectaba las dos recamaras. Perfecto, pensó Alvarado.

Por su parte, Doña Luisa también contemplaba la forma en que podría ayudar a disminuir el dolor de su gente. Vehementemente pensaba que su padre había cometido un gran error al unirse con los españoles. Sus aliados se habían convertido en bestias, abusando a las mujeres, robándose el tesoro de su pueblo, esclavizando a los hombres, haciéndoles trabajar sin descanso en sus nuevas fincas, tierra que habían obtenido despojando a los indios. ¡Eran tan groseros e ignorantes; Los diablos también se burlaban de sus dioses! Era vergonzoso. Se hizo la promesa de encontrar una forma de lograr su meta o perecer en el intento. Doña Luisa estaba dotada de una mente ágil, calculadora. En sus adentros pensó que Alvarado seria un hombre cruel si era traicionado, pero que podía ser manipulado. Solo el tiempo lo corroboraría. En pocos días, Doña Luisa se transformó en el centro del palacio. Sus órdenes eran obedecidas por españoles e indígenas por igual. Era un dinamo de actividad. Sobre todo organizó los asuntos oficiales de Alvarado e hizo que este se volviera más disciplinado. Alvarado estaba encantado de su asistente y trataba por todos los medios de agradarla y estar cerca de ella tanto tiempo como fuera posible. No sabía que con este acercamiento, cada día se encontraba un paso más cercano de convertirse en su amante.

CAPITULO 10

Pocos meses después de asumir su puesto como gobernador de Oaxaca, Alvarado aun se preguntaba dónde estaban los tesoros. Bajo amenazas y torturas interrogó a docenas de indios sin ningún resultado. Ni una miserable joya fue encontrada. ¿Dónde diablos habían escondido sus tesoros? Alvarado se preguntó. Sus soldados también estaban decepcionados, irritados, cuando nada de oro se descubrió, ni siquiera una onza de plata. ¿Sería que se les había engañado?

Posteriormente a mas interrogatorios brutales, Alvarado supo que mas allá de las selvas hacia el sur, un área que los indios llamaban Koaktemallan, existían otros reinos. A Pedro se le aseguró que estas gentes eran muy ricas, que tenían minas de oro, plata y una piedra preciosa de color verde que los moradores llamaban "jade" con el cual decoraban suntuosos palacios. Su información se completó al interrogar a muchos comerciantes que viajaban entre esos reinos y la ciudad de Tenochtitlán al norte. Alvarado se preguntó si esta información era una decepción masiva de parte de los indígenas. Se volvió más obsesionado con esta busqueda; con estos tesoros podría hacerse rico. Con riquezas, podría ser famoso. Tenía que encontrar una forma de llegar a esos lugares. Pensaba noche y día, interrogando de nuevo, otra y otra vez a cualquier persona que pudiera confirmar la información que ya había obtenido.

En 1520, Alvarado envió una expedición con la idea de establecer contacto con los habitantes de estos reinos. Después de largas negociaciones, Cristobal de Olid y Pedro Portocarrero, como representantes del gobernador Alvarado, consiguieron concluir un tratado de paz con Acajal, el cacique de los K'akchiqueles y Xahil, el cacique de los Tz'utujils. Ambos dignatarios representaban naciones que eran enemigos jurados de los K'iche, al norte. De nuevo, a Alvarado se le hizo creer que este reino era inmensamente rico. Acajal y Xahil no le informaron a sus nuevos aliados que ellos estaban buscando la forma de como derrotar a sus enemigos mortales y habían decidido aliarse con los españoles para cumplir su propósito, venganza. Le enviaron a Alvarado cantidades pequeñas de oro, algunas piezas de jade verde, algunas aves exóticas y varios animales pequeños, pero ninguna mujer como los enviados habían exigido como muestra de buena voluntad. En realidad, durante su estadía en la ciudad de Iximche y Chuitinamit, los emisarios no vieron ninguna mujer joven. ¿Las habrían escondido a propósito? Vieron a muchos niños y mujeres ancianas. Cuando se les preguntó a los caciques, ellos respondieron con muchas evasivas. Estos pequeños regalos solo aumentaron la avaricia del nuevo gobernador de Oaxaca. Deseaba más, mucho más, no estas miserias que no aportaban casi nada a su tesoro.

Pedro de Alvarado principió a importunar a Cortés con peticiones para que le dejara explorar estas tierras de fábula. Alvarado mandó enviado personal tras enviado personal, carta tras carta, pidiéndole a Cortés que le autorizara a marchar hacia estas tierras para finalmente encontrar la respuesta definitiva a la información que había obtenido o si estas versiones eran solo historias inventadas. Después de muchos halagos, suplicas, peticiones, amenazas veladas y ofrecimientos de parte de Alvarado, Cortés finalmente dió su aprobación para proseguir con la expedición propuesta. Le proporcionó a Alvarado un poco de dinero, pólvora y tropas adicionales, cuatro cañones pequeños, arcabuceros, un poco mas de equipo, algunos mapas rudimentarios de la región obtenidos de los mercaderes que recorrían el camino entre la capital azteca y la ciudad de K'umarkaj, la capital del reino K'iche, el destino final de Alvarado.

El propósito real de Alvarado al proponer esta apertura con los habitantes hacia el sur era la de adquirir más territorio, reclamarlo en nombre del rey de España, Carlos V. Al lograr esta meta, Alvarado razonó que el rey le miraría con ojos más favorables y posiblemente le nombraría "Adelantado"- un regente a cargo de más tierras o mayores posesiones. El mensajero enviado por Cortés fue específico en las órdenes que Cortés le impartiera, que esta autorización era limitada y el propósito era atraer a estos habitantes como aliados de la corona y no empezar una guerra sin antes consultarle. Alvarado se sintió sumamente decepcionado, esperaba una autorización más amplia; en vez de eso, se encontró con una misión diplomática. Tuvo que contener su enojo antes de llamar a sus dos capitanes de confianza, Pedro Portocarrero y Cristobal de Olid para darles instrucciones en esta delicada misión. Necesitaba toda su astucia para elaborar y adornar su comisión de tal manera que sus capitanes no sospecharan que estaba a punto de embarcarse en una aventura que era completamente opuesta a lo que Cortés le había ordenado.

Cuando Pedro and Cristobal entraron a su despacho, su enojo había disminuido notablemente. Instruyó a Portocarrero Y de Olid en el propósito de la misión. Por lo menos parte de las predicciones de Sarita, esa gitanilla, estaban a punto de convertirse en realidad. El escenario para sus próximos planes se estaba construyendo lentamente pero de manera inexorable. Esperaba con mucho entusiasmo emprender esta empresa.

Pedro y Cristobal irían acompañados de un contingente de indios amistosos mandados por Xicotenga, el padre de Doña Luisa, en quien Alvarado confiaba cada día mas y mas.

La misión diplomática partió a la mañana siguiente con rumbo a K'umarkaj, la capital del imperio K'iche, la próxima víctima en los planes febriles de Alvarado, quien estaba deseoso de un combate, de otra aventura donde pudiera probar su hombría y realizar sus sueños recientemente nacidos. Alvarado instruyó a sus vasallos que pusieran mucha presión sobre el cacique K'iche para obligarlo a aceptar su pseudo oferta de paz y convivencia. Alvarado dudaba mucho de que el cacique Quiché rehusara su oferta inicial, después de la cual Alvarado planeaba agregar más demandas, al punto de que en el futuro no muy lejano, el jefe K'iche no sería más que una sombra que cumpliría los mandatos del nuevo jefe, Alvarado. Por lo menos esos eran los proyectos del gobernador.

Capitulo 11

Kakupatak, el ministro de la guerra del reino K'iche estaba discutiendo con su "Nima"- capitán Ahau Galel, príncipe Tecún, uno de los regentes actuales del imperio, acerca de los emisarios del gobernador de Oaxaca, un lugar con el que los K'iche estaban familiarizados, quienes esperaban reunirse con el cacique. Kakupatak, en forma respetuosa se dirigió a su jefe, "han llegado dos visitantes y están esperando reunirse con vos". Kakupatak continuó, "dicen que vienen en nombre de un hombre al cual llaman Pedro de Alvarado, a quien los Choluteca y Tlaxcaltecas han nombrado "Tonatiuh", el sol. Le describen como un hombre pálido, alto, con ojos azules como el cielo, su cabello es dorado como el pelo del maíz; su cara también esta cubierta con pelo dorado. Insisten que él es la reencarnación de Quetzalcóatl, la serpiente blanca emplumada, a quien nosotros llamamos Q'UQ'MATZ". El ministro cobró aliento y prosiguió, "¿te gustaría recibirlos hoy o debo hacerlos que esperen como manda el protocolo?" finalmente preguntó esperando instrucciones. Tecún respondió, "¿me pregunto que es lo que quieren? ¿Estará buscando hacer la paz como lo hizo con los K'akchiqueles y los Tz'utujiles, o es que esta tratando de hacernos aceptar un acuerdo de paz y después despojarnos de nuestras tierras? ¿Qué pensás, tata, padre?" inquirió dirigiéndose a su mentor. Sin esperar por una respuesta, Tecún instruyó a Kakupatak, "déjalos que esperen, los recibiré en dos días como es debido, mientras tanto averiguaremos mas de ellos"

Después de una espera prudencial, Kakupatak le informó al jefe de la delegación, Cristobal de Olid que su señor les daría audiencia en dos días. Los emisarios fueron alojados en un palacio suntuoso reservado para dignatarios visitantes; se les proveyó de comida y bebidas, fueron tratados con cortesía como el protocolo mandaba, pero fueron confinados a sus habitaciones bajo una vigilancia discreta.

Los sirvientes atendiendo a los extranjeros murmuraban acerca del color pálido de su piel, sus ojos sin color, su cara cubierta de pelo y su cabello largo y claro. Sus mayores comentarios fueron dirigidos a los dos grandes perros negros, que se mantenían quietos, gruñendo amenazadoramente, algunas veces mostrando colmillos afilados, sus ojos moviéndose constantemente, alerta, listos a saltar en todo momento. Aun cuando los mayas tenían "chuchos" pequeños, nunca habían visto animales tan grandes como estos. Estaban fascinados admirando a la bestia más grande; sumamente dócil, paciente y hermosa. Poco tiempo después, Xicotenga, el cacique Tlaxcalteca acompañando a los enviados les dijo a los guardias que los extranjeros llamaban "caballo" al animal grande y "perro" a los animales más pequeños. Posteriormente, preguntando, los Quiché se enteraron de que los perros pertenecían a una raza especial llamada mastines, desconocida para ellos, que los soldados españoles usaban contra sus enemigos. Xicotenga podía hablar con sus guardias pero no podía salir de los jardines del palacio. Sus anfitriones también desconfiaban de él a quien consideraban un traidor, un revoltoso, posiblemente un espía.

Dos días más tarde, como se les había dicho, los españoles fueron llevados al salón de audiencias. El lugar estaba decorado con ricos tapices y alfombras gruesas, suaves y acolchonadas, impresionantes paisajes pintados en las paredes y algunas piezas de arcilla, decoradas en colores ocre y amarillo.

El príncipe Tecún y su ministro Kakupatak esperaban a los mensajeros vestidos en sus mejores galas ceremoniales, de pie, con porte reservado, preguntándose cuál era el propósito de la visita.

Los visitantes también vestían un pantaloncillo corto, con medias de algodón que dejaban adivinar las piernas poderosas y llenas de músculos; Los soldados portaban su coraza y casco de color plata, los cuales habían pulido para impresionar a los dignatarios Quichés. Una daga corta colgaba del lado izquierdo y una espada estaba suspendida en el lado derecho. Con este despliegue, los españoles intentaban intimidar a los dignatarios que esperaban por ellos, pero de alguna manera fallaron en su intento. Tecún y Kakupatak estaban esperando pacientemente, dignos, estoicos, inescrutables, examinando a los invitados de pies a cabeza. Evaluándolos.

Como el protocolo mandaba, los emisarios no se inclinaron o mostraron respeto hacia los dignatarios que esperaban recibirlos, mantuvieron su mano derecha en la empuñadura de las espadas; sin embargo, a pesar de su entrenamiento, se sintieron impresionados ante la imponente figura de Tecún quien esperaba lleno de confianza y seguridad. No era como los otros salvajes a quienes habían intimidado anteriormente. Tecún estaba bien formado, con pecho poderoso y hombros anchos; sus ojos eran oscuros, intensos y alerta, como ojos de predador. Su mandíbula mostraba una determinación absoluta, digna de ser notada inmediatamente.

Tecún, manteniendo un ojo vigilante sobre los soldados extranjeros, le ordenó a Xicotenga, el padre de doña Luisa, quien actuaría como intérprete, que preguntara a los emisarios que indicaran el propósito de su visita.

El jefe del grupo habló primero, dirigiéndose al príncipe con resentimiento por la afrenta de haberles hecho esperar para la audiencia. Ignoraba o eligió ignorar el protocolo establecido de que deberían anunciar su visita antes de que se les concediera una entrevista, en lugar de llegar sin ser invitados.

"Soy Cristobal de Olid, enviado especial del gobernador de Oaxaca, capitán don Pedro de Alvarado y Contreras, representante directo de nuestro rey, Carlos V, soberano de España. Mis acompañantes son Pedro Portocarrero y el sargento Juan Argueta", dijo indicando a cada uno en particular. "Nuestro líder, el gobernador Alvarado nos envía en son de paz. Desea firmar un tratado con vuestra gente, como lo ha hecho con vuestros vecinos, la noble gente Cachiquel y Zutujil", dijo pronunciando mal el nombre de los reinos. Olid continuó, "a cambio de vuestra lealtad y promesa de no agresión, el gobernador Alvarado, en su sabiduría infinita y gran misericordia, demanda un tributo anual en oro y joyas, en una cantidad a ser determinada posteriormente, a su discreción. Vuestros vasallos serán instruidos en la fe católica, abandonaran sus ritos paganos y a vuestros sacerdotes no les será permitido continuar predicando, contaminando la mente de la gente con sus ritos barbáricos. Además, vuestros templos serán transformados en iglesias católicas donde vuestra gente venerará a nuestro Dios, Jesucristo". No había terminado y prosiguió, "vuestros hombres trabajarán en los campos como ayudantes- evitó decir esclavos, algunas de vuestras mujeres ayudaran en labores manuales", de Olid concluyó, agregando algunas demandas de su propia invención.

Conforme la traducción proseguía, los ojos de Tecún y Kakupatak mostraron alarma y desprecio. ¿Quién era este "kajol"-sirviente, que se atrevía a imponer demandas sobre ellos? Todavía no eran sus esclavos. Era vergonzoso, los dos jefes pensaron. Tecún inmediatamente ordenó a Xicotenga a suspender su traducción y, mirando directamente a los intrusos, habló, "le dirás a tu señor que la gente K'iche no acepta su propuesta porque esta hecha para desposeernos de nuestra dignidad, nuestra forma de vida, nuestras costumbres y tradiciones; desea hacernos sus esclavos. Puesto que son mis huéspedes, Tecún continuó, sus vidas serán respetadas; dejarán mi reino mañana mismo. No serán bienvenidos de nuevo a menos que cambies tu forma irrespetuosa y las condiciones del tratado sean modificadas. De otra manera, si ponés un pie de nuevo en mis tierras sin ser invitados, tus vidas no serán respetadas". Con esta amonestación, Tecún abandonó el recinto, seguido por su ministro. Tecún estaba furioso. No podía creer la osadía y la desvergüenza de estos demonios. ¡Eran tan groseros!

Los K'iche, siguiendo sus costumbres siguieron el protocolo de hospitalidad como había sido ordenado por Tecún, sus vidas fueron respetadas.

Llenos de cólera y resentimiento, los españoles dejaron la capital la misma tarde, amenazando a viva voz, con palabras groseras que algún día volverían y les harían pagar la osadía de rehusar la "generosa" oferta que se les había ofrecido. Cristobal de Olid y sus compinches discutían abiertamente los resultados del encuentro, asumiendo que nadie entendía castellano; estaban equivocados, algunos de los Tlaxcaltecas ya entendían el castellano y en seguida notificaron a las autoridades K'iche de las amenazas lanzadas, al mismo tiempo pidiendo asilo a los jefes K'iche, puesto que habían decidido desertar de la filas de los españoles. Los informantes también hicieron mención de la amenaza de usar los mastines en su contra. Estos desertores estaban tratando de inculcar miedo en el corazón de los K'iche para congraciarse con ellos y obtener mas ventajas.

Los españoles estaban tratando de grabar en su memoria la topografía del lugar con el propósito de algún día regresar; de esta manera, Alvarado tendría por lo menos un poco de ventaja al saber cómo era la capital. Los emisarios cruzaron el rio Olintepeque en un lugar donde no era profundo y las aguas eran calmadas, pero los soldados no sabían que más abajo, el rio era profundo y las aguas eran turbulentas. Más tarde este error les costaría muchas vidas a los futuros invasores.

La ciudad pronto volvió a su normalidad; los habitantes en seguida olvidaron a los extranjeros y continuaron su vida diaria. Sin embargo Tecún y Kakupatak continuaron preguntándose cuando volverían los forasteros. Presintieron que este solo había sido un preámbulo de amenazas en el futuro.

Capitulo 12

El regreso a Oaxaca tomó varios días. Portocarrero y de Olid estaban seguros que los indios se sintieron impresionados e intimidados con los mastines y los caballos que habían traído con ellos. Se dieron cuenta de que los nativos examinaban a los mastines y a los caballos con la boca semi abierta. Portocarrero y de Olid habían visto varios perros pequeños en la ciudad pero nada tan grande como sus sabuesos. También notaron la forma en que se maravillaban que los españoles se subían al noble bruto y que lo dirigían a ejecutar maniobras que el jinete le ordenaba. Los dos capitanes archivaron estas observaciones para futura referencia, así como también el miedo que los salvajes mostraban cuando los grandes perros se movían y como hacían lo imposible por mantenerse alejados. Ahora sabían que los perros podrían ser usados contra ellos de manera efectiva. ¡Y lo harían! Definitivamente los usarían contra estos salvajes que les trataran tan mal.

Tan pronto como los soldados entraron a los recintos del palacio, los emisarios fueron ordenados a reportarse sin demora ante Alvarado quien les esperaba impaciente, después de que fue alertado por los vigías que había estacionado en las afueras de la ciudad. El gobernador estaba que se moría por oír el reporte. Sin ningún preámbulo les empezó a preguntar a los capitanes. Estaba especialmente interesado en saber acerca de los palacios, los tesoros o cualquier otra indicación de que esta gente en realidad era muy rica como se le había hecho creer. Los interrogó acerca de su enemigo potencial, el cacique

K'iche. Ni siquiera se sentó; Alvarado estaba sumamente agitado é impaciente. De una manera ruda y abrupta ordenó a los emisarios a dar su reporte.

Cristobal de Olid fue el primero en rendir su informe, "mi capitán, gobernador Alvarado, su cacique a quien llaman Ahau Galel, pero que también usa del nombre de Tecún y que los nativos usan más frecuentemente, es un hombre impresionante, bien fornido; parece peligroso y controla bien sus emociones. Sin ningún titubeo rechazó vuestra oferta tan generosa. Pienso que nos dará problemas; mi consejo, capitán, es tener mucho cuidado con él y mantenerlo bajo vigilancia", concluyó.

"¿Cuáles son tus impresiones, Pedro?" Alvarado se dirigió a Pedro Portocarrero; ¿Qué fuiste capaz de observar? ¿Son ricos? ¿Cuál es tu opinión de este hombre? ¿Estaba alguien más con él?

Después de unos minutos de reflexión, más que todo para organizar su reporte, Portocarrero contestó, "gobernador, lo poco que vimos del palacio estaba ricamente decorado, aun las habitaciones en que fuimos alojados eran intensamente lujosas. Pude observar indicaciones de riqueza, mucho más de lo que he visto anteriormente", continuó, "Junto a Tecún estaba otro hombre a quien Tecún le prestaba mucha atención, probablemente es su jefe de la guerra, aunque él no habló se comunicaba con su señor con cambios de posición muy leves. Estoy seguro de que será un hueso duro de roer. Los dos no tenían miedo de nosotros y se mostraron en control de sus emociones", declaró.

Al escuchar la opinión de sus subalternos, Alvarado desencadenó su furia, mostrando el lado oscuro de su carácter, quejándose de la ingratitud de esos idolatras. ¿Cómo fueron capaces de rehusar su oferta generosa de paz y protección? ¿Quién pensaban que eran? ¡Increíble!

Los capitanes, ya acostumbrados a estos despliegues de cólera esperaron pacientemente por pocos minutos hasta que su capitán volvió a la normalidad, recobrando su calma, la furia completamente abatida.

Alvarado les ordenó que se marcharan. Desgraciadamente, contra su voluntad tenía que enfrentarse a la realidad de informar a su superior, general Cortés de la fallida misión que se le había encomendado. ¡Como odiaba ser un fracaso! Sus ayudantes eran tan incompetentes, unos bufones, buenos para nada como su padre le había dicho en muchas ocasiones. Estaba en un callejón sin salida. Por una parte, sus hombres estaban ansiosos de pillaje; por otra parte, se encontraban aburridos, a punto de rebelarse, preguntándose que había pasado con los tesoros que Alvarado les había prometido. ¿Les podría retener por más tiempo?

Después de unos minutos de reflexión, ordenó a su amanuense, Manuel, que escribiera un despacho que le dictaría. Con mucho detalle le informo a Cortés el fracaso de la misión de paz hacia los K'iche. De manera conveniente omitió mencionar su oferta injusta y en vez acusó a Tecún y su ministro de la guerra de conspirar para atacar a las naciones pacificas de los K'akchiqueles y los Tz'utujiles, sus nuevos aliados. De manera descarada agregó que el jefe K'iche, de forma despectiva se había burlado y desafiado a la santa madre iglesia, aun cuando a Alvarado no le importaba la iglesia o la religión. En una forma audaz Alvarado le pidió a Cortés su permiso para castigar a estos salvajes desagradecidos y enseñarles la verdadera fe.

Alvarado le ordenó a Manuel a enviar el despacho el mismo día, sin ninguna demora. Estaba ansioso de marchar hacia el sur. Su alma desesperadamente necesitaba acción, su mente clamaba venganza, ¿Cuál era el motivo? solo él lo sabía.

El mensajero partió esa misma tarde portando en sus alforjas la sentencia de muerte para el reino K'iche. De manera inexorable el reloj principió a correr contra los inocentes K'iche.

Pocos días después, Cortés recibió el despacho. Cuando lo leyó, inmediatamente presintió que era una trampa y decidió archivarlo por algún tiempo, esperar a que los eventos disminuyeran su marcha apresurada. Conociendo el talento de Alvarado de ocultar la verdad e inculpar a otros, Cortés razonó que su respuesta podía esperar por más tiempo.

Por su parte, Alvarado no deseaba esperar; mantuvo sus demandas, enviando mensajeros tras mensajeros. Estaba determinado a humillar al cacique K'iche. Juró que le daría una lección que no olvidaría. Alvarado intensificó el entrenamiento de sus tropas poniendo mayor énfasis en el adiestramiento de los mastines. Su querido mastín, "Valor", fue entrenado más especialmente. Exhortó a sus soldados a prepararse para una acción futura contra los indios idolatras al sur de Oaxaca. Cuando supo que algunos de los soldados más veteranos mostraban su resentimiento de forma más abierta por la falta de pago por varios meses, amenazando con marcharse, Alvarado de nuevo prometió a algunos de sus más confiables veteranos muchas riquezas; convenció al más recalcitrante de que el botín estaba solo a una leguas mas allá de las selvas de Yucatán. La plebe se convenció de que Alvarado les llevaría a nuevas alturas, glorias nunca vistas anteriormente. Ahora Alvarado ya estaba cegado, febrilmente preparando el escenario para su próximo paso letal. Más aún, penosamente había convencido a sus más fervientes acólitos, especialmente al sargento Juan Argueta quien desde el puerto de Cádiz se le había pegado como chicle y de nuevo durante las batallas contra los aztecas muchos meses anteriormente. Argueta se convirtió en su ayudante personal, casi su confidente y amigo, algunas veces su aliado sordo y mudo puesto que Argueta ya conocía a su amo y guardaba silencio guardándose las respuestas para sí mismo. No necesitaba una amonestación del capitán. Argueta sacaba todas sus frustraciones durante los entrenamientos que a diario sostenía con Alvarado. Argueta le había enseñado a Alvarado la mejor manera de blandir la espada enorme que le había vendido al capitán en Cádiz. Por intermedio de Argueta, Alvarado convenció a la soldadesca, aún el más recalcitrante, de que el botín estaba solamente a pocas leguas más allá de las selvas de Yucatán.

Alvarado, en su espera, deambulaba por los corredores de su palacio, con sus manos detras de su espalda, ligeramente inclinada, hablando consigo mismo, haciendo planes, cambiándolos constantemente. Las paredes de su despacho se convirtieron en una prisión, un recinto del cual desesperadamente trataba de escapar. Necesitaba espacios libres; su alma no podía aguantar el tedio de la ciudad.

Todos los soldados estaban excitados por el prospecto de una nueva acción, ansiosos de marchar a nuevas aventuras, conocer nuevas tierras, conseguir más despojos. Cada quien anhelaba con volver a su tierra lleno de riquezas y gloria.

Capitulo 13

Alentados por las insinuaciones insidiosas de los españoles, pocos meses después, los Cachiqueles y Zutujiles atacaron a los K'iche. El enfrentamiento fue violento y sangriento con los tres ejércitos peleando salvajemente, sin conceder cuartel por ninguno de los bandos. Los agresores fueron supervisados por los soldados españoles quienes se mantuvieron al margen, observando, asegurándose que las ordenes de Alvarado eran cumplidas al pie de la letra, sin excusas.

Al mando de las tropas K'iche se encontraba el abuelo de Tecún, el gran rey Don K'iqab, representante de la casa real de Tekún, los mandatarios de turno en el imperio Quiche. Don K'iqab era un veterano de mucha experiencia en conflictos anteriores. Su ayuda personal era Kakupatak, quien había ganado alguna experiencia en uno de los últimos conflictos que estos reinos usualmente mantenían de una forma casi regular.

Don K'iqab dirigió a sus tropas con gran acierto, obligando a los atacantes a replegarse hacia sus fronteras previas, cerca de las márgenes del gran lago llamado Atitlán, una gran masa de agua dulce enmarcada por dos volcanes majestuosos, mudos, como antiguos centinelas.

Metro a metro, en un esfuerzo supremo, el ejercito K'akchiquel repelió a su oponente, con cientos de flechas volando, encontrando su blanco con puntería letal. Los gemidos de los combatientes llenaba el campo de batalla rompiendo el tranquilo silencio del lago. Las batallas continuaron por varios días más, ambos lados clamando victorias parciales, incompletas. El odio era intenso, no misericordia era pedida, no misericordia era ofrecida.

La embestida final de los K'iche finalmente llegó, aplicándose con vigor, alentados por sus líderes. Cuando la victoria estaba casi asegurada, Don K'iqab fue herido mortalmente en el pecho por una flecha perdida, su sangre emanando de la herida como una fuente, posiblemente una lesión directa al corazón. Su vida, a pesar de los esfuerzos de sus ayudantes se extinguió en pocos minutos; murió sin saber que gracias a sus esfuerzos y liderazgo la batalla había sido ganada. Al darse cuenta de que su comandante estaba muerto, Kakupatak, su ayudante, asumió el mando de las tropas K'iche urgiendo a sus tropas a vengar la muerte de su jefe. En un esfuerzo supremo, los K'iche fueron capaces de subyugar a sus enemigos quienes inmediatamente pidieron clemencia. Desafortunadamente, los instigadores del conflicto, Xahil y Acajal desaparecieron en los bosques aledaños dejando a sus subalternos a enfrentarse a la ira de los triunfadores. Los oficiales que se rindieron aceptaron su suerte y fueron ejecutados sin demora. Las tropas perdedoras sin sus oficiales fueron obligadas a replegarse a sus fronteras anteriores, aun llenos de rencor, jurando venganza.

Acajal y Xahil, tan pronto como se sintieron a salvo y lejos de la debacle, se quejaron con Alvarado acerca del ataque no provocado por parte de los K'iche, que ellos mismos habían instigado. Alvarado aceptó la versión de los eventos como la verdad porque llenaba perfectamente el vacio en sus planes de invadir el reino K'iche. ¡Había encontrado su excusa!

Ahau Galel, príncipe Tecún estaba devastado por la muerte de su querido abuelo. Ahora sabía que la tormenta se estaba formando, ganando fuerza como un huracán y que esta nueva época de paz era efímera.

El funeral de Don K'iqab fue una ocasión de gran solemnidad y pompa, como mandaba su rango y su noble cuna. Después de la purificación apropiada por los sacerdotes, su cuerpo fue velado en el gran templo de Tojil, el Dios jaguar. Tres días después, con todos los honores de su pueblo, su cuerpo fue cremado en el recinto central del templo. Una gran vida había sido extinguida. La nación K'iche estaba de luto. El espectro de la muerte había visitado el reino, traído por los españoles.

Pocos meses más adelante, el consejo supremo K'iche nombró a Kakupatak, jefe supremo de las fuerzas armadas y le ordenó renovar sus defensas.

Kakupatak sabía que Buluc Chabtan, el dios de la guerra estaba furioso con su pueblo; tuvo el presentimiento que la situación se pondría más grave por la presencia de los españoles. Su corazón le decía que eran sedientos de sangre y que encontrarían una excusa para volver. Había detectado la amenaza en los ojos de los hombres que Alvarado había enviado en meses anteriores. Estaba sumamente seguro de esa posibilidad. Decidió que debería preparar al reino para esa eventualidad. ¿Pero cómo? Los K'iche eran un pueblo pacifista, obligado a pelear en muchas ocasiones cuando era atacado por sus vecinos sin ninguna provocación. No podía reclutar mucha gente ya que la mayoría eran propietarios de sus tierras y sería muy difícil para ellos a abandonar sus granjas. ¡Que dilema tan grande! La mayoría de veteranos estaban muertos o habían regresado a sus fincas. Discutiría con Tecún la necesidad de re-enlistar a estos hombres. No sabía cuánto tiempo el reino tendría antes de ser atacado de nuevo, esta vez posiblemente por los españoles. Los vientos de la guerra se avecinaban de forma vertiginosa. Los pobladores de alguna manera presintieron la tormenta que se acercaba y buscaban de manera frenética consejo de los sacerdotes, asistiendo a los templos con más frecuencia, con más devoción. Rogándole a los dioses que les evitara el dolor de otra guerra más.

Capitulo 14

Una vez que la paz se estabilizó por pocos meses, después del funeral, Ahau Galel, príncipe Tecún fue nombrado "NIMA"-gran capitán.

Semanas después, Tecún estaba sentado en compañía de su amigo y mentor, Kakupatak, el nuevo Jefe de la guerra, discutiendo asuntos urgentes que afectaban a la nación K'iche. El ministro dijo, dirigiéndose a Tecún, "Nima, tu abuelo fue un gran hombre, le echo mucho de menos; de él aprendí muchas cosas útiles, tácticas y disciplina, por lo cual le estaré eternamente agradecido. Veo en vos su grandeza y noble corazón. Sé que es muy pronto pero necesitamos discutir estrategias para derrotar a los invasores que han llegado del otro lado de las grandes aguas saladas. Estoy seguro de que regresarán a atacarnos, posiblemente van a utilizar a los K'akchiqueles y Tz'utujiles contra nosotros"

Tecún y Kakupatak estaban desconcertados acerca de este hombre Alvarado; ¿sería en verdad la reencarnación de Quetzalcóatl, nuestro Q'UQ'MATZ, la serpiente blanca emplumada, que vino para reclamar estas tierras que los dioses nos entregaron como está profetizado en el libro sagrado del consejo, el Popol Vuh? Se preguntaron si los dioses les estaban castigando. Tanto como podían recordar, los sacerdotes siempre le enfatizaron a los nobles que algún día en el futuro, K'uq'matz regresaría para cumplir esta profecía. ¿Ya habría llegado el tiempo? se interrogaron con alarma. Continuaron preguntándose a sí mismos si habían fallado en algo que los dioses les encomendaran.

Los K'iche habían cuidado la tierra con amor y devoción; las cosechas eran abundantes, Ah Mun, el dios del maíz había sido honrado y venerado como se estipulaba en el libro sagrado. Los animales del bosque eran respetados y también venerados; los ríos se mantenían limpios, los templos estaban bien cuidados y los fieles atendían los servicios con frecuencia y presentaban sus ofrendas con humildad y reverencia. ¿Dónde habían fallado? era un enigma, una interrogante que ni siquiera los sacerdotes estaban seguros o tenían una respuesta acertada. ¿Estaba Jacawitz, nuestra madre, disgustada con sus hijos? Las preguntas siguieron acumulándose en sus mentes sin cesar. Sus corazones estaban llenos de pesar, preocupados. ¡Estaban anonadados! Todo era tan nebuloso. ¿Dónde estaría la respuesta a sus dudas?

Los rumores del hombre blanco invadiendo su reino se multiplicaban día tras día.

"Tata- padre", Tecún dijo; había crecido con los hijos de Kakupatak y lo miraba como su padre, "me gustaría averiguar cuáles son sus intenciones verdaderas. Mis reuniones con los Cholutecas que están descontentos, no me han dado ninguna respuesta, pero como dijiste, tengo la corazonada que pronto nos van a atacar". Estos fugitivos han visto a sus caballos llevar a los hombres por muchas leguas; estos "micos"-monos, también dicen que estas bestias corren más rápido que nuestros guerreros más veloces. Estas criaturas les obedecen sin protestar, con gran disciplina. Te recordás la primera vez que los vimos, nos impresionamos mucho con su belleza y su tamaño, aunque en ese tiempo no sabíamos que podían ser usados en esa forma. Algunos hombres aseguran que estos caballos pueden ser usados durante batallas contra el enemigo", Tecún finalizó.

Ixpiyacoc, el amigo de Tecún, recientemente nombrado ayudante personal de Kakupatak, el ministro, intervino en la conversación después de obtener permiso de su señor Tecún. "Nima, Kakupatak, he escuchado rumores de que esas bestias peludas llamadas perros pueden atacar a un hombre y despedazarlos con sus jetas poderosas, como ha sido presenciado por algunos esclavos fugitivos- los aliados

Choluteca se habían convertido en esclavos. Estos perros se pueden mantener silenciosos por muchas horas pero atacan cuando su amo les ordena con señales manuales silenciosas. Si los extranjeros nos atacan, necesitamos encontrar una forma de defendernos contra estas bestias." Vukub, quien había sido nombrado ayuda personal de Tecún, intervino en la charla, "muchos Tlaxcaltecas dicen que estos "balams-brujos, tienen unos palos largos que con un gran trueno escupen fuego enviando bolitas que pueden destrozar a un hombre. Los K'iche no conocían los metales ni sabían que esas esferitas estaban hechas de plomo. Ellos tienen mucho miedo de estos palos de fuego". Prosiguió, "si pudiéramos enviar algunos de nuestros hombres a espiar a los demonios que viven en Oaxaca, posiblemente podríamos obtener más información. Me ofrezco como voluntario para dirigir a varios guerreros y tratar de obtener más información".

La sesión de planeamiento continúo por varias horas; planes fueron hechos, revisados, algunos adoptados, otros descartados como imprácticos. La propuesta de Vukub fue analizada y luego aceptada. Marcharía en pocos días. Los conferenciantes hicieron arreglos para compartir la información en cuanto estuviera disponible.

Inexorablemente una bomba de tiempo estaba a punto de estallar. Vukub y un grupo de sus amigos de confianza salieron de la capital, en rumbo a Oaxaca, la sede del gobernador Alvarado, a la mañana siguiente. Su misión era obtener tanta información militar como fuera posible. La preocupación principal del grupo era la presencia de los perros enormes. El contingente siguió el camino que los comerciantes usaban para su intercambio comercial, buscando refugio en la floresta cuando otro grupo de personas viajaba en dirección opuesta ya que no deseaban ser descubiertos. Cuando el grupo de Vukub arribó en Oaxaca, se mezclaron con la población indígena y mantuvieron una distancia prudente de los vigías españoles. Los espías descubrieron que los soldados montaban y desmontaban los caballos y ordenaban a los mastines con señales de las manos, en silencio, almacenando esta información para luego comunicársela a su señor Tecún. Después de varios días más observando a las tropas, los merodeadores emprendieron el regreso hacia K'umarkaj donde Tecún y Kakupatak les esperaban ansiosamente para saber los resultados de su misión. Los datos que habían acumulado probarían ser cruciales en la defensa del reino en caso de ataque. Fueron especialmente capaces de averiguar que soldado y caballo eran un sujeto completamente diferente, no una sola unidad como antes habían pensado. La preocupación principal pasó a ser los mastines y cuál era la mejor forma de neutralizarlos. Se veían tan malignos y despiadados. Eran tan grandes y se miraban muy pesados.

Algunas pocas incursiones de los K'akchiqueles ocurrieron de manera intermitente, a pesar del tratado de paz recientemente concluido. Los españoles, ordenados por Alvarado, siguieron instigando ataques, tratando de probar el estado de preparación de los K'iche.

Capitulo 15

Pocos días más tarde, una vez que los emisarios de Alvarado se marcharan, Tecún y Kakupatak tomaron asiento para revisar y discutir su actitud y la oferta que ellos habían presentado. Los dos compartían el temor común de un desastre inminente, aumentado con las noticias descorazonadoras que se filtraban del recién caído imperio azteca, traída constantemente por los mercaderes que aun hacían la travesía entre las dos capitales. Portaban los alarmantes informes de la muerte del emperador Monctezuma, brutalmente asesinado por los invasores españoles al mando de Hernán Cortés. Aparentemente el emperador trato de congraciarse con los invasores ofreciéndoles oro y joyas, pero los agresores, no saciados le exigieron más, mucho más hasta que cuando finalmente rehusó la ultima extorción, él y su familia fueron apresados y quemados vivos en su propio palacio. Al darse cuenta de esta humillación, su yerno, Cuauhtémoc se rebeló y encabezó la lucha contra los españoles casi derrotándolos durante la noche triste. Finalmente fue capturado y quemado vivo de la misma manera que su suegro el emperador fuera ejecutado.

"Kakupatak", Tecún dijo interrumpiendo los pensamientos de ambos. "estoy seguro que la guerra es inminente; todavía puedo visualizar la arrogancia y la rudeza de esos soldados extranjeros quienes trataron de imponernos sus condiciones; fue vergonzoso. Te digo, Tata, nunca, pero nunca jamás me someteré a sus demandas y entregar a nuestra gente como esclavos; se que esta es su ultima meta. Tendremos que pelear hasta el último hombre para prevenir que esto suceda". Prosiguió enunciando sus palabras con vehemencia, con una pasión que su mentor nunca había escuchado de sus labios.

Antes de despedirse, Tecún le ordenó, "Kakupatak, quiero que le informes al consejo supremo acerca del grave peligro que nuestro reino enfrenta. Prepara una reunión sin demora".

"Si Nima, mi señor; Procederé de inmediato con tus ordenes", el ministro exclamó con gran respeto, se inclinó levemente y partió a cumplir con las ordenes de Tecún. Kakupatak estaba impresionado con el cambio de Ahau; de pronto se había convertido en un líder, seguro de sí mismo, todavía humilde pero con fuerza suficiente para ordenar cuando fuera necesario.

Con la amenaza de guerra casi tocando a sus puertas, la ciudad y las provincias se movilizaron. El espectro de la guerra había desencadenado una actividad febril. Las guarniciones lejanas fueron reforzadas y los comandantes fueron alertados al peligro, haciendo mención de reportar cualquier actividad extraña. La producción de flechas y arcos fue doblada, nuevos mazos con incrustaciones de obsidiana fueron producidos en masa. Lanzas y cuchillos de obsidiana se multiplicaron. Obsidiana era usada por ser una piedra tan dura y resistente como el diamante, que abundaba mucho en los cerros del reino. El imperio estaba en pie de guerra.

La asistencia a los templos se multiplicó; los sacerdotes ofrecían plegarias sin cesar, rogando por la salvación de todos, tratando de aplacar a los dioses. Los sacerdotes se preguntaban a sí mismos porque los dioses estaban molestos con ellos; nadie podía entender las causas. Cada habitante estaba consciente de la tormenta que se avecinaba, los vientos tomando fuerza como un tornado.

Aun cuando las relaciones con los K'akchiqueles y Tz'utujiles no eran cordiales, Tecún decidió enviar una delegación de paz encabezada por su amigo Ixpiyacoc como su emisario personal. Sus instrucciones fueron precisas en comunicarles que enfrentaban un enemigo común, que necesitaban formar una defensa conjunta. La memoria de la muerte de su abuelo todavía estaba fresca en su memoria, pero Tecún trató de olvidar e intento hacer a un lado las diferencias con sus enemigos.

Pocos días después, Ixpiyacoc regresó con malas noticias. "Nima", se dirigió a su capitán y señor, Tecún, "Acajal el "Nima" de los K'akchiqueles y Xahil, el "Nima" de los Tz'utujiles se negaron a aceptar tu oferta de paz y cooperación, en lugar amenazaron quejarse con su nuevo amo, Alvarado, de que estamos preparándonos para invadirlos de nuevo.

Ahau Galel, príncipe Tecún se sintió sumamente decepcionado con esta negativa. Después de unos minutos de reflexión, dijo, "me temo que estamos solos para defendernos y derrotar a estos invasores. Tendré que informar al concilio supremo de este contratiempo; agregó, "Ixpiyacoc, mi hermano, mi amigo fiel, te agradezco tus esfuerzos y el haber expuesto tu vida para cumplir esta misión. Vete a casa y descansa; muy pronto, de nuevo voy a necesitar tus servicios", concluyó abrazando a su amigo y dejando su oficina en busca del ministro de la guerra. Tenía que informarle de este último revés.

Dos semanas después, Vukub y su tropa regresaron a la capital, sanos y salvos de su expedición a Oaxaca. Inmediatamente fueron llevados a presencia del príncipe quien había sido alertado de antemano. Kakupatak también estaba presente en el recinto. Vukub les informó a los dos acerca de las preparaciones de los españoles, agregando de que el rumor que circulaba era de que Alvarado se preparaba a emprender la marcha con rumbo hacia el reino K'iche. Tecún y Kakupatak se enteraron de la forma en que los extranjeros usaban los caballos y los perros. Sus peores presentimientos fueron confirmados. Las peores noticias fue el informe de la forma en que los españoles usaban el palo de fuego que escupía muerte, armas que nunca en sus vidas habían visto. Los dos jefes estaban atónitos con esta información.

Una vez que los espías fueron enviados a descansar, Tecún y Kakupatak empezaron una conversación urgente, discutiendo la gravedad de la situación.

Las arenas movedizas del tiempo amenazaban con succionarlos. Los jinetes del apocalipsis se acercaban rápidamente a su amado reino. Los dos se preguntaron que nuevas calamidades les esperaban.

Capitulo 16

Al salir de su palacio, Ahau Galel, Tecún, seguido muy de cerca por su escolta personal dirigió sus pasos hacia el palacio de su prometida, Ixchel. La echaba mucho de menos. Se había convertido en la luz que le guiaba en medio de la oscuridad. No la había visitado por varios días; deseaba tanto su compañía, añoraba tanto ver ese rostro angelical, tan fresco como una rosa, siempre presente en sus pensamientos. Era tan adorable, pura, llamativa, como un faro que lo guiaba hacia aguas seguras.

Al llegar a su destino, Tecún fue admitido sin demora por el portero quien le condujo a la sala de espera. El mayordomo de la casa le recibió de manera afectuosa, le ofreció algo de beber y se disculpó, dejando a Tecún sentado de manera muy cómoda en una de los mejores cojines y se dirigió en busca de su ama, la princesa Ixchel. Casi en seguida, como si hubiera estado esperando detrás de la puerta, su prometida entró en la sala. Con gran ternura le tomó de las manos y lo acercó hacia ella, más cerca de lo que era permisible, murmurando suavemente, "Ahau, mi señor, Tecún, mi amor, mi pobrecito adorado, mi corazón se regocija con tu visita; he estado muy preocupada por ti", continuó, "yo sé como estas de ocupado, pero no puedo evitarlo, mi corazón se muere por ti". Ella deseaba tanto abrazarlo, acariciar su pecho poderoso, sus entrañas estaban como quemándose, demandando más. Apenas podía esperar a ser suya, a compartir con él sus momentos más íntimos. Los días eran muy largos y solitarios; sus noches se habían convertido en una tortura sin su presencia, su lecho estaba tan vacío. Realmente le deseaba, quería tanto besar su boca, acariciar su cuello, sus brazos; pero no podía hacerlo, seria impropio. En sus adentros sabía que Ahau la deseaba tanto como ella lo deseaba porque había visto en sus ojos el deseo, la necesidad, el fuego de la pasión, pero años de educación estricta les hacia prisioneros de las reglas estrictas de los Mayas. Eran nobles, tenían que ser un ejemplo para los "Kajols", los siervos.

Ixchel no podía contenerse, estaba tan feliz, "oh Ahau, me gustaría tanto quitarte tus preocupaciones; tienes tantas obligaciones, tanto sobre tus hombros. Mi alma sangra con la tuya. Sé que nuestra forma de vida esta en peligro y que tu estas tratando de prevenir que esto suceda; ¿te gustaría posponer la boda hasta que esta tormenta pase? Ixchel preguntó ansiosamente, aguantando la respiración, esperando su respuesta. Tenía miedo de que Tecún aceptara su oferta de demorar las nupcias. Inmediatamente, sin demora, Tecún respondió, "no, no me gustaría hacerlo; bien sabes mis sentimientos, lo deseo tanto como tú. Quiero hacerte feliz. Además, no puedo estar sin ti". Prosiguió, "se que no he venido tan a menudo como quisiera, pero los días y las noches son tan cortas, hay tantas preparaciones que hacer. Cuando pienso que todo ha sido completado, otro detalle pequeño surge. Mi mente esta sobrecargada, a punto de explotar. Mi tio Kakupatak, Vukub e Ixpiyacoc han sido de gran ayuda haciéndose cargo de gran parte de los preparativos; pero aun así, la decisión final es mía. Soy el guardián del reino".

Con un suspiro, finalmente se sentaron, aun tomados de las manos, desafiando las leyes de la gravedad. Ahau aceptó la bebida que Ixchel le ofreció, y, como cualquier pareja de enamorados, su conversación pronto se envolvió en asuntos más mundanos; rumores acerca de sus amigos. Ixchel le comentó a Tecún que su hermana K'etzalin estaba enamorada de su amigo Ixpiyacoc, quien, a pesar de las muchas señales que ella le daba, Ixpiyacoc no se percataba de sus insinuaciones, o así parecía. "Los hombres son tan ciegos", Ixchel dijo de manera casual.

Tecún le respondió, "se que a él le gusta K'etzalin porque me lo ha dicho en más de una ocasión, pero aun cuando es un buen cazador y valiente como ninguno, cuando se trata de K'etzalin, se le traba la lengua y no puede decir ni una sola palabra. Se queda paralizado. Tal vez la próxima vez que estemos juntos les empujaremos un poquito; ¿Qué dices?" Ixchel respondió, "absolutamente, eso es lo que haremos". En la misma forma le preguntó a Tecún, ¿"Acerca de Vukub, con quien podríamos juntarlo? "Discutieron muchos planes, alternativas fueron contempladas, pero después de cierto tiempo, la mente de Tecún principió a encauzarse al problema que le consumía, incapaz de concentrarse en las palabras de Ixchel. Finalmente, contra su deseo, con un corazón lleno de pesar, después de muchas excusas, Tecún dejo su compañía. Se prometieron verse pronto.

Al dejar el palacio de Ixchel, Tecún principió a caminar por las calles silenciosas, sin rumbo fijo, retornando de manera ausente los saludos de los transeúntes que se cruzaban en su camino. Sin darse cuenta se encontró en el templo de Tojil, el dios jaguar. Su mente seguía laborando acerca de la disposición de tropas, la mejor manera de defenderse de esos perros bravos y los caballos. Se preguntó si él y sus subalternos pelearían con honor y determinación. Si al final, sus enemigos los K'akchiqueles y los Tz'utujiles se unirían a los españoles en un acto final de traición, o enmendarían su forma de pensar errónea y comprenderían que su sobrevivencia estaba en juego. Miles de preguntas cruzaban su mente. ¿"Que hago?" Rumores de las atrocidades perpetradas por los mastines cuando los lanzaban contra sus enemigos se entrometían en sus pensamientos. Había oído que esos bestias eran feroces, implacables, aterradoras. Hasta el momento los K'iche no tenían ninguna forma de defenderse contra ellos. Su mente deseaba tanto encontrar una forma de neutralizar a esos "chuchos"- perros.

En silencio invocó al dios, "oh gran jaguar, dame coraje para guiar a mi gente, dame fuerza y sabiduría para enfrentar al enemigo sin amedrentarme; no abandones a tu siervo. Oh dios, líbranos de esta pesadilla". Tecún continúo su vigilia por algún tiempo más. Su alma había sido calmada, su mente había sido tranquilizada, su fe renovada.

Después de rezar por algún tiempo más, Tecún dejó el templo y volvió a su palacio para revisar de nuevo sus planes y los planes del ministro Kakupatak, quien había probado ser invaluable y muy sagáz. El viejo zorro estaba lleno de trucos y artimañas. Tenía mucha experiencia en asuntos de guerra; después de todo había derrotado a sus enemigos los K'akchiqueles no hacía mucho tiempo. En la mañana discutiría con sus ayudantes varias ideas que llegaron a su mente. Hizo una nota mental de que tendría que aumentar el número de soldados presentemente activos, que ahora sumaban no más de cuatro mil. Tendría que reclutar soldados de las fincas más lejanas. Los K'iche no eran una nación guerrera, eran más que todo agricultores, con los nobles que casi exclusivamente componían el ejercito activo. Tendría que despachar órdenes de reclutamiento a la mayor brevedad posible ya que muchos conscriptos tendrían que caminar largas distancias para llegar a los campos de entrenamiento de la ciudad. Sería una tarea monumental entrenar a esos hombres que no tenían ninguna experiencia militar. No sabía cuánto tiempo tenia para lograr sus objetivos, ignoraba el número de tropas que podrían atacarlos. ¿Cuántos serian? ¿Cómo estaban armados? Tecún había escuchado rumores que fueron confirmados por Vukub, de que los forasteros estaban equipados con armas de fuego, un tipo de lanza de cabo muy largo que los españoles llamaban "alabarda", la cual terminaba en una punta muy aguda. Inmediatamente, a pocos centímetros de la punta, la lanza tenía una protrusión, como una cruz, con uno de los brazos que se convertía en un pico agudo y el otro extremo consistía de un pico que se encorvaba, como un semicírculo con el que el soldado podía desgarrar las entrañas del enemigo. Nadie pudo explicarle el propósito de unos tubos de color semidorado, con una boca ancha, de unos cinco palmos de largo, con el otro extremo cerrado. ¿Qué sería? ¿Sería otra nueva arma? Estaba montado en aros de madera. ¿Para que servirían esos aros? ¿Podrían hacer que los tubos se movieran?

Capitulo 17

"No, absolutamente no", Pedro de Alvarado le dijo a su hermano Gómez, quien estaba entrenando a algunos de los mastines, preparándolos para una acción futura. Aparentemente Gómez no seguía las instrucciones que Alvarado le diera. Alvarado continuó con su diatriba, "esos perros necesitan aprender a obedecer las señales manuales silenciosas. ¿Me entendéis? Quiero estar seguro de que no atacaran a nuestros amigos, Los Tlaxcaltecas y los Choluteca", prosiguió, diciendo con burla al referirse a sus aliados. Una vez que su furia se abatió, Alvarado fue a supervisar el combate mano a mano, exhortando a los arcabuceros a mejorar su tiempo de cargar los arcabuces y dispararlos con mejor puntería. También alentaba a los jinetes a atacar con más brío. La mayoría eran soldados veteranos de las recientemente concluidas campañas contra los aztecas al norte y las masacres más recientes contra los pobladores indígenas del área cerca del puerto de la Vera Cruz. Muchos soldados habían llegado a su campo cuando supieron que estaba reclutando milicia para montar una invasión a los territorios de las nuevas tierras al sur de Oaxaca, la provincia donde Alvarado había sido recientemente nombrado gobernador.

Además de los españoles, dos tribus recientemente reclutadas a la fuerza, los Tlaxcaltecas y los Choluteca, entrenaban con los extranjeros, quienes ahora eran adiestrados en la forma de guerra más eficiente, el estilo europeo, reemplazando la manera desorganizada y sin reglas a la que los indios estaban acostumbrados.

Alvarado todavía estaba esperando la respuesta de Hernán Cortés, su comandante, deseaba tanto que fuera positiva, autorizándole la invasión del reino K'iche. Su impaciencia era disminuida al escribir poemas. Uno de sus más fervientes deseos, aprender a leer y escribir se había realizado, instruido por uno de los sacerdotes de quien se había hecho amigo durante los meses de campaña, un hombre llamado Juan Godinez, un caballero a quien encontró ser sumamente devoto, humilde, que vivía en la pobreza como mandaba su orden religiosa. A regañadientes había aprendido a admirar y respetar a este cura.

Poco tiempo después, Pedro de Alvarado fue en busca de doña Luisa, su intérprete, quien le atraía cada día más y más. Había descubierto que Luisa, además de ser bella también poseía una mente singularmente aguda y brillante. Luisa le enseño los rudimentos del lenguaje maya, de lo cual estaba muy orgulloso pues ahora ya podía regañar a los esclavos en su propia lengua. Cuando vió a Luisa, Alvarado de inmediato le ordenó, "Luisa, traedme un chocolate caliente"-Pedro se había vuelto adicto a la deliciosa bebida preparada con granos de cacao, entonces discutiremos acerca de esos Quiches salvajes que viven más allá de Yucatán"; continuó, ¿"sabéis quiénes son? ¿Pueden pelear? Que clase de armas poseen?" "Vamos, dime todo lo que sepáis. Especialmente quiero que me digáis acerca de ese hombre al que llaman Tecún" ¿"Quien es él? ¿Es un buen guerrero que podría derrotarme?" Luisa estaba teniendo dificultad en entender el castellano de Alvarado, quien hablaba de manera excitada con un acento muy marcado. Finalmente tuvo la oportunidad de contestar a la gran cantidad de preguntas que Pedro le dirigía.

"Pedro", enfatizó el tono ya ahora familiar con él; "ellos forman el imperio K'iche, son descendientes directos de los Mayas; básicamente son agricultores, pero sus sacerdotes que son astrónomos, están muy versados en los misterios de los cielos. Pueden predecir con gran exactitud eventos muchos años en el futuro. Sus ancestros", Luisa prosiguió, "se remontan miles de ciclos de Venus, tanto como pueda recordar, cerca de tres mil ciclos. El "Haab", el ciclo extenso de

Venus consiste de cincuenta y dos semanas con cinco días adicionales que son considerados de menor importancia y no son tomados en cuenta"; Luisa estaba en su elemento, Alvarado estaba fascinado con sus conocimientos, con toda la información que le estaba dando. Le parecía difícil aceptar el hecho de que estas gentes eran más viejas que sus ancestros. Luisa siguió hablando, "cuando son provocados pueden convertirse en guerreros muy feroces como fue comprobado en las guerras recientes contra los K'akchiqueles y los Tz'utujiles. Pedro, pienso que podéis tener una ventaja sobre ellos con tus cañones y los arcabuces, además de esos grandes caballos y los perros tan temibles. Tus caballos pueden llevar a cuestas a tus hombres de manera que llegarán descansados a la batalla; mientras tanto, los K'iche no tienen animales de carga para acarrear sus bultos, todo tiene que ser cargado "atuto", en la espalda, por cargadores". Ahora estaba imparable. "Aun con esas desventajas contra ellos, tus manos estarán muy llenas si decidís invadirlos". De alguna manera Luisa había adivinado el verdadero propósito de las preguntas de Pedro de Alvarado.

Alvarado estaba meditando, perdido en sus pensamientos. Estaba ansioso de marchar al sur pero aun no tenía el permiso de Cortés. Alvarado no deseaba alienar a su amigo y protector. Todavía recordaba la vergüenza que pasó cuando Cortes le amonestó al actuar contra sus ordenes de imponer demasiados impuestos a los indígenas que posteriormente había masacrado. Sus palabras de reproche todavía herían su orgullo. Pedro de Alvarado era un hombre complejo, algunas veces extremadamente bondadoso, suplantado en otras ocasiones por actos sumamente brutales y violentos. No era un hombre malicioso, pero podía ser cruel, frio, duro, con una vena despiadada. De tal manera, por su propio interés, contra sus más fervientes deseos, Alvarado decidió esperar la respuesta de Cortés.

Unos pocos meses fueron agregados a la tragedia cataclismica que sus acciones de avaricia desencadenarían contra el reino K'iche, pero el reloj de la historia no se detuvo; grano a grano el tiempo continuó desgranándose, la tragedia gestándose con más velocidad a medida que los días pasaban.

Las tropas continuaron con su incesante entrenamiento, aumentando su letalidad. Los mastines se habían convertido en bestias sumamente feroces, silenciosas, con mandíbulas que podían triturar completamente cualquier parte del cuerpo.

Los soldados de caballería aumentaron su arsenal con nuevas maniobras, los caballos respondiendo sin titubear a las órdenes que las rodillas del jinete le transmitían.

Los soldados de infantería perfeccionaron el ataque coordinado con los indígenas y los arcabuceros afinaron su puntería al grado de acertar a larga distancia.

Los cañones fueron reforzados con ruedas más grandes que les dieron más alcance.

Las fuerzas que marcharían contra los K'iche se habían tornado en una masa arrolladora, imparable con las armas que los defensores K'iche poseían.

Capitulo 18

Pocos días después, la respuesta de Cortés arribo en la forma de una directiva, escrita en estilo personal, pero oficial en las órdenes y el propósito, dirigida a Pedro de Alvarado Y Contreras, gobernador de Oaxaca. La carta decía:

Capitán,
Pedro de Alvarado y Contreras,
Gobernador de Oaxaca, por la gracia de su majestad
Carlos V, rey de España.

Estimado Pedro, después de un largo debate con otros oficiales de la corona, os comunico, con gran reserva de que he decidido aprobar tu petición de asistir a nuestros aliados los Cachiqueles y los Zutujiles, cuyos leales servicios a la corona de España, nuestra patria han comprobado sin la menor duda; pero, repito, os recuerdo evitar a toda costa cualquier conflicto armado con los Quichés a quienes todavía espero atraer a nuestro lado. Por lo tanto, como virrey de la Nueva España- Cortes había sido recién nombrado a este cargo y Alvarado no lo sabía, en el nombre de nuestro excelentísimo monarca, con el deseo de traer a estos idolatras al seno de nuestra santa madre iglesia, os ordeno incluir en tu fuerza expedicionaria a dos sacerdotes de tu elección. Recuerda que antes de romper hostilidades tienes que reportarlo a este despacho, para consideración y aprobación de cualquier declaración de guerra.

Nueva España, Noviembre de 1523
General Hernán Cortés, Virrey.

Cuando Alvarado terminó de leer la carta, un resentimiento negro y profundo explotó en su mente; con gran furia y desdén estrujó el documento en sus manos y lo arrojó al piso. Entonces se sentó con la cabeza entre sus manos, tratando de calmar su lucha interna, su rabia candente. Después de varios minutos, una vez que su cólera estuvo bajo control, recogió la directiva, la alisó con sus manos y llamó a Manuel, el secretario a quien, de manera imperiosa le ordenó archivar el documento, al mismo tiempo instruyéndole que enviara a doña Luisa en seguida. El secretario salió del despacho con toda la prisa posible. Estaba aterrado.

Tan pronto como Doña Luisa entró, Alvarado explotó con mucho rencor, "el descaro de ese hombre-se refería a Cortés, ha aprobado mi petición para el viaje más allá de nuestras fronteras, pero, escuchad bien, me ha ordenado, a mí, Alvarado repitió, traer conmigo a dos cuervos-dos curas, no solamente uno, pero dos clérigos chupa diablos para que me vigilen. Es intolerable, no puedo aguantarlo. ¡Me ordena que pacifique a esos salvajes! Pedro agregó con desdén y veneno en sus palabras. Bien, déjame deciros", Alvarado señaló a Luisa con el dedo índice; no lo toleraré. Absolutamente me rehúso a cargar con esos buitres. ¡No, no, no"! Luisa, sabiendo el carácter tan volátil de Alvarado esperó pacientemente a que las aguas se calmaran. Ya sabía que eso pasaría en pocos minutos. Luisa podía leer su mente como un libro abierto, su mente sagaz jugando con ideas que pudieran beneficiar a su pueblo. Tal vez Pedro podría morir en esta empresa, añoró con vehemencia. Pero si el moría, ¿Quién sería su nuevo amo? Pues seguramente alguien más la deseaba.

"Mi señor, se aventuró a decir, "calmaos, piénsalo, Cortés finalmente ha accedido a tus recomendaciones; usad esta oportunidad para realizar tus sueños. Pretended obedecer sus órdenes pero haz como plazcas. Después de todo, ¿Qué pueden hacer dos curas cuando vos tenéis todo el poder? ¿Qué, os excomulgarán? Agregó con menosprecio puesto que ella no tenía ningún uso para los curas; Luisa todavía veneraba a sus ídolos. En seguida Luisa supo que Alvarado había capitulado y aceptado su sugerencia, cuando él le ordenó dejarlo y enviar pronto a Portocarrero y de Olid. "Luisa, ellos necesitan enterarse de mi comisión; vete, no me hagáis perder más el tiempo", Alvarado vociferó.

En pocos minutos sus capitanes se presentaron. Sin ningún saludo o preámbulo, Alvarado les comunicó, "Pedro, Cristobal, Cortés me ha otorgado su autorización para nuestra expedición; desearía partir a mas tardar en dos días. Enviad unos soldados de avanzada para preparar nuestro arribo en esos lares. Aseguraos que conocen el terreno; no quiero ninguna sorpresa o demoras"; Alvarado siguió disparando ordenes acerca de cuantos hombres quería, cuantos caballos, cuantos arcabuces quería incluir en el ejercito próximo a marchar. "Quiero esos mastines listos para marchar. Le daré a esos salvajes una muestra de mi furia y poder", concluyó con vanidad.

Después de despedir a sus delegados, Alvarado volvió a su trabajo, estudiando los mapas rudimentarios que previamente había adquirido, planeando su estrategia, pensando con anhelo en los tesoros que sus tropas colectarían para él. Se convertiría en un hombre muy rico.

Al día siguiente, muy de mañana la fuerza expedicionaria salió de Oaxaca con rumbo hacia las tierras del sur, marcando un paso muy rápido tratando de alcanzar su objetivo tan pronto como fuera posible sin ser descubiertos. Ellos también deseaban ser ricos y tratar de comprar de nuevo la tierra que habían perdido a manos de los invasores, pensaban los indígenas en el contingente. El grupo consistía de veinte exploradores con experiencia, con dos españoles actuando como vigilantes; viajaban sin mucho equipo; su meta, alcanzar el reino K'iche sin percances y reportar el número de tropas y preparaciones de los K'iche, tratar de identificar las guarniciones esparcidas en las montañas, de ser posible llegar a la capital sin ser descubiertos. Eran una mezcla de Tlaxcaltecas y Cholutecas, encabezados por Xicotenga, el padre de Luisa. Uno de los españoles al mando era Juan Argueta, uno de los nuevos y mejor amigo de Alvarado.

Día a día se acercaron más y más a su objetivo, trayendo consigo nubes de destrucción, fuerzas oscuras acumulándose, solamente esperando el momento propicio para ser desencadenadas sobre el reino K'iche. El grupo de infiltrados, viajando día y noche, llegaron a la frontera del reino que pronto invadirían. Los hombres se mantuvieron a la orilla del camino y se escondían cuando divisaban un grupo de mercaderes que se acercaba, siempre alertas a la posibilidad de tropas enemigas, aunque a pesar de sus esfuerzos no encontraron ni un solo soldado. Pensaban que tal vez el enemigo les acechaba desde los bosques cercanos, pero nada sucedió. Estaban casi solos en su penetración. Xicotenga le sugirió al sargento Argueta que buscaran a Xahil y Acajal para dejarle saber las intenciones del gobernador. A continuación de una breve discusión, los españoles aceptaron la sugerencia de Xicotenga y se encaminaron hacia Iximche, la capital de los K'akchiqueles. Después de pocas leguas de marcha, los intrusos fueron descubiertos por un grupo de exploradores K'iche, quienes, después de una batalla breve, capturaron a tres espías, el resto del grupo pudo escapar y emprendieron viaje de vuelta hacia Oaxaca. ¡Habían sido descubiertos! La sorpresa había sido perdida. Alvarado estaría furioso. Hasta temían regresar. Pero Argueta asumió el mando y casi obligó a los otros dos españoles a apresurar la marcha. Tenía que hacerle saber a su amo el fracaso de la misión. Era su obligación y además tenía una deuda de gratitud con Alvarado y seguía sus órdenes de una manera ciega, aun cuando fueran completamente absurdas.

Capitulo 19

Kinich Chilam, capitán de la guardia imperial, corría de prisa por los pasillos del palacio en busca de su señor, príncipe Ahau Galel-Tecún. Llevaba noticias alarmantes que necesitaba comunicar a su superior sin ninguna demora. Después de tomar varios atajos, Kinich llego a la recamara del señor canciller, Yum Kaax Ik. Una vez que el canciller fue despertado, Kinich fue llevado a su presencia. El capitán, después de tomar aliento, en una voz firme se dirigió al canciller, "señor canciller, mis disculpas por despertarte tan de madrugada pero las noticias que tengo no pueden esperar más tiempo", entonces esperó permiso del canciller para proseguir. El señor canciller, por ahora completamente despierto, vociferó sus palabras con furia poco disfrazada, "capitán Kinich, ¿te das cuenta que son las dos de la mañana? Le amonestó. "Puesto que ya estoy completamente despierto, decime cuales son las confidencias tan alarmantes que no pudieron esperar unas pocas horas más".

Con gran lujo de detalles el capitán Kinich relató su historia. Al escucharla, Yum Kaax Ik, el canciller fue tomado por sorpresa ante estas alarmantes nuevas; sin esperar a que el capitán le siguiera, a pesar de su gordura, Yum emprendió vuelo a toda prisa en busca del príncipe cuyas habitaciones estaban muy cerca de las del canciller, en el ala norte del palacio. Al llegar a los aposentos, Yum Kaax informó al soldado que guardaba la antesala de Tecún de que necesitaba urgentemente hablar con el príncipe ordenando al guardián que lo dejara entrar. Al escuchar la conmoción, Tecún se despertó e inmediatamente se asomó a la recamara, preguntándose que podría estar pasando. Cuando vio a Yum Kaax su corazón se sobresaltó; Tecún sabía que Yum, a pesar de su aspecto calmado no era un alarmista. Tecún prontamente preguntó al dignatario, "señor canciller Yum, ¿Cuál es la razón de esta interrupción?".

Yum Kaax, en una voz entrecortada, muy extraño para él, dijo dirigiendo sus ojos hacia el capitán que le acompañaba. "Príncipe Tecún, el capitán Kinich tiene informes que tenés que escuchar ahora mismo, algo que no puede esperar más".

Tecún, sin un momento de duda ordenó al capitán a que hablara.

"Mi señor, tres espías Tlaxcaltecas fueron capturados en los alrededores de la ciudad"; hizo una breve pausa y continuó, "bajo fuerte interrogación han confesado que un gran ejercito en Oaxaca esta listo a marchar contra nosotros. Estos micos aseguran que esta fuerza esta dirigida por un hombre pálido, alto, con los ojos color del cielo, su cabello dorado como el maíz a quien llaman Tonatiuh, el sol. Juran que este hombre es un dios, el mensajero de K'uq'matz, enviado por los cielos a través de las grandes aguas para reclamar en su nombre, nuestro reino, el cual ha estado encomendado a nosotros por K'uq'matz, nuestra serpiente blanca emplumada", el capitán finalizó, esperando por instrucciones de su príncipe.

Al escuchar estas malas noticias, Ahau Galel, Tecún, sintió escalofríos; sabia que el Popol Vuh, el libro sagrado del consejo había pronosticado el regreso de la serpiente blanca emplumada, K'uq'matz. Aun cuando este evento era conocido y esperado por cientos de años, Tecún no podía creer que sucedería tan pronto, durante su reinado. Alentó a Kinich a proseguir.

"Mi señor, estos hombres dicen que los guerreros con este hombre, a quienes llaman soldados, portan un tubo largo que escupe fuego con un gran trueno y que puede matar a los hombres que toca". Kinich tenía temor de continuar con peores noticias, pero con la venia de su príncipe, resumió su reporte, "algunos de estos soldados se suben a esas bestias grandes y peludas que llaman caballos y con gran destreza hacen que estos animales troten y corran para llevarlos a cualquier lugar que ellos quieran. Los espías dicen que estas bestias pueden correr más rápido que nuestro guerrero más veloz". Una breve pausa fue tomada.

"Prosigue, sé que hay mas", Tecún le ordenó.

Kinich procedió, "los extranjeros también tienen esas criaturas tan horribles a quienes llaman perros, que pueden atacar con gran velocidad y furia. Estas bestias pueden despedazar a un hombre con sus jetas-mandíbulas, poderosas, concluyó de manera incomoda, casi temblando, no muy común para el capitán, esperando las instrucciones de su amo. Ahau estaba asombrado por esta información. Aun cuando los mayas estaban familiarizados con perros pequeños, nunca habían visto a estos brutos tan grandes ni sospechaban el daño insólito que podían causar.

Una sensación curiosa e inexplicable recorrió la espalda de Tecún, desencadenando en su mente una tormenta de proporciones bíblicas; el momento que tanto temía había arribado muy pronto. Todavía no estaban preparados. Tecún habló, "Yum, alerta a Kakupatak acerca de nuestra discusión, notifica a cada miembro del consejo supremo por mensajero especial. Quiero una reunión urgente esta misma mañana, necesitamos tomar medidas urgentes que no pueden esperar".

Después de que Tecún agradeció a Kinich por su pronta acción y la información, el capitán fue despedido, con instrucciones de notificar a sus amigos Ixpiyacoc y Vukub de que su presencia era esperada en la reunión del consejo, como mandaba su abolengo y su posición en la corte, además de ser su ayudante especial y del ministro de la guerra, respectivamente. Vukub, a su regreso de Oaxaca le había informado de estas preparaciones, pero aun así, se sorprendió que el enemigo estaba listo a marchar y atacar su reino antes de lo previsto. Tecún dió otras órdenes pertinentes a su canciller, Yum Kaax, quien partió pronto para preparar los próximos pasos en el drama que pronto se desarrollaría en las próximas semanas.

Todas las personas involucradas en las preparaciones cumplieron sus respectivas asignaciones y se prepararon para la sesión de esa mañana, temiendo lo inevitable, el espectro de la guerra...

Yum Kaax estaba temeroso, realmente asustado. Se preguntó que pasaría con el reino que tanto había trabajado para engrandecer. Había sido tan diligente en sus esfuerzos de mejorar la estructura social y política. La ciudad se había convertido en una metrópolis magnifica en las montañas, los templos eran grandiosos, las fincas estaban produciendo cosechas increíbles. El reino había prosperado bajo su tutela a pesar de las guerras recientes contra sus vecinos, los K'akchiqueles y Tz'utujiles. ¿Qué más podía hacer para prevenir una catástrofe? Sus preguntas no encontraron respuesta en el vacio de los corredores del palacio. Sin demora envió a los mensajeros para alertar a los miembros del consejo de la sesión de emergencia.

Capitulo 20

DICIEMBRE 1523

Con gran pompa y muchos gritos, Pedro de Alvarado y Contreras, gobernador de Oaxaca, montado en su magnífica yegua andaluza, Corazón, salió del pueblo. Su coraza y su casco pulidos hasta brillar, resplandecían con el sol; su barba y cabello recientemente recortados le daban un aspecto impresionante. Su insignia recientemente diseñada, orgullosamente portada por Juan Argueta, cabalgando a corta distancia detrás de Alvarado, flotaba suavemente en el viento. Los pocos españoles que quedaron en la ciudad se lamentaban de no haber sido incluidos en la expedición, pero se consolaban con el hecho de que alguien tenía que cuidar la población aunque no había mucho que resguardar.

El ejercito que Alvarado comandaba se encaminaba hacia la ciudad de K'umarkaj, la capital del imperio Maya-K'iche, a muchas leguas hacia el sur de su punto de partida. Alvarado estaba lleno de confianza, sueños de gloria y la posibilidad de adquirir muchas toneladas de oro, aumentada con un poco de plata para saciar su avaricia sin límites.

La fuerza invasora estaba compuesta de:

120 soldados de caballería con alabarda, espada, casco y coraza.
130 ballesteros
170 soldados de infantería
30 fusileros equipados con arcabuces

200 indios Tlaxcaltecas bajo el mando de Xicotenga

100 indios Cholutecas

El contingente estaba complementado por:

40 caballos de reemplazo

50 mulas

4 cañones pequeños

20 mastines amenazadores, incluyendo "Valor", el mastín de Alvarado y "Amigo", el perro de Rodrigo Sosa.

Alvarado también había reclutado a sus hermanos Gómez, Gonzalo y Jorge, así como también a su primo, Rodrigo Sosa. Incluidos en el grupo selecto iban Pedro Portocarrero y Cristobal de Olid, así como también aquel oscuro sargento, Juan Argueta a quien Alvarado había rogado le acompañara y que eventualmente cambiaria el desenlace de la conquista del reino de los K'iche y el destino del último príncipe maya, Ahau Galel, Tecún. Alvarado también pidió a sus dos amigos, los curas, Juan Godinez y Juan Díaz que acompañaran a la caravana, usando el aliciente de salvar las almas de los aborígenes paganos que estaba a punto de conquistar.

La calzada por la que las tropas circulaban era amplia, pero no estaba designada para acomodar tanto tráfico, aun menos tantos hombres, animales y material de guerra.

Los indios Tlaxcaltecas y Cholutecas, cargados con bultos pesados, como mulas, caminaban con gran dificultad, tratando de evitar los pantanos y la vegetación tupida que bordeaba el camino. Silenciosamente lamentaban su infortunio después de haberse convertido en esclavos de los conquistadores españoles, quienes constantemente abusaban, no solamente a ellos, pero también a sus mujeres e hijas, usando a esas desgraciadas criaturas come esclavas sexuales, trabajos caseros y otras tareas que ellos inventaban para mantenerlas ocupadas. Los conquistados también fueron forzados a aprender la fe católica y eran castigados severamente cuando eran descubiertos rezándole a sus ídolos.

Los soldados extranjeros se quejaban del calor agobiante, los mosquitos, la humedad, las serpientes que acechaban en la maleza y cualquier otro obstáculo, real o imaginario. No estaban acostumbrados a estas inclemencias, pero por lo menos eran afortunados ya que los indígenas cargaban todo su equipo, excepto sus espadas y cascos que con el sol se habían convertido en pequeños hornos portátiles, haciéndoles sudar como peones. El sol era incandescente, que les ampollaba la piel, los hombres sudaban profusamente, haciendo que el polvo levantado por los caballos y las mulas que trotaban adelante, se les pegara al cabello, la cara, el cuello, la espalda, partes privadas; cada pequeño espacio del cuerpo. Los soldados se ahogaban con el polvo a pesar de cubrirse la boca con pañuelos usados como mascarillas. Pero continuaron moviéndose hacia adelante, arrastrando los pies, avanzando lentamente, sin tregua, alentados por el prospecto de riquezas fabulosas que les quitarían a los indios paganos hacia quienes se encaminaban como una nube de muerte y destrucción.

Era el anhelo de cada soldado hacerse rico y regresar a su tierra natal con honores y una nueva posición en el orden social de su pueblo. Tal vez aun casarse con una mujer rica a la que llevaban en su mente, como algo que era inalcanzable si eran pobres. Se convertirían en la nueva nobleza, los recipiendarios de adulaciones, granjerías y muchos más beneficios que aun no podían nombrar.

Caminando al lado de Alvarado, agarrada a uno de los estribos de la silla de montar de la yegua, iba Doña Luisa, asistida por varias mujeres indígenas quienes se esperaba que cocinarían, lavarían la ropa de los soldados y atenderían a otras de las necesidades de los mismos. Alvarado le había ofrecido a Luisa una montura mansa pero ella había rehusado el ofrecimiento; Luisa era sumamente temerosa de las bestias peludas, a pesar de las exhortaciones de Alvarado y otros españoles bien intencionados.

Alvarado se había enamorado de Luisa, la excusa que empleó para justificar su presencia en la caravana fue de qué serviría como intérprete y consejera, además, con buena suerte, como su concubina. La princesa se había apoderado del corazón de Alvarado y ahora gozaba de muchos privilegios reservados solo para los conquistadores españoles. Luisa razonaba que al emplear sus dones podría influenciar la forma de pensar de Alvarado e interceder por mejorar las condiciones de vida de su gente, aunque cada día más, perdía su corazón al rubio extranjero. Su vida se complicó mucho pues tenía que navegar las turbulentas aguas del desprecio de su gente, la envidia de los españoles y la queja constante de los sacerdotes que la asediaban a que ella continuara atendiendo abiertamente las ceremonias católicas. Con suma frecuencia se preguntaba porque su padre la había entregado a los demonios foráneos y casi se había olvidado de ella al entregarse de lleno a cumplir las órdenes de Alvarado. ¿Qué pasaría si algún día se encontraba preñada por Pedro? ¿Cambiaría su posición ante los ojos de los españoles? Aunque a decir verdad, uno de los chamanes le había dado medicina mágica para evitar quedar embarazada. ¿Pero por cuánto tiempo esta medicina evitaría los embarazos. Miles de interrogantes cruzaban su mente mientras caminaba erecta, tratando de mantener su estatura, de darle ejemplo a su gente. Legua tras legua su mente siguió elucubrando escenarios diversos. ¿Qué pasaría si Pedro lograba subyugar a los K'iche? ¿Les haría esclavos o trataría de exterminarlos por completo? Cuando ella le preguntaba sus planes, Pedro respondía con evasivas, posiblemente ni él sabía que era lo que haría.

Capitulo 21

Un grupo pequeño de "kaweks-comerciantes, en ruta hacia Oaxaca divisaron en la distancia una gran nube de polvo, entonces, de súbito, como una aparición de Xibalba- el infierno, surgieron de la oscuridad, como un fantasma, un grupo de jinetes que galopaban a toda velocidad, como relámpagos, etéreos, irreales. Los mercaderes, sin un momento de duda huyeron, desapareciendo rápidamente en la maleza que bordeaba el camino. Los marchantes tuvieron suerte de no ser descubiertos, porque los jinetes en su prisa no se percataron de su presencia, ni ordenaron a los mastines que viajaban a su lado a que les atacaran. Escondidos en la hojarasca, los kaweks vieron a los grandes animales con las pequeñas bestias que trotaban junto a ellos. Se preguntaron si eran animales que se habían escapado del infierno. Después de que la caravana desapareció, los mercantes decidieron regresar a su tierra y alertar a las autoridades de la familia real. Estaban muy temerosos de la enorme fuerza que marchaba hacia el sur, posiblemente con rumbo a K'umarkaj, su capital.

Ajeno a este incidente, Pedro de Alvarado mantuvo su paso, montado en su noble yegua, Corazón, con su leal mastín, Valor, trotando al lado opuesto de Doña Luisa. Aún cuando el perro caminaba distraído persiguiendo mariposas, pájaros y otros animales pequeños, no se le escapaban muchos detalles. Siempre estaba alerta, en guardia, solamente esperando las órdenes de su amo. El sabueso se había convertido en un animal feroz, con piel negra y brillante, ojos amarillos líquidos, patas enormes y mandíbulas muy poderosas que podían triturar el cuerpo de cualquier victima que se cruzara en su camino. Era un bruto imponente, una vista aterradora, una maquina de destrucción afinada al máximo.

El cabello largo y rubio de Alvarado estaba pegado a su cara, su cuello, bañado por el sudor que emanaba de sus poros como una fuente. Su piel pálida lucia un rojo intenso, no acostumbrada al calor inclemente y el sol castigador; sus labios estaban rajados y secos con el polvo del camino, pero a pesar de su incomodidad urgía a sus tropas a continuar la marcha.

"Demonios, ¿Cuándo terminara esta tortura? Me siento como en el infierno", Alvarado se quejó sin dirigirse a nadie en particular, pero Luisa, caminando a su lado sonrió de manera perversa; gozaba viendo el sufrimiento de su piel delicada. Por lo menos eso le daba un poco de consuelo.

Por su parte, Gonzalo, el hermano mayor de Alvarado se quejaba constantemente, sin parar, enloqueciendo a sus compañeros de viaje con sus lamentos. "Pedrito", dijo usando el nombre diminutivo de Alvarado, ¿"porque nos habéis traído a este lugar olvidado por Dios?" Estábamos tan bien en Oaxaca, con mucho vino, comida y algunas veces la compañía de una mujer-refiriéndose a una esclava india. La letanía continuó por leguas, con algunos soldados lanzándose insultos unos a otros, bromas, amenazas y saetas.

Las leguas continuaron acumulándose bajo los cascos de los caballos, sin tregua, lentamente acercándolos más y más a su destino final.

El 6 de diciembre de 1523 la fuerza invasora cruzó la frontera imaginaria en un sitio llamado "Charual". El lugar no era más que una marca insignificante en los mapas rudimentarios provistos por Cortés, mejorados por la diligencia de Alvarado. Los hombres que le guiaban estaban ligeramente familiarizados con el área.

Silenciosamente, arrastrando sus pies al lado del caballo de Alvarado, Luisa de Xicotencalt se había dado cuenta de que habían cruzado el límite, sintiendo la tierra bajo sus sandalias como lo deseaba, gozando la libertad relativa bajo el manto de su amo; además, estaba acostumbrada a caminar largas distancias. Después de pocas leguas, Luisa habló, "mi señor, sabéis que recientemente cruzamos la frontera y ahora nos encontramos en la tierra de los K'iche. Recordaos, el rey K'iche no os desea a vos o a ninguno de vuestros soldados en su reino. Tekún fue muy claro cuando expulsó a Pedro y Cristobal en la fallida misión de paz que le ofreciste", advirtió a Alvarado.

"Si, Luisa, lo entiendo; se que ahora estamos en territorio enemigo, pero necesitamos continuar la marcha. No os olvidéis que prometí castigar a esos salvajes. Voy a alertar a los hombres a que estén más vigilantes; gracias por tu aviso". Alvarado exclamó, cerrando la discusión.

La marcha prosiguió, los soldados manteniendo silencio, con insultos ocasionales. Se sentían cansados, hambrientos, acalorados y miserables. Deseaban tanto descansar y comer algún alimento.

Los pantanos agobiantes de la península de Yucatán empezaron a cambiar. Los arboles majestuosos de cedro y encino fueron reemplazados por gigantescos pinos, altos, zacate abundante y muchos animales de caza. La temperatura se volvió más agradable, perfumada, con una brisa ligera, pero las noches eran frías, algunas ocasiones más frescas para lo cual los soldados y los indios no estaban preparados con ropas adecuadas. Algunos soldados emprendedores usaban las mantas de los caballos para resguardarse del frio, los indios mientras tanto tenían que apiñarse para evitar congelarse. Las mañanas eran gloriosas y una suave fragancia de pinos llenaba el ambiente; los viajeros estaban tan agradecidos por el cambio de temperatura y el panorama deslumbrante. Su ánimo había mejorado.

Después de caminar muchas leguas, los invasores encontraron un rio inmenso, de aguas caudalosas y cristalinas, invitantes, llamando a los cansados viajeros, quienes, como niños, soldados y cargadores indios, se lanzaron al rio, saboreando el agua fresca y dulce, chapoteando con gusto. Los caballos y mulas bebieron cantidades enormes del precioso líquido hasta que sus vientres protestaron con placer. Los mastines, más cautelosos del agua se mantuvieron a cierta distancia, pero finalmente sucumbieron a la tentación y pronto se metieron al rio, agitando las aguas con sus patas enormes, haciendo olas conforme nadaban plácidamente.

Poco tiempo después de un merecido descanso, Alvarado ordenó reanudar la marcha; tendrían que encontrar un lugar poco profundo donde poder cruzar las aguas turbulentas puesto que no habían encontrado ningún puente suficientemente fuerte que soportara el peso de los animales y los cañones. Horas más tarde, la columna encontró un lugar apropiado para cruzar el rio. La travesía se llevó a cabo sin incidentes.

Una vez al otro lado del rio se dieron cuenta de que el camino era más inclinado, ascendiendo, volviéndose más estrecho, hacia cerros muy altos, con barrancos profundos, algunos alcanzando centenares de varas de profundidad. El panorama era imponente pero traicionero, haciendo el avance de los caballos y mulas extremadamente difícil. En algunos tramos las bestias tenían que ser descargadas porque no podían avanzar con la carga a cuestas debido a rocas sueltas. Aún moviéndose con sumo cuidado, varios de los animales cayeron al barranco, en algunas ocasiones arrastrando a los hombres que les sujetaban quienes caían al vacio, sus gritos rebotando en las paredes de los abismos.

Los cargadores fueron forzados a llevar más carga sobre sus espaldas; los cañones y sus balas eran especialmente pesados y difíciles de transportar, algunas veces necesitando cinco o seis gentes para cargarlas. Era una pesadilla, pero los guerreros persistieron en su empeño. Alvarado era inmisericorde en forzar a sus tropas, alentando, amenazando, tentándolos con la promesa de oro, jade, riquezas más allá de sus sueños más fantásticos. La avaricia se convirtió en una fuerza poderosa. La promesa de gloria se había convertido en una diosa que les llamaba. Todos deseaban hacerse ricos, poderosos y famosos.

Los cargadores esclavos solo hacían gestos de despecho; estaban condenados a una eternidad de humillación o a ser aniquilados por los K'iche. ¡Sus vidas no valían nada! Se sentían castigados por haberse aliado a estos demonios. ¿Pero que podían hacer?, su cacique Xicotenga los había entregado como basura, creyendo que los españoles les tratarían como iguales, como seres humanos. En su lugar, diariamente eran abusados, maltratados, vejados. Ya no tenían patria, eran unos parias a merced de los caprichos de los conquistadores.

Capitulo 22

El consejo supremo de los señores del reino K'iche estaba reunido en el enorme salón de los guardianes del libro sagrado, el Popol Vuh, situado en el inmenso templo dedicado a K'uk'matz, la serpiente blanca emplumada, fundadora y protectora del imperio. El auditorio podía fácilmente acomodar hasta quinientas personas. El recinto era reservado para sesiones especiales que envolvían decisiones cruciales o cuando la seguridad del reinado estaba en juego. Los participantes se sentaban en alfombras lujosas de colores brillantes, tejidas de algodón muy suave y rellenas de plumas de pájaros. Los conferencistas se colocaban en orden de rango, abolengo y señoría, con los de más experiencia acomodados cerca del centro del recinto. Cada uno representaba una de las cuatro familias reales.

La reunión fue abierta por el sacerdote supremo, Ah Pun Kisin; su invocación fue elevada hacia la patrona, la diosa Awilix. Ah Pun Kisin, con gran reverencia habló con una voz grave y sonora, "nuestra madre de la tierra, creadora de vida, proveedora de consuelo, alma del maíz, estrella de los cielos, protectora de nuestras tradiciones, escucha nuestra humilde plegaria, dános sabiduría para interpretar los mandamientos de nuestro libro sagrado, Wuj; abre nuestros corazones y nuestras mentes para aceptar la segunda venida de nuestro dios K'uq'matz, quien ha regresado a la tierra a reclamar sus tierras que nos había encomendado cientos de años atrás; dános nuestra gratificación por haber sido buenos guardianes y trabajadores. ¡Oh! dulce madre, abre nuestras mentes". Tomó un breve descanso y prosiguió, "haz nuestros ojos tan agudos como los de nuestro pájaro sagrado, Quetzal, encamina nuestros pensamientos hacia tu misericordia divina, afianza nuestros corazones para entregar a Tonatiuh, tu mensajero, todas las tierras y las bendiciones que hace miles de años nos diste". Una vez que la ofrenda fue presentada, Ah Pun Kisin tomó asiento.

Un gran silencio descendió sobre el auditórium; todos los presentes rezaban pidiendo sabiduría, guía para escoger el camino correcto en estos tiempos tan difíciles. Nadie quería cometer un error grave. La contemplación fue interrumpida cuando Ahau Kinich Kan, el regente de turno se puso de pie, principiando su apelación. "Mis señores, este forastero ha arribado a nuestra puerta trayendo con él a nuestros enemigos los K'akchiqueles y los Tz'utujiles, ahora sus "Kajols"-sirvientes", continuó, "los mercaderes en ruta a Oaxaca les encontraron en el camino que conduce hacia nuestra ciudad. Ellos vieron muchas de esas bestias que llaman caballos, como los que vimos cuando los extranjeros llegaron a nuestra capital. Como la mayoría sabe, los invasores usaron estos animales contra los aztecas con resultados fatídicos, los jinetes empleando sus lanzas y cuchillos largos para aniquilar a los guerreros". Prosiguió describiendo todos los horrores a que los vecinos del norte habían sido sometidos. Enfatizó que la ciudad había sido convertida en escombros cuando sus gobernantes trataron de rehusar las ofertas de los españoles. Continuó, "no aceptamos la oferta de paz que su señor nos presentó porque significaba esclavitud para nuestra gente, abuso para las mujeres, falta de respeto para nuestros dioses y destrucción de nuestros templos". Tomó una breve pausa y prosiguió su discurso, "nuestros vecinos, los Tlaxcaltecas y Cholutecas lo describen como Tonatiuh, el sol; afirman que es K'uq'matz, la serpiente blanca emplumada, pero el forastero no tiene misericordia, maltrata a su propia gente y más aún a los que ha conquistado, con mas crueldad; les castiga por las menores ofensas. Digo que no es nuestro K'uq'matz. La pregunta para vosotros señores es, ¿le recibimos como el representante de K'uq'matz, o nos oponemos a su dominio y peleamos para defender nuestras tierras?

Estaba inspirado, siguió, "nuestros astrónomos han divisado a Venus, la estrella de la mañana muy cerca de la tierra; los sacerdotes afirman que esta proximidad traerá con ella gran sufrimiento para nuestro pueblo. Propongo que peleemos o morimos en el intento de proteger nuestra libertad, nuestras tierras, nuestra forma de vida". Su arenga continúo por más de dos horas, la audiencia estaba cautivada por sus palabras, preocupada; algunas veces mostrando apoyo, otras veces murmurando desacuerdo. Finalmente se sentó, dejando el ambiente lleno de desaliento, oprimiéndoles el corazón, las emociones apoderándose de los más serenos. La mayoría debatía la mejor forma de abordar el problema; algunos estaban temerosos de tomar una decisión que más tarde lamentarían. El próximo orador en ponerse de pie fue Kakupatak, el ministro de la guerra. Todos los ojos estaban puestos sobre él, ansiosamente siguiendo sus movimientos, tratando de adivinar sus intenciones. Su opinión era muy respetada y era considerado el representante más cercano al recientemente fallecido rey Don K'iqab. Su aspecto, sumamente sombrío, sus palabras mesuradas por el breve recuerdo de la imagen de esos magníficos caballos y los dos grandes perros que vió durante la visita de los barbaros, comenzó su arenga, "mis señores, capturamos varios espías del hombre blanco a quien llaman Tonatiuh; su nombre real es Pedro de Alvarado y viene de una tierra muy lejana, del otro lado del gran lago salado. Como K'uq'matz, su pelo es dorado como el de nuestro sagrado maíz, sus ojos son del color del cielo, pero son descritos como duros, fríos, calculadores. Su corazón es tieso como obsidiana, es cruel con sus sirvientes como fue presenciado por los hijos e hijas del emperador Moctezuma quien fue brutalmente quemado vivo por su superior, un hombre llamado Cortés. Tengo testigos de que este gobernante fue arrojado vivo a las llamas cuando se rehusó a entregarle más oro. La suerte de su yerno, Cuauhtémoc fue igualmente cruel e injustificada cuando se opuso a las demandas por mas tesoros". Kakupatak procedió, "este hombre, Alvarado no tiene religión y se burla de sus propios sacerdotes; su único dios es el oro". Después de una breve pausa, finalmente dijo, "propongo a nuestro noble príncipe, Ahau Galel, heredero al trono, de la noble casa de Tekún, a ser electo nuestro nuevo "Nima Rajpop Achij. Como todos saben, le vi nacer y he presenciado su transformación en un joven valeroso, capaz, confiable, inteligente, calmado y metódico. Sus calificaciones con la lanza, el mazo y el arco y flechas, así como también con la honda, son excelentes. Conocí a su padre y pelee al lado de su abuelo Don K'iqab, quien dió su vida protegiendo nuestros valores y nuestra independencia. Ahau ha probado sin ninguna duda de que es capaz de guiar a nuestra nación a la victoria, a derrotar a esos extranjeros". En seguida se sentó, exhausto, esperando con aprehensión y esperanza la decisión final del consejo.

Ahau Galel, Tecún, estaba sentado no muy cerca del centro, pero también no muy alejado como para ser invisible, se sorprendió al escuchar su nominación de la boca de Kakupatak, su amigo, su mentor, su figura paterna. Se sintió anonadado con su confianza y con la posibilidad de convertirse en el defensor de su patria. ¡Era tan joven, solamente veinte y cuatro ciclos de Venus! pensó. Su mente estaba muy ocupada; tantas cosas que hacer si era electo, miles de detalles a considerar; planes para la defensa de la patria a ser puestos en marcha en un tiempo tan corto.

Los argumentos continuaron, muchos más miembros expresaron sus puntos de vista, sus opiniones; algunos abogando por la paz, por negociaciones, mientras que otros clamaban por la guerra.

Finalmente la asamblea emitió su voto, los proponentes de defender la patria fueron los ganadores. Un estado de guerra fue declarado. La nación K'iche estaba a punto de enfrentar el desafío más grande de su historia.

Por mayoría absoluta, sin oposición, Ahau Galel, príncipe Tecún, fue electo "Nima Rajpop Achij"- Gran capitán, general Tecúm, nieto del gran rey Don K'iqab. De ahora en adelante su título oficial seria "Nima Tecúm".

Poco tiempo después, el gran recinto quedó vacío, la mayoría de los presentes volvieron a sus casas. Kakupatak, el ministro de la guerra, Nima Tecúm y sus amigos de toda la vida, Ixpiyacoc y Vukub permanecieron en el auditórium discutiendo los próximos movimientos en este juego mortal de ajedrez histórico. Ya sabían que el ejército invasor había cruzado la frontera, sin oposición. Habían sido tomados por sorpresa. Nadie pensó que los extranjeros llegarían tan pronto; estaban descorazonados que muchos Tlaxcaltecas y Cholutecas se habían sumado a la milicia invasora, siguiendo, sin saberlo, el mismo sendero de traición que los K'akchiqueles y Tz'utujiles siguieron, facilitando en esta forma una victoria más fácil para los españoles.

Nubes cargadas de pesar se estaban acumulando, oscureciendo los cielos. Tecúm se preguntó si su liderazgo sería capaz de salvaguardar su reino. Tiempos difíciles se avecinaban.

La mente de Tecún analizaba las profecías que los sacerdotes predijeran muchos años en el futuro, hasta el año 2012 en el calendario de los invasores, el año 3138 en el "Haab"- el calendario maya completo. ¿Eran las predicciones de los sacerdotes correctas? ¿Qué pasaría si le fallaba a su gente? ¿Cuál sería el destino de Ixchel, su prometida? ¿Qué le sucedería a su "nana"- madre, Ixmucane a quien ahora amaba como a una madre? K'etzalin, su futura cuñada también se entrometía en sus pensamientos. ¡Que tarea tan monumental enfrentaba!

Tenían tan poco tiempo para preparar sus defensas, los invasores ya marchaban contra ellos, acercándose cada día más, su avance sin ser desafiado. ¿Qué podría hacer para oponerse a estos intrusos? Nunca se había probado en combate aunque sabía que era capaz de pelear, pero, ¿sería su valentía suficiente para derrotar a la amenaza que se avecinaba? Junto con Kakupatak tendrían que apresurar las preparaciones para repeler a las huestes invasoras y a los despreciables K'akchiqueles y Tz'utujiles. ¿Los Tlaxcaltecas y Cholutecas pelearían al lado de los españoles o desertarían y vendrían en su ayuda? Todo era interrogantes. Se reuniría con sus asesores para desarrollar un plan, una estrategia que les diera la victoria.

Capitulo 23

Después de un arduo día de marcha, la columna de soldados arribó a un valle pequeño, con un riachuelo que lo cruzaba. La noche estaba a punto de caer y la semipenumbra hacia el avance muy peligroso; Alvarado decidió acampar y darles un descanso bien merecido a los viajeros. Las tropas estaban exhaustas, los esclavos casi muertos, casi no podían continuar caminando, algunos semi arrastrando sus bultos muy pesados. Alvarado le dió instrucciones a su hermano, Gómez, "supervisad a los centinelas, apostadlos en todas las esquinas del campamento para evitar sorpresas. No confío en estos Quichés; tanto como yo sepa, podrían estar escondidos en los bosques cercanos", prosiguió refiriéndose a uno de sus capitanes, Cristobal de Olid, "Cristobal, tomad varios soldados y algunos indios y traednos alguna carne para la cena; llevaos también dos mastines y mantén los ojos bien abiertos. No quiero ningún ataque de sorpresa"

Alvarado siguió dando instrucciones con suma rápidez hasta que estuvo satisfecho de que todas las contingencias posibles habían sido cubiertas. Estaba ansioso. Hasta el momento no habían sido descubiertos, pero su suerte no podía durar mucho, pensó con la certidumbre de que eventualmente sus movimientos serian detectados por los guerreros del enemigo.

Algunos de los Tlaxcaltecas pensaban en escaparse, pero tenían mucho miedo de los mastines y ni siquiera deseaban intentarlo. Sabían que si eran capturados tratando de fugarse, significaba castigos severos, aun la muerte en las fauces de esos monstruos de presa. No, no intentarían ningún escape. Los amos españoles se habían vuelto brutales, castigando de manera cruel la menor infracción usando el látigo con resultados devastadores. Echaban de menos la libertad relativa que gozaban bajo su cacique. Lamentaban la decisión de Xicotenga de aliarse con estos bárbaros. El insulto fue mayor cuando este entregó a su hija más bella a Hernán Cortés, y el, despreciando su sangre real, como un objeto se la había cedido a Pedro de Alvarado. Se consolaban porque Alvarado, a quien ahora llamaban "don Pedro" la trataba con más consideración y parecía respetarla. Estaban seguros de que el día de pagar sus pecados se acercaba con rapidez. Si por alguna razón pudieran escaparse con éxito, sin ser descubiertos, el viaje de regreso a casa era muy largo y peligroso; ¿después que? Acudir a los K'akchiqueles, los nuevos monigotes de los españoles estaba descartado porque estos idiotas de seguro los entregarían a ellos. Los indígenas esperaban a que sus amos les lanzaran unas sobras de comida. Finalmente, una vez que los caninos fueron alimentados se les entregaron los últimos despojos de comida; después de todo, sus vidas eran menos importantes que las de los perros. No eran nada sino criaturas invisibles usadas a capricho de los conquistadores.

La noche pronto descendió sobre el campo, trayendo consigo los ruidos extraños del bosque, un sueño inquieto; los agresores tenían miedo de ser secuestrados por las criaturas dueñas de estos bosques. Sus mentes simples estaban llenas de supersticiones. Sería una noche muy larga. Solo Dios sabía lo que acechaba en las sombras. Aún los soldados veteranos no estaban acostumbrados a los bosques solitarios, siempre tenían miedo de la oscuridad. Las tierras de las que venían eran planas, con vegetación diferente o completamente desnudas.

Capitulo 24

¿"Qué, me queréis decir que dos de los exploradores fueron capturados? Alvarado le grito al sargento Juan Urrea, uno de los dos españoles que dirigieran la expedición a la capital K'iche, K'umarkaj, tratando de acumular más información para su jefe Alvarado, quien no podía creer la ineptitud de esta gente. Habían sido descubiertos; ahora tendría que apresurar sus planes, de otra manera no podría ser capaz de conquistar a esos Quichés fastidiosos. Alvarado despidió al grupo que regresó y volvió a revisar sus planes; mientras tanto trataría de dormir un poco. El campamento pronto fue acomodado para el resto de la noche, una noche que creía sería muy larga.

Durante una de las sesiones de planeamiento, Nima Rajpop, Tecúm, le había ordenado a un grupo de hombres encabezado por su amigo Vukub, que trataran de infiltrarse detrás de las líneas del enemigo para obtener tanta información como fuera posible en relación a la capacidad de los invasores. Tratar, si era posible, matar a tantos hombres, caballos y perros. Antes de que su comandante le ordenara, Vukub se había ofrecido a mandar a un grupo de saboteadores. Ahora, él y sus hombres se acercaban al campo, contra el viento. Vukub y sus hombres podían escuchar voces, en tono bajo, como si hablaran en susurros. No podía entender lo que las voces decían; era un lenguaje que no había escuchado anteriormente. Sonaba suave, casi musical a pesar de las voces ásperas. Las voces se escuchaban como la de uno de los españoles que había visitado su capital, pero no estaba completamente seguro. ¿Podría ser que el ejercito de que les habían prevenido se encontraba muy cerca de la capital? se preguntó a sí mismo.

Los K'iche no estaban acostumbrados a pelear en la noche y se interrogaban si los extranjeros peleaban de noche. ¿Podrían sus ojos claros mirar en la oscuridad, o serian ciegos a los demonios que se ocultaban en las tinieblas? ¿Serian los caballos y perros capaces de ver en la oscuridad; podrían detectar su presencia o tal vez olfatearlos?

Vukub era un hombre cauteloso; después de todo había sobrevivido muchos encuentros con los K'akchiqueles y Tz'utujiles, pero estos "balams", brujos eran diferentes. Su grupo se había cubierto el cuerpo con aceite de castor, ricino, tratando de pasar desapercibidos, como cuando cazaban venados. Se encontraban inmóviles, como arboles, el único movimiento era el de sus ojos que buscaban puntos débiles en el campo enemigo.

Después de vigilar a los forasteros por algún tiempo más, Vukub decidió descansar por el resto de la noche. En la mañana continuarían siguiendo a la caravana, esperando una oportunidad de atacarlos. No encendieron fuego, comieron en silencio "ticucos", tamales pequeños de maíz, "cecina", carne seca. Anteriormente habían llenado sus "tecomates" con agua fresca de una cañada cercana. No intercambiaron palabras, se comunicaban con señales silenciosas. Pocas horas después, un ruido extraño despertó a Vukub, una anomalía que no podía identificar; sonaba como los rugidos de los jaguares, pero no exactamente. Estaba intrigado. De repente, con alarma se percató que la conmoción era causada por los gruñidos de los mastines, que se acercaban silenciosamente, pegados al suelo, olfateando el ambiente. Sin titubear, Vukub y sus guerreros se pusieron de pie, en guardia, sin moverse, tratando de permanecer sin ser descubiertos, listos para defenderse si eran atacados. Pocos minutos después, el disturbio pasó y fueron capaces de reanudar su vigilia, aunque se encontraban preocupados, las bestias no los habían descubierto. El aceite de castor había engañado el olfato de los sabuesos.

En la mañana, con el sol apenas mostrando su cara en el horizonte, el ejercito empezó a despertarse y pronto resumió su marcha, con Vukub y su grupo todavía siguiéndoles, paso a paso, uno a uno, como un ballet siniestro, deslizándose como fantasmas. Por muchas leguas la persecución continúo.

Algunos de los hombres de Vukub seguían a un destacamento pequeño de dos españoles y varios indios, quienes posiblemente buscaban animales para cazar. El resto de su grupo se mantuvo siguiendo al grueso del ejército.

Repentinamente, sin aviso, un mastín enorme se materializó entre el grupo de seguidores, mordiendo la pierna de uno de los hombres de Vukub, quien, tomado completamente por sorpresa lanzó un grito desgarrador; la presión de las mandíbulas del animal era excruciante, casi no podía soportarlo; la sangre brotaba de la herida, drenando hacia abajo de la pierna de la víctima, el perro forcejando hasta que un pedazo grande de musculo y hueso fue arrancado del miembro, quedando atrapado en la boca del monstruo. Agarrándose la pierna destrozada, el hombre cayó al suelo, gritando con toda su fuerza.

Instantáneamente un gran ruido fue escuchado y Vukub vió, a cierta distancia, a uno de sus guerreros agarrarse el pecho, la sangre brotando a torrentes entre los dedos del herido. El pobre hombre no podía explicarse que le estaba pasando, ¿Por qué se estaba muriendo? El grupo de Vukub había sido descubierto por los mastines que se acercaron en silencio, atacándolos salvajemente. Era el primer encuentro directo con estas bestias aterradoras, un animal de proporciones desconocidas por ellos hasta el momento.

Vukub también se preguntaba ¿Qué era ese trueno que había matado a su guerrero? No podía creer lo que sus ojos miraban. ¿Cómo era posible para estos hombres haber adquirido el fuego tan increíble? ¿Tendrían un pacto con "Xibalba", el dios de las profundidades; el dios del infierno?

Al darse cuenta de que su grupo era atacado de manera feroz, Vukub ordenó a sus soldados a huir, a salvar sus vidas; alertar a sus señor Tecúm acerca del peligro inminente se convirtió en su prioridad. Su plan de sorprender al enemigo había fallado; esos animales endemoniados les descubrieron. Nunca en su vida había visto esos palos largos que vomitaban fuego y muerte. ¿Estaba "Buluc", uno de los diablos del infierno de acuerdo con estos demonios? Se preguntó a sí mismo.

Por un tiempo, los fugitivos usaron la cañada para esconderse, tratando de alejarse de los perseguidores. La cacería continuó por algún tiempo hasta que los perseguidores se dieron por vencidos cuando los escapados se internaron en el bosque, volviéndose parte de la floresta. Los cazadores realizaron con desaliento que los arboles estaban tan juntos unos a otros que era imposible ver adonde su presa se dirigía. A pesar de la densa vegetación, los mastines trataron de continuar la persecución pero tuvieron que suspenderla cuando los hombres que les guiaban no pudieron seguirles por los corredores angostos. Con malas palabras los españoles abandonaron su empresa y regresaron al campamento. Los perros no estaban felices, habían sido privados de un festín. Aullaban sonoramente, mostrando su descontento. Los soldados españoles todavía se maravillaban de la forma tan sigilosa con que los salvajes se habían acercado al campo. Tal vez son brujos y pueden ocultarse en la selva, algunos soldados murmuraron.

Capitulo 25

Los fugitivos, haciendo uso de su familiaridad con el bosque caminaron por alguna distancia sobre matas de ruibarbo, esperando que el olor amargo que brotaba de las plantas al pisarlas confundiera a los sabuesos. Poco tiempo después, todavía caminando a paso rápido, el grupo se metió en el riachuelo. Estaban avergonzados porque habían dejado atrás a varios de sus amigos heridos. Vukub estaba realmente asariado. ¿Cómo explicaría a su señor el hecho de haber abandonado a sus hombres heridos? aunque sabía que uno de ellos ya estaba muerto, asesinado por el palo largo que el soldado español disparaba. El otro guerrero estaba tan mal herido, sangrando copiosamente de su pierna mutilada que era posible ya hubiera muerto. Vukub seguía repasando en su mente el agujero enorme que el disparo abriera en el pecho del herido. Jamás había visto tanta sangre; no podía entender la escena tan macabra. Tenía que alcanzar sus líneas y contarle a su señor Tecúm de esta arma tan aterradora. ¿Qué arma era esa? ¿Cómo pudieron los españoles dominar al fuego y meterlo en un palo? ¿Cómo era posible? ¿Eran chamanes?

Después de varios días más de marcha forzada, los escapados llegaron a una pequeña fortaleza desde la cual, en la distancia podían divisar la ciudad de K'umarkaj, su destino final. El jefe del cuartel les dió la bienvenida con alegría al saber de su escapatoria milagrosa. Se dió cuenta de que los hombres estaban hambrientos, sedientos y casi muertos de cansancio. La comida y bebidas que se les dió, fue devorada en pocos segundos. No habían comido en más de dos días.

Una vez que sus hombres fueron alimentados y descansados, Vukub le informó al jefe del cuartel de su afortunada fuga; no omitió ningún detalle, necesitaba sacar de su mente la escena desgarradora del encuentro. Kaibil, el comandante del lugar, después de escuchar los detalles, despachó a un correo con información escrita del incidente para alertar a su Nima Rajpop Achij del grave peligro que estaba a punto de enfrentar. El mensajero fue advertido acerca de los feroces mastines.

Al día siguiente, muy temprano, después de desearle buena suerte a su amigo Kaibil, Vukub y sus soldados emprendieron el regreso hacia la capital. Su deseo más ardiente era hablar con su Nima, Tecúm y prevenirlo del peligro mortal que tendrían que enfrentar. Después de dos días, forzando la marcha, los fugitivos llegaron al palacio de Tecúm, el Nima Rajpop Achij.

Sin demora, al verlos, el capitán de la guardia imperial, Kinich Chilam les condujo ante la presencia de su jefe. Cuando el grupo entró al recinto, Tecúm y su ministro Kakupatak estaban inmersos en una sesión de estrategia. Los dos hombres respiraron con alivio al ver a los recién llegados, alegres de verlos de regreso, esperando con esperanza de que de alguna manera pudieran desmentir las noticias tan terribles que el mensajero había llevado el día anterior. Ahau Galel, Tecúm, mostró alegría al ver que su amigo estaba a salvo por el momento y le abrazó con gran afecto, exclamando, "bien hecho, mi hermano; te doy la bienvenida con mucha alegría. Estábamos preocupados porque varios días habían pasado sin saber de ustedes. Siéntate, decinos que pasó"

Vukub, después de inclinarse respetuosamente, se dirigió a su comandante, "Nima, descubrimos a los invasores extranjeros en compañía de los traidores K'akchiqueles quienes les guiaban". Tomó una breve pausa, organizando sus pensamientos y continuó, "el hombre blanco tiene este palo largo que escupe fuego. Uno de mis soldados fue destrozado por este trueno tan fuerte; su pecho fue completamente abierto, como una sandia cuando este fuego le alcanzó.

Murió sangrando copiosamente. Otro hombre fue atacado por uno de esos animales que llaman "perros". El monstruo con su jeta poderosa le destrozó su pierna completamente. Fue horrible. Mi señor, estoy avergonzado porque huimos y no pude salvar a estos hombres y les abandoné en manos de los agresores. Te pido perdón por mi cobardía. No merezco dirigir a mis hombres ni un momento más". Suspendió su relato, esperando la explosión de cólera de su jefe.

Tecúm se mantuvo silencioso, analizando el dilema de este hombre, uno de sus mejores amigos. No podía culparlo por haber escapado, salvando el resto de sus guerreros y venir corriendo a prevenirnos. No podía condenarlo por algo que estaba fuera de su control, armas desconocidas y bestias de ataque. Las noticias que trajo eran peor de lo que esperaba. En una voz suave de nuevo le dió la bienvenida a su amigo y le aseguró, que dadas las circunstancias de su predicamento había hecho lo correcto, salvar al resto de su grupo y venir a prevenirlos. Le ordenó que fuera a descansar, diciéndole que sus servicios serian necesarios en poco tiempo. Vukub estaba tan agradecido con su amigo por haberle permitido continuar al mando de sus soldados y evitarle la vergüenza de perder su dignidad y posición enfrente de sus hombres y sus jefes.

Nima Tecúm y su ministro Kakupatak continuaron interrogando a los otros soldados, buscando respuestas, tratando de encontrar pistas que les pudieran ayudar a neutralizar la amenaza que se acercaba. Los dos comandantes llenaron los vacios con preguntas pertinentes hasta que estuvieron satisfechos de que ya no había más detalles útiles.

Una vez que los bravos se marcharon, Tecúm y Kakupatak continuaron su discusión, exprimiéndose el cerebro tratando de encontrar la forma de contrarrestar esta ola de soldados que vino a invadir su suelo, trayendo con ellos armas nuevas y animales que les ayudaban en su ataque. ¿Cómo habían conseguido a los caballos? ¿De donde surgieron esos perros enormes? ¿Cómo habían logrado domesticarlos y hacerlos que siguieran sus ordenes de manera tan sumisa? ¿De que manera habían logrado atrapar el fuego en un tubo largo y, lo más desesperante, hacer que el estruendo matara a la gente? Tecúm decidió preguntarle a los sacerdotes, tal vez ellos tendrían una respuesta; después de todo ellos hablaban con los cielos y posiblemente sabrían si esto era magia o la obra de otros dioses. Era desesperante no tener respuestas, información que necesitaban con urgencia. ¿Cómo iba a defender a su reino contra estas armas tan poderosas? Su ciudad no estaba fortificada; era completamente abierta, sin murallas que impidieran al dios viento a moverse libremente entre las calles, mucho menos soldados con equipo tan devastador.

Capitulo 26

¿"Que dices, que escaparon?" Pedro de Alvarado le gritó a uno de los centinelas de guardia durante la incursión de los intrusos desaparecidos; Alvarado prosiguió, "uno de los entrometidos esta muerto, el otro es inútil, casi muerto. Si no muere, le haremos confesar". Alvarado se marchó, enojado, imprecando a los guardianes por su ineptitud. Ahora ya sabía que el enemigo había descubierto a su fuerza invasora. La sorpresa se había perdido. Su oponente estaría listo, esperando el ataque.

Después de que una búsqueda exhaustiva fue conducida, no más espías fueron descubiertos; la situación del campamento volvió casi a la normalidad. Posteriormente a otras demoras menores el contingente se puso en marcha de nuevo. El espía que había sido capturado murió sin ser interrogado debido a pérdida masiva de sangre y la aplicación de sanguijuelas por los cirujanos- en esa época los cirujanos eran barberos quienes sangraban al paciente, acelerando su muerte.

El avance se detuvo cuando el camino que la columna seguía se hizo muy angosto para que los cañones y bestias pudieran pasar. Los jinetes tuvieron que desmontar y guiar a los caballos muy lentamente, con mucho cuidado. Los cañones de nuevo tuvieron que ser desmontados y acarreados, pieza por pieza, usando "mecapal" -una banda de cuero sostenida en la frente del cargador y unida con cuerdas de cáñamo, que forman a nivel de la cintura una especie de plataforma angosta, "atuto", en las espaldas de los cargadores. A intervalos, la vegetación era tan densa que los soldados tenían que abrirse camino usando sus espadas para cortar las lianas y mantener la marcha. Pero siguieron caminando, avanzando yarda tras yarda, legua tras difícil legua. El ejército algunos días apenas avanzaba dos leguas en un día. El agua se escaseó y muchas veces tenía que ser acarreada de muy lejos sobre las espaldas de los porteadores. En muchas de las fuentes que encontraron el agua no podía ser bebida porque olía muy mal, como huevos podridos; en algunos lugares la superficie del agua tenía una nata amarilla, gruesa, con aspecto enfermizo, muy caliente, casi hirviendo, soltando un vapor tenue, como llovizna verdigris.

Antes de que cayera la noche, cuando aun podían ver, el regimiento se detuvo y acampó de nuevo; mas centinelas fueron apostados, con perros acompañándolos en sus patrullas. También mas perros fueron dejados libres para que pudieran merodear todo el perímetro. Las horas se arrastraban lentamente; las tropas estaban nerviosas por el silencio del bosque. El encuentro con los merodeadores les había estremecido.

Cuando la mañana llegó, Alvarado se dio cuenta de que habían estado siguiendo el camino equivocado. ¿Los guías habían tratado de perderlo a propósito? Su ánimo se volvió sombrío, a punto de explotar en un ataque de cólera. Ordenó que el jefe de los exploradores fuera traído inmediatamente a su presencia. Tan pronto como divisó al guía, Alvarado le gritó, lleno de furia, ¿"Que diablos esta pasando? El intérprete tradujo la pregunta con gran dificultad. Alvarado prosiguió, ¿"nos estáis llevando en círculos o no conocéis el camino?" entonces le ordenó a Xicotenga, el cacique Tlaxcalteca que le consiguiera otro guía más competente que este imbécil, a quien finalmente advirtió, "no toleraré tu incompetencia; si algo así pasa de nuevo, juro por el manto del apóstol Santiago que os cortaré en pedazos y alimentaré a los mastines con tus entrañas. ¿Me entendeis? finalmente preguntó al asustado guía a través del traductor. Enseguida lo despidió. Alvarado estaba muy enojado, habían perdido tanto tiempo. Poco tiempo después del incidente, el camino correcto fue encontrado como por arte de magia. El panorama se volvió monótono; la única vista por leguas era arboles, seguida por mas arboles; pinos gigantescos, entremezclados con matochos de fresas salvajes. El panorama boscoso era un contraste muy marcado comparado con su tierra desierta de Badajoz.

Siguió empujando a sus soldados, alentado por el orgullo, determinación y avaricia. Todo el entrenamiento en Badajoz y posteriormente en las playas de arena de Cádiz estaba pagando dividendos. Sus tropas estaban endurecidas por años de guerras anteriores, pero aun así, los hombres se quejaban con el esfuerzo de la marcha cuesta arriba. No era tan fácil como habían creído cuando salieron de Oaxaca, llenos de ínfulas y ambición. Los largos días se convirtieron en noches cortas, con poco descanso, para ser reemplazadas de nuevo por más días. La monotonía era enloquecedora, el silencio algunas veces interrumpido por el rugido gutural de los grandes felinos que les acechaban en la vecindad, tal vez esperando a atacarlos. Los mastines se divertían de lo lindo persiguiendo pájaros, mariposas, ardillas y otros pequeños roedores, olfateando el ambiente, tratando de detectar nuevas amenazas.

Cuando un valle angosto y pequeño fue alcanzado, Alvarado ordenó hacer alto. El lugar tenía un rio poco profundo, con agua cristalina y fresca que se acumulaba en una poza en la base de la caída de agua.

Los agotados soldados se tiraron al suelo, los cargadores se liberaron de sus bultos y sin esperar permiso, se lanzaron al agua. A los esclavos ya no les importaba más. ¿Qué podían hacerle sus verdugos? ¿Matarlos?

Los cansados cocineros se entregaron a su ocupación y en poco tiempo una cena rustica fue rápidamente preparada. Los hombres se tragaron la comida como si fuerzas oscuras se las iban a quitar. La comida fue más que todo la carne de los animales cazados el día anterior. Alvarado de repente se dió cuenta de que sus cazadores habían sido expuestos a los intrusos que se conocían estos lares como la palma de sus manos y se movían como fantasmas. Se castigó por su imprevisión.

Después de una comida breve un soldado solitario principió a tocar su guitarra; pronto, muchos más soldados se unieron a la música y empezaron a cantar canciones de mal gusto, con melodías que hablaban de tierras lejanas, amores perdidos, viejas disputas que hablaban de muerte y tragedia, mezclada con romance y gallardía.

"Rodrigo", Alvarado se dirigió a su primo Rodrigo Sosa, "supervisad la distribución de los guardias; no quiero una repetición de lo que sucedió la otra noche cuando los centinelas fueron tomados desprevenidos. Doblad el numero de vigías, dadles algunos mastines; dejadlos sueltos." Ahora los perros ya conocían el olor de los soldados y de los indígenas que eran parte de la tropa. Alvarado prosiguió, "Aseguraos que los hombres no se duerman; si eso pasa les castigaré muy severamente si alguien sucumbe al sueño mientras están de guardia. Hacedlo personalmente. ¿Me entendeis?" En seguida despidió a su primo Rodrigo. Una vez que estuvo seguro de que sus órdenes serian seguidas al pie de la letra, Alvarado fue en busca de Juan Godínez, uno de los sacerdotes que había seleccionado para acompañar a la expedición. Pedro se había vuelto muy amigo del cura y desarrolló un profundo respeto por este cura cuando se dió cuenta de que este clérigo en verdad seguía los preceptos de su orden. Era honesto, humilde, misericordioso, no bebía o juraba en vano. Godínez era muy conocedor de latín y griego, sabía las escrituras y era un lector muy ávido, especialmente poesía a la cual Alvarado era atraído de manera casi obsesiva. En Cádiz, Alvarado le había pedido al padre Godínez que le ayudara a aprender a leer y escribir; Alvarado fue un discípulo muy hábil, un estudiante deseoso de aprender, persistente, al punto de que muy pronto fue capaz de escribir y leer sus propios poemas, que siempre eran dedicados a Raquel Fuentes, aquella bella mujer que contra su voluntad había abandonado en La Esperanza, cuando él y sus hermanos tuvieron que huir para evitar ser capturados por la guardia del pueblo. ¡Dios, como la echaba de menos! pero para ser honesto, pensó, cada día más y más encontraba más solaz en los brazos bronceados de Doña Luisa. Luisa, poco a poco, con su paciencia, sagacidad e inteligencia se había convertido en el consejero mas buscado por Pedro de Alvarado, a quien, inicialmente Luisa había aceptado como su amo, pero más recientemente se encontraba más y más atraída por las atenciones de Alvarado y participaba más libremente en los encuentros sexuales con su nuevo amante y dueño. Tal vez realmente le amaba, pensó con un poco de consternación.

Al día siguiente, Alvarado y sus tropas gozaron de un merecido descanso. Los caballos y las mulas fueron examinados por lesiones, fueron bañados y alimentados de manera adecuada. Mientras tanto, los mastines deambulaban por el campo, vigilantes a cualquier cambio en rutina, observando, sus ojos llenos de amenaza, buscando intrusos. Pedro de Alvarado le dedicó algún tiempo a su perro, "Valor", por lo cual el animal se mostro agradecido, gruñendo de manera alegre, saltando, haciendo piruetas como un niño.

Los soldados se dieron tiempo para bañarse, sus ropas mugrosas fueron lavadas y remendadas por las esclavas indígenas. Algunos pocos hombres aun se afeitaron y se recortaron sus cabellos.

Doña Luisa, con una escolta armada y un par de damas de compañía, se alejó brevemente para arreglarse. Su regalo mensual estaba lastimándole sus piernas. También necesitaba un poco de privacidad; deseaba analizar su vida, su futuro el cual ahora estaba ligado de manera inexorable a Alvarado. ¿Se estaba convirtiendo en una mujer española? ¿Qué pensaba su gente de ella? ¿Era tan despreciada como Alvarado lo era? Ni siquiera podía hablar con su padre, Xicotenga quien, prácticamente y para todo propósito se había convertido en un prisionero "honorario" de Alvarado. Aun si se pudiera escapar, ¿A dónde iría? Ahora ya toda la gente sabía de su relación con Alvarado. Tendría que acomodar sus sentimientos y lealtad, aunque a decir verdad, sus opciones como mujer, estaban sumamente limitadas en ambas sociedades, la de ella y la española. No se le permitía expresar sus opiniones, a discutir con otros hombres, menos aún con otras mujeres. Su único consuelo era que Alvarado la trataba con respeto y valoraba sus recomendaciones.

Mientras tanto, Alvarado estaba ensimismado en sus pensamientos; su mente retornó a Raquel Fuentes a quien todavía no podía olvidar completamente, ni dejar de mirar esos ojos verdes, ese glorioso cabello de color café claro, esos labios deliciosos que solamente de manera breve había besado una sola vez. Su mente oscilaba entre Raquel y Luisa. Ojos verdes se disolvían en ojos oscuros. Piel blanca y rosada era suplantada por piel bronceada. Pensó en su tio Alejandro y su esposa Sara, quienes habían decidido permanecer en Oaxaca atendiendo su negocio de carpintería que cada día era más próspera, conforme la demanda de más casas nuevas aumentaba. Alejandro y Sara habían "comprado", apropiado con la ayuda del gobernador Alvarado, una propiedad muy extensa cerca del palacio. Sara con su inteligencia y gracia natural había captivado a las pocas mujeres recién llegadas de España. Sara ya cultivaba un jardín espacioso, plantando flores y arboles locales con la ayuda de jornaleros del pueblo, al que había transformado en un oasis a donde los pájaros acudían a bañarse con frecuencia en las muchas fuentes, dándole un aire musical durante los días soleados, que ocurrían durante todo el año. Les recordaba con agradecimiento, tal vez hasta con amor. Su tio había sido muy bondadoso con él, casi tratándolo como un hijo. Sara había sido extremadamente amable y comprensiva; había hecho lo imposible por ayudarle durante sus momentos de depresión más profunda. También le había ayudado a superar sus deficiencias en leer y escribir. Eran tan buena gente, no egoístas y sin pretensiones. Alvarado, en un momento muy raro de fervor religioso silenciosamente le pidió a Dios que les bendijera y protegiera. Brevemente pidió al apóstol Santiago que les resguardara de todo mal.

El propósito de Alvarado era hacerse rico y poderoso y algún día regresar famoso a La Esperanza y pedirle a Raquel que fuera su esposa, que se casara con él. Su destino había cambiado cuando huyo del pueblo perseguido por la ley. Ahora se encontraba en este lugar solitario, en un camino que solo Dios sabia a donde conducía. Sus ojos estaban medio cerrados y empezaba a dormirse.

"Twack", una flecha pasó muy cerca, casi rozando su cuello, fallando por pocos centímetros y se clavó en el troco del árbol en el que estaba reclinado. Ciertamente, su patrón Santiago, estaba velando por él y le había protegido. Inmediatamente se puso de pie y empezó a dar órdenes.

La alarma fue sonada, todos se pusieron alerta, buscando al responsable del ataque.

De manera sigilosa, otro grupo de guerreros K'iche se había acercado al campamento cubriendo su cuerpo con aceite de castor que evitó que el olfato de los perros los detectara. ¡Por Tojil! el aceite había trabajado de maravilla. Finalmente los merodeadores habían encontrado una forma de neutralizar a los mastines. Tenían que regresar a la capital e informar a su señor Tecúm de este suceso. Este hallazgo crucial no podía esperar a ser comunicado.

Antes de escaparse, los acosadores mataron a dos soldados más, hiriéndolos en la cabeza con una lluvia mortal de "bodoques", unas esferitas de arcilla endurecida, lanzadas con hondas que cada guerrero llevaba. Aprovechándose de la confusión, los soldados K'iche pronto se perdieron en el bosque; de nuevo se habían convertido en espectros, confundiéndose en la vegetación que tan bien conocían.

Una vez que la alarma pasó, el campamento regresó a la normalidad; la incursión había tomado a los defensores completamente por sorpresa. Alvarado se preguntaba como los salvajes habían logrado acercarse tanto, dentro del perímetro de defensa, al punto de que casi lo matan con un flechazo. Pedro discutió con sus capitanes los eventos más recientes, preguntas fueron hechas pero nadie tenía la respuesta. Un nuevo perímetro de defensa fue establecido, más extenso, con más centinelas y mastines patrullando. Una calma inquieta descendió sobre el lugar. El nuevo día se deshizo en colores gloriosos, otra noche llegó, llena de incertidumbre, casi todos esperando ser heridos por esas esferillas endemoniadas o una flecha perdida que pudiera terminar sus vidas, o aún peor, resultar mal heridos que era como una condena a una muerte lenta y dolorosa.

A la mañana siguiente la marcha fue resumida; los soldados estaban sumamente nerviosos, híper alerta, con miedo, inquietos. El ominoso silencio de los bosques cercanos, mezclado con la cacofonía de los pájaros llenaba su mente de un temor desconocido. Estos no eran sus tierras usuales, estaban acostumbrados a espacios abiertos con la caballería atacando primero, la infantería siguiendo pocos pasos atrás.

Los guerreros K'iche mantuvieron su vigilancia sobre el ejercito en marcha, con los ojos abiertos, espiando cada movimiento, grabando en sus mentes detalles cruciales de las fuerzas que avanzaban para información y análisis de sus comandantes. Después de varios días más de seguirle los pasos, el jefe del grupo determinó que los invasores se dirigían a atacar su amada capital, K'umarkaj. Tendrían que sonar la alarma; deberían informar de inmediato al Nima Rajpop Achij, príncipe Tecúm del peligro inminente que marchaba hacia ellos. El largo camino de regreso a casa fue emprendido al día siguiente, antes de que el sol saliera. Los soldados no habían marchado durante la noche porque no quisieron encender antorchas que alumbraran los trechos más peligrosos del camino que deberían seguir; la información que llevaban consigo era de mucha importancia para ser demorada por un accidente. Establecieron una marcha forzada, descansando solamente para beber agua y algo de comer. Tal vez, pensaron, la información que llevaban podría cambiar las enormes desventajas que enfrentaban. Desafortunadamente, los merodeadores no recabaron mucha información acerca de los caballos y sus jinetes, de las devastadoras cargas que la caballería podía montar ni tampoco acerca de los tubos cortos de color ocre. ¿Qué eran esos cilindros? ¿Por qué los extranjeros los trataban con tanto cuidado? Parecían tan pesados, sus pobres hermanos indios agobiados por el peso. Nunca habían visto cañones ni sabían el poder destructivo de esas armas. ¿Cómo le explicarían a su jefe acerca de esos cilindros? Los K'iche y sus hermanos K'akchiqueles and Tz'utujiles todavía usaban armas hechas de piedra y madera. Los K'iche serian casi como niños indefensos cuando los españoles desencadenaran su furia. Miles de interrogantes ocupaban las mentes de los espías, quienes paso a paso se acercaban a su ciudad, con el ejército invasor pisándoles los talones, siguiéndoles, sin saber que recorrían el mismo camino de los fugitivos. El paso que se impusieron fue agobiante, corrían casi sin descansar, apremiados por la información crucial que llevaban.

Capitulo 27

"Nima Tecúm", el ministro de la guerra dijo, dirigiéndose a Tecún, "la delegación que fue enviada a los K'akchiqueles y Tz'utujiles esta de regreso esperando a dar su reporte; ¿puedo hacerles pasar?"

Ahau Galel, príncipe Tecún respondió inmediatamente, "tráelos en seguida; estoy ansioso de saber cuál es la respuesta a mi propuesta de alianza".

Ixpiyacoc, uno de los delegados y otro soldado que le acompañó en la misión fueron llevados a presencia del príncipe. Ixpiyacoc se dirigió a su señor, Tecúm, "Nima, tu oferta de unir nuestras fuerzas con las de ellos para rechazar a los invasores fue rechazada. Acajal y Xahil, los líderes, fueron muy enfáticos en su negativa; más aun, amenazaron que pelearían contra nosotros al lado de los españoles", concluyó su corta réplica de malas noticias.

Un silencio sepulcral descendió sobre el salón; los dignatarios recibiendo las noticias estaban desconcertados ante esta oposición y la amenaza implícita en la declaración. Nima Tecúm y su ministro no podían comprender porque estos jefes se habían aliado con los españoles. ¿Era egoísmo? ¿Trataban tal vez de congraciarse con los diablos extranjeros? ¿Cuál sería su propósito? Era verdad que la mayoría del tiempo estaban en guerra uno contra el otro, pero la paz mas reciente se había mantenido por mucho tiempo; ahora era diferente. Los invasores amenazaban con despojarlos de sus tierras, destruir sus templos, esclavizar a su gente. ¿Por qué serian tan ciegos?

Compartían la misma sangre, el mismo lenguaje; sus dioses eran los mismos. ¿Entonces por que? ¡Era una locura!

Después de unos minutos de reflexión, Nima Rajpop Achij, Tecún, habló, "muy bien, estamos solos para enfrentar al enemigo. Nuestros hermanos de Zaculeu están muy lejos para ayudarnos en este conflicto; tendremos que pelear solos contra esta fuerza invasora, tratar de hacer lo imposible para repelerlos". Con un corazón agobiado de pesar se sentó, su pecho lleno de una premonición de los horrores que estaban por llegar; su propia sobrevivencia estaba en juego. Presintió que cuando la guerra llegara seria hasta el final; posiblemente hasta el aniquilamiento de su pueblo y su cultura.

La discusión de los eventos negativos continuó; una decisión de enviar a los ancianos, mujeres y niños al reino vecino de Zaculeu, habitado por los Mam, primos distantes de los K'iche, cuyo cacique siempre había sido amistoso hacia su gente. El reino estaba situado en los cerros hacia el norte, a varios días de marcha. Tecúm sabía que su cacique acogería a su gente y trataría de mantenerlos a salvo. Aún así, Tecum enviaría un mensajero especial pidiendo asilo y protección para las familias próximas a partir. Con este propósito, Tecúm dictó un requerimiento con esta petición; el enviado partió esa misma tarde. El tiempo se consumía como gotas de lluvia expuestas al calor del sol.

Pocos días después, la información colectada por los espías enviados a vigilar a los españoles fue analizada, otra arma contra los mastines fue encontrada. Por pura casualidad descubrieron que el sonido de los "pitos", un silbato hecho de arcilla, era muy fuerte e irritante para el oído tan sensible de los perros, tan agudo que enviaba a los canes aullando, desorientados, asustados a tal punto de que se rehusaban a seguir las órdenes de sus amos a pesar de las múltiples amenazas. Tecúm ordenó que todas las tropas llevaran pitos para ser usados cuando la batalla comenzara.

Durante la misión de reconocimiento, otra pieza vital de inteligencia fue encontrada. Los intrusos descubrieron que en cierto momento los hombres que montaban los caballos se bajaban de las espaldas de los animales, el jinete encaminándose a un punto y el caballo llevado a otro lugar, cada quien por separado. Al principio, aun cuando parecían ser una misma unidad, moviéndose como una sola pieza, este no era el caso. La bestia, contrario a la creencia K'iche, no era el "Nahual"- protector del jinete. ¡No eran una sola entidad! Un plan fue formulado. Si usaban lanzas más largas, los guerreros K'iche serian capaces de matar al animal y después, aniquilar al jinete.

Nima Rajpop Achij, Tecún, ordenó proveer a tantos soldados como fuera posible con lanzas más largas. Los estrategas, desafortunadamente olvidaron o no sabían que los españoles usaban una coraza de metal, un material que era desconocido para ellos, que hacia mas difícil matar al soldado quien además también portaba una lanza de metal que podía penetrar con mucha facilidad un cuerpo descubierto y la cual tenía más alcance puesto que al ir montado en el caballo eso le daba más estatura y movilidad al jinete.

El arma más temible de los invasores era el arcabuz que vomitaba muerte. ¿Qué podían hacer para defenderse contra este trueno mortífero? Todos los estrategas decidieron que la mejor defensa seria mantenerse tan alejados como fuera posible y también reforzar el chaleco de algodón que los oficiales usaban, con varias capas de corteza de árbol, entremezcladas entre el tejido. Después, durante las etapas iníciales de la batalla, para su detrimento, los K'iche se darian cuenta que la mayoría de las medidas adoptadas serian insuficientes e inadecuadas para neutralizar el fuego devastador y las tácticas más avanzadas de los españoles. Estarían casi indefensos.

Las desventajas eran abrumadoras; la nación K'iche estaba condenada casi desde el principio. Pero no podían rendirse; su propia civilización estaba en peligro. Cientos de años de cultura estaban a punto de ser sofocados. ¿Qué más podían hacer? La nación K'iche era la mayor parte del tiempo una entidad pacífica, pero ahora eran atacados sin motivo, excepto el deseo de saqueo y expansionismo de los extranjeros. Los invasores habían sido firmes y sin compasión cuando le habían presentado a Tecúm la oferta tan injusta de paz, con todas las ventajas a su favor. La amenaza era más ominosa por la alianza de sus enemigos acérrimos, los K'akchiqueles y los Tz'utujiles, quienes, en un acto final de traición habían amenazado pelear al lado de los invasores blancos. Estaban errados si creían que los invasores les harían participes del botín y de los despojos del imperio K'iche.

Tecúm, tanto como podía recordar no había hecho nada para provocar o justificar la invasión. No creía que los dos días que había hecho esperar a los enviados de Alvarado fuera motivo suficiente para la agresión. ¿Podría ser esta la causa? Tecúm se preguntó a sí mismo.

Capitulo 28

"Cristobal", Alvarado llamó al capitán Cristobal de Olid; "he decidido visitar al cacique de los Cachiqueles, Acajal y luego al cacique de los Zutujiles, Xahil. Necesito asegurarme de su participación en la próxima guerra contra los Quichés, esos paganos despreciables hacia el norte", dijo Alvarado expresándose con desdén y veneno. "Partiréis muy temprano a la mañana siguiente para dejarles saber de mi visita y mis órdenes", Alvarado continuó hablando, "recordadles la promesa que me hicieron de que sus guerreros pelearían al lado de nuestros soldados en el ataque contra sus eternos enemigos. Tomad veinte soldados y tantos indios como queráis. Recordaos tener cuidado con las emboscadas; esos bárbaros se están volviendo más descarados. Decidle a los caciques que los quiero con sus mejores fuerzas para unirse a las nuestras cerca de la ciudad a la que nos dirigimos, de tal manera que pueda asignarles el papel que desempeñarán cuando la batalla comience". Alvarado despidió a Cristobal, su mente ya ocupada con los planes de la próxima fase de la invasión y aniquilamiento de sus enemigos gratuitos, los K'iche.

El próximo día, muy de mañana, la fuerza principal del ejercito salió con rumbo a la ciudad de K'umarkaj; el contingente menor, comandado por Cristobal de Olid tomó otra ruta, en busca de los dos jefes indios, Acajal y Xahil. Cristobal de Olid repasaba las órdenes que su capitán le había dado, ordenanzas precisas que no dejaban ninguna duda de su propósito, usarlos como carnada, como escudo para proteger a sus tropas.

La marcha de la fuerza principal continuó por varios días, no nuevas emboscadas sucedieron. Los soldados entraron en una nueva rutina, desosegada, algunas veces maltratando a los esclavos indígenas, lanzándose entre ellos palabras soeces, cuidando a los caballos y mulas, consintiendo a los mastines, quejándose constantemente del terreno. Muchos de ellos nunca habían visto tantos arboles, que en algunos tramos estaban tan cercanos unos a otros que hacían el avance casi imposible, pero de alguna manera Alvarado les empujaba sin misericordia, como un hombre poseído, en busca de su tesoro. La columna siguió ascendiendo la sierra, algunos picos aun húmedos con el rocío de la noche. La vista era majestuosa, aun más a medida que ascendían. En algunos sectores los pinos eran gigantescos y la fragancia que soltaban era suave e invigorante. El bosque era tan verde, con un cielo de un azul intenso, claro y limpio, como el azul de los ojos de algunas de las mujeres que recordaban de su patria. Muchos hombres suspiraban con anhelo. ¡Estaban tan lejos de sus lares!

En la noche, sentados alrededor de las fogatas, los soldados escuchaban canciones tristes de su tierra natal, acompañadas por una guitarra desafinada, tocada con gusto por un soldado. No había nada más que hacer. Muchos hombres se preguntaban cuándo llegarían a la afamada metrópolis, cuando encontrarían al enemigo que por ahora se había convertido en un ejército de hombres de dos metros de altura, con músculos poderosos y bronceados, hombres que podían destrozarlos con sus manos y comérselos a pedazos. Muchos tenían miedo de los sacrificios humanos erróneamente atribuidos a los mayas, una nación que nunca había ofrecido seres humanos a sus dioses. Esos ritos pertenecían a otras culturas.

Una vez que todas las faenas de armar el campamento fueron concluidas por esa noche, los soldados empezaron a dormirse, envueltos en un silencio fantasmal, roto solamente por los sonoros ronquidos y ventosos de la tropa. Cercanamente, acechando en las sombras se encontraba un grupo de guerreros K'iche, esperando a que los soldados estuvieran completamente dormidos. La luz de la luna les daba una vista clara del campamento. Estaban deseosos de vengar la muerte de sus amigos pocos días atrás. De nuevo los merodeadores se habían cubierto la piel con aceite de castor, que previamente habían comprobado desvanecía su olor. Los intrusos se aproximaron aún mas, avanzando con sigilo hasta que el líder del grupo consideró que estaban suficientemente cerca para que las hondas fueran efectivas. Los centinelas de guardia fueron eliminados con golpes certeros a la parte suave de la cabeza con una lluvia de bodoques que de manera silenciosa les perforó el hueso, matándolos instantáneamente. Dos soldados más fueron aniquilados por flechas que les penetraron el cuello con precisión. Otros soldados tuvieron suerte porque no se habían quitado sus corazas que les protegieron de los proyectiles lanzados por los atacantes. De manera silenciosa, como llegaron, los intrusos se internaron en la oscuridad, siendo devorados por la selva. Habían empleado las mismas tácticas de los españoles quienes, por su negligencia, pagaron con sus vidas.

Cuando el cambio de los centinelas llegó, los cuerpos fueron descubiertos, la alarma fue levantada pero los asaltantes ya se habían marchado, pero se quedaron suficientemente cerca para ser de peligro, esperando el momento propicio para atacar de nuevo. Los soldados K'iche eran pacientes, silenciosos, como si estuvieran cazando venados. No más ataques fueron llevados a cabo.

Al despertar, Alvarado se dió cuenta de la muerte de sus soldados, se puso furioso, como poseído, gritando de manera indignada, lanzando epítetos y amenazas, "esos bastardos han matado a mis soldados; les haré pagar con sus vidas este ultraje. Les quemaré vivos". Prosiguió lleno de cólera, "¿Qué, los soldados estaban durmiendo?" preguntó sin dirigirse a nadie en particular, "una partida de incompetentes. Deberían de considerarse dichosos de estar muertos, de otra manera les habría matado con mis propias manos". Pedro de Alvarado siguió la rabieta. No podía creer que soldados veteranos fueran tomados por sorpresa por estos salvajes. ¡Que desgracia! ¡Que confusión! Para si mismo pensó que tendría que reevaluar la opinión que tenia de los Quichés.

No se había preparado para una guerra de guerrillas; Alvarado había menospreciado la astucia de los indios. Se juró que enmendaría sus errores para prevenir más muertes entre sus soldados.

La luz de la luna mantuvo a los soldados despiertos, los hombres no podían conciliar el sueño, continuaron discutiendo el encuentro tan cercano a la muerte que habían tenido. Algunos de manera silenciosa le dieron gracias a Dios de haberlos salvado, de haber evitado su muerte, alegrándose de la suerte de que alguien más había muerto en su lugar.

Tan pronto como amaneció, los difuntos fueron sepultados en fosas superficiales. Una misa breve fue ofrecida en su memoria por los sacerdotes que acompañaban a la expedición. Los clérigos encomendaron su alma inmortal a Jesucristo, recordándoles a los sobrevivientes los tormentos del infierno que les esperaba- como si este lugar no fuera suficientemente dantesco, algunos hombres se quejaron con desaliento. Los soldados se lamentaron de no tener ni siquiera una gota de vino para despedir a sus camaradas y amigos como se lo merecían. ¡Que desgracia!, ni siquiera una gota para hacer más tolerable esta vida miserable. Como buenos soldados echaban de menos el vino y la compañía de alguna mujer, porque las pocas mujeres que viajaban con el ejército fueron declaradas intocables por Doña Luisa, decisión que fue apoyada por Alvarado y sus hermanos que viajaban en la expedición.

Más vigilancia fue establecida, cambios fueron hechos. Más soldados fueron puestos de guardia. Esta noche no habría cantos, no palabras en voz alta seria permitida. Muchos soldados se quejaron de que estaban siendo tratados como niños. A regañadientes obedecieron las nuevas órdenes, de otra manera podrían pagar con sus vidas.

Alvarado estaba preocupado porque el avance había sido demorado. No había contado con las dificultades del terreno, ni con las amenazas constantes a manos de los soldados K'iche. Estaba confuso. ¿Dónde había fallado? La información del área que había adquirido antes que la expedición saliera de Oaxaca, era escueta; los bosques eran más densos de lo que le habían hecho creer, los senderos mas angostos que hacia el movimiento de los cañones mas difícil. En algunos trechos el camino era apenas una franja de tierra flanqueada por arboles gigantescos. La temperatura era agradable pero el ambiente era siniestro, amenazador; los hombres estaban nerviosos por el silencio profundo. Alvarado se había enterado que la ciudad hacia la que avanzaban era una gran metrópolis, imponente, con templos muy grandes y palacios llenos de tesoros. La ciudad en varias ocasiones del año tenía una población de hasta cien mil habitantes. Sus espías omitieron decirle que la ciudad estaba rodeada de barrancos profundos. La realidad era que ninguno de sus informantes había estado en la ciudad, mucho menos había visitado los templos. Todos los detalles provistos eran rumores, grandemente exagerados, pasados de persona a persona, de familia en familia, cada uno agregándole su propia versión, como una fábula. Sabiamente Alvarado esperó hasta tener mejor inteligencia militar acerca del lugar, entonces determinaría la mejor forma de atacar. Estaba consciente de que no tenía grandes maquinas de guerra, como catapultas o ballestas gigantescas. Solo contaba con cuatro cañones pequeños; su consuelo era que tanto como sabia, los Quichés no tenían ninguno. Se consoló con el hecho de que el enemigo no contaba con caballos o perros de ataque que podía complicar aún más sus planes.

Ordenó un descanso de dos días para reabastecerse de provisiones y darle tiempo a los dos caciques y sus contingentes a reunirse con sus fuerzas cerca del lugar donde el ataque comenzaría. Alvarado se preguntaba si Cristobal de Olid había sido capaz de llegar hasta los dos jefes e informarles de sus órdenes.

Las noticias del descanso fueron recibidas con júbilo y gritos de alegría por la soldadesca quienes estaban agotados con lo escabroso de la marcha y el acoso constante de los infieles. Los cargadores estaban aun más contentos, tal vez ahora pudieran escapar a los bosques que les invitaban con su espesor. La muerte de los pocos soldados a manos de los K'iche había renovado sus esperanzas de redención. Tal vez los K'iche podrían arrancarlos de las garras de los españoles, aunque existía la posibilidad de que solo cambiarían de amos. ¿Serian los K'iche peores dueños que los españoles? algunos pensaron y postergaron su huida. Después de todo, ¿cuál era la razón de escapar? No sabían si la que gente contra la que avanzaban les recibiría de buena manera.

Alvarado mandó a llamar a Pedro Portocarrero, uno de sus capitanes de confianza quien había estado en la ciudad; puesto que era un soldado, tal vez podría darle información más detallada. Alvarado estaba desesperado y decidió interrogar de nuevo al capitán, aún cuando este ya le había informado a su regreso a Oaxaca; respetaba la opinión de Portocarrero quien sabía que era uno de los pocos nobles que se unieron a la expedición. Alvarado y Portocarrero se conocieron en Cádiz durante el tiempo esperando a que la armada zarpara. Su vinculo se había estrechado mas cuando pelearon hombro a hombro durante la "noche triste" en Tenochtitlán, aunque de alguna manera Alvarado aun recordaba con resentimiento la acción de Portocarrero cuando se negó a cumplir las órdenes de ataque de Cortés, acto que casi les cuesta la vida durante esa noche infame. Afortunadamente, Portocarrero cambio de opinión y vino a su rescate, ayudando a Cortés y a Alvarado a escapar de una muerte casi segura. Recientemente, Portocarrero se volvió casi indispensable para Alvarado quien cada día más confiaba en sus sugerencias. Además, Portocarrero era un buen artillero y su habilidad pronto seria puesta a prueba durante las batallas futuras.

Portocarrero fue el primero en hablar, "gobernador, la ciudad como sabéis se llama Gumaarkaj o K'umarkaj; durante el corto tiempo que pase allí conté cuatro templos grandes y pude ver desde las calles varios palacios. La ciudadela esta rodeada de barrancos profundos, casi imposibles de transitar. Los caballos no podrán maniobrar allí. El camino principal que recorrimos conduce a un valle, con pocas colinas de baja altura. Un rio cruza la planicie. Pienso que le llaman "Olintepeque". No pude cerciorarme si el rio es profundo o bajo, pues la mayor parte del tiempo que pasé allí estuve bajo vigilancia y confinado a nuestras habitaciones. No pude ver ningún puente. Si el enemigo decide pelear en la ciudad, nos darán una batalla muy difícil de ganar. El lugar, desde el punto de vista estratégico es peor que Tenochtitlán. Pienso que nuestra mejor opción será forzar a los Quichés a pelear en el valle donde podréis usar los caballos, los perros y los cañones de una forma más efectiva. También, en la planicie, los soldados de infantería podrán maniobrar más libremente, especialmente ahora que sabemos que los Quiches no tienen caballos.

Alvarado siguió examinando su dilema, interrogando a Portocarrero de manera incesante, preguntando, tratando de sacar la mayor información que el capitán había sido capaz de acumular durante su breve estancia en la capital de Gumaarkaj.

Después de despedir a Portocarrero, Alvarado fué en busca de Doña Luisa; ansiaba su compañía, sus consejos; le gustaba oír su dulce voz con su minúsculo acento castellano. Día a día dependía más de su sagacidad. Luisa había comprobado ser extremadamente inteligente, con una habilidad para detectar y analizar detalles pequeños e insignificantes. Sus palabras se habían convertido en una necesidad grande. Tal vez se estaba enamorando de ella. Raquel todavía era un recuerdo poderoso, pero día a día más distante, etérea, menos llamativa. ¿Le estaba cambiando esta tierra? Era tan fértil, tan verde, tan grande. Nunca en su corta vida había visto tantos animales, tantas bestias de presa y pájaros tan bellos. Se había impresionado enormemente con un pájaro pequeño, con el pecho de color escarlata y una cola larga y curva, con plumas de un verde iridiscente, que los nativos llamaban "Quetzal". Xicotenga, el padre de Luisa le había dicho que esta ave era venerada por los K'iche como un símbolo de libertad y no podía vivir en cautiverio. Xicotenga agregó que el príncipe Ahau Galel, Tecúm, estaba protegido por esta criatura alada; que algunas veces este guerrero, durante batallas, podía volar hacia el cielo y que desde allí podía matar a sus enemigos con rayos de fuego que tomaba del sol. En esa ocasión, Alvarado no le prestó mayor atención pensando que era un mito; o, ¿podría ser como en su caso que el propio apóstol Santiago le protegía? Alvarado pensó que era posible, especialmente después del encuentro casi mortal con la flecha lanzada por un soldado K'iche. Tendría que preguntarle más en detalle a Luisa acerca de esta leyenda, ¿o era real?

Alvarado se dió cuenta que las noches eran menos frías, los arboles menos densos, tal vez se acercaban al valle. Habían estado marchando por casi cuatro meses. ¿Sería ya el mes de Junio? se preguntó. Se durmió pensando en su madre a quien no había visto desde el día que salió de Badajoz camino a la Esperanza buscando divertirse, pero terminó en este continente; ¿todavía estaría viva? ¿Habría recibido el dinero que le enviara antes de partir? Muchos meses habían transcurrido. Por pocos instantes se recordó de ese irascible cura que lo había latigueado sin misericordia... ni por un instante pensó en su padre. La mayor parte de su familia viajaba con él, sus hermanos, Hernando, Gómez, Jorge y su primo Rodrigo Sosa. Pensó que su tierra natal no albergaba ningún incentivo que le impulsara a regresar. Después de todo era el hijo de un hombre que ya no tenía ninguna estatura en la comunidad, mucho menos en el reino de España. Era tan pobre como el más indigente de sus soldados, pero en Oaxaca él era el gobernador, escogido por su mentor, Cortés para avanzar los designios de la corona. Tenía que triunfar; no había lugar para el fracaso. No podía regresar a su patria con las manos vacías y en desgracia. ¡De ninguna manera! Haría lo imposible por vencer. Sus sueños estaban llenos de riquezas, vestimentas suntuosas y la adulación de los miembros de la corte y de su rey, Carlos V.

Su mente divagaba pensando en esos gitanos desvergonzados, pero tan gentiles, preguntándose si habrían llegado a Compostela. De manera agradable recordó la comida fragante que le habían dado, la amable sonrisa de las mujeres, su inocencia. Estaba realmente envidioso de que ellas podían leer y escribir. ¿Por qué eran esas gentes tan despreciadas por los cristianos? ¿Cuál era su crimen? Los gitanos no eran tan diferentes a los católicos, excepto por su colorido vestuario y su tendencia a tomar cosas "prestadas" de sus vecinos. ¿Dónde estarían ahora? La memoria de Sarita todavía estaba fresca en su memoria; ¿Cómo había sido capaz de adivinarle su futuro? ¿De decirle de que tendría dos amores? ¿Cómo sabia que encontraría a Luisa y que se enamoraría de ella? Su mente siguió divagando hasta que el cansancio le venció.

Capitulo 29

¿"Realmente tengo que ponerme esas plumas en mis muñecas y mis tobillos"? Nima Tecúm preguntó a su escudero que le ayudaba a seleccionar sus vestimentas para la investidura, el escudero le respondió, "si Nima, es la tradición de que el Nima Rajpop Achij tiene que llevar los símbolos de su "Nahual", en tu caso, nuestro Quetzal sagrado"; añadió, "después de todo son muy pocas las plumas que tienes que lucir. Recuerda que ellas te darán protección contra tus enemigos; ellas te harán tan veloz como el Quetzal, tu ángel guardián, tu protector. Te harán volar sobre estos mortales, cerca del sol y desde las alturas, aniquilarás a tus enemigos", el escudero concluyó con la mayor convicción. De alguna manera Tecúm se sintió mejor y después de pensarlo por pocos minutos aceptó ponerse los símbolos. Tecúm también llevaría una faldilla corta, ligeramente blanca, bordada con múltiples abejas, el signo de prosperidad para los mayas. Su pecho poderoso iría descubierto, sin joyas, excepto un medallón de jade muy puro, grabado con inscripciones que se remontaban miles de años, relatando la historia de su pueblo. Su cabeza estaría cubierta con un penacho magnifico hecho de las plumas más finas de pájaros exóticos, atrapados especialmente para esta ocasión, la toma de posesión como comandante supremo del reino K'iche. Finalmente, sus pies estarían cubiertos de sandalias hechas de las pieles más selectas, pulidas hasta que fueran tan suaves como lino; las suelas eran gruesas y resistentes.

Su investidura oficial se acercaba rápidamente. El escudero siguió su ritual hasta que estuvo satisfecho de que su señor lucia real, como era de esperarse de alguien de su linaje y rango. Se convertiría en el jefe supremo de la nación K'iche, el último grupo maya a oponerse a la marea de los invasores que venían de muy lejos. Ningún otro ejército vendría en su ayuda. Ahora Tecún ya sabía que estos agresores venían de una tierra extraña, muy lejana, llamada España, que hablaban una lengua llamada castellano. Sus informantes, prisioneros escapados de las manos de los españoles le habían dicho que estos personajes eran, con pocas excepciones, crueles, groseros, bulliciosos, analfabetas, avariciosos; que veneraban a un dios al que llamaban Jesucristo y que los dos sacerdotes que les acompañaban eran hombres piadosos y bondadosos. Tecún también se enteró que estos soldados portaban un cuchillo largo, mortífero en sus manos al que llamaban espada. Junto a esta, los guerreros llevaban un cuchillo corto, sumamente afilado, una daga. Su pecho estaba protegido por un chaleco brillante, de un material grueso que no dejaba penetrar las lanzas y espadas. Era un metal que era desconocido para los mayas. La cabeza también estaba protegida por algo metálico que los soldados llamaban casco. Sobre la parte anterior de las piernas usaban piezas del mismo metal al que nombraban "polainas".

Después de terminar con el escudero, Tecúm se encaminó a las oficinas del ministro de la guerra, Kakupatak quien le esperaba. Al entrar, Tecúm se sintió alegremente sorprendido de ver a Yum Kaax Ik, el canciller mayor. Yum había sido amigo de su familia por muchos años Y Tecum sentía mucho aprecio por el viejo zorro y prestaba mucha atención a sus consejos que hasta el momento había sido muy acertados.

Kakupatak, de manera sucinta dio su reporte de la fallida misión a los K'akchiqueles y Tz'utujiles. Le informó a Tecum de que se habían mostrado renuentes en aceptar la oferta de cooperación mutua, en lugar fanfarroneando de que ahora ya eran aliados de los invasores españoles. Kakupatak agrego que ningún argumento les hizo cambiar de opinión; creían firmemente que los españoles eran sus nuevos protectores y benefactores. La nación K'iche estaba sola, abandonada a su suerte; tendrían que enfrentar la enorme avalancha que inexorablemente marchaba hacia sus fronteras. ¿Encontrarían una manera de detener la amenaza?

"Estamos solos", Nima Tecúm afirmó lleno de desaliento. Había esperado que sus vecinos miraran la realidad y vendrían en su ayuda; pero no, no les socorrerían; Tecúm ahora estaba completamente convencido.

La sesión de estrategia continúo por varias horas más, nuevos planes fueron hechos, revisados, adoptados o descartados como poco prácticos. Algunas nuevas ideas fueron introducidas, discutidas una vez, entonces discutidas de nuevo hasta que estuvieron satisfechos de que nada más se podría poner en práctica.

La nación K'iche estaba en pie de guerra, aislada, traicionada por sus antiguos enemigos, los K'akchiqueles y Tz'utujiles.

Los espías de Tecúm le previnieron que las fuerzas invasoras aliadas a los españoles estaban en marcha buscando unirse a los invasores. Tecúm ordenó a sus scouts a mantener la vigilancia y alertarlo si las fuerzas se acercaban mucho a la capital.

Debido a la amenaza de la guerra, la investidura de Tecún como Nima Rajpop Achij fue un evento breve, sin mayor pompa, pero aún solemne. La población estaba ocupada atendiendo las necesidades de la guerra inminente. Presentes en la ceremonia estuvieron representantes de las cuatro familias reales del reino, con Ixchel ligeramente atrás, pero aún en una posición visible y prominente como futura reina. Su madre Ixmucane y su hermana K'etzalin también estuvieron presentes, así como también su amigo y mentor, Kakupatak. Yum Kaax Ik, como canciller lo juramentó. La ceremonia se llevó a cabo en la corte central del gran templo de Tojil.

Ausente estuvo la música de las marimbas y las notas tristes de las chirimillas. Los únicos sonidos fueron el tono monótono de los "tuns", que tañían como anunciando un desastre, como si profetizaran una gran ola de sufrimiento, dolor y muerte, en lugar de celebrar la toma de posesión al puesto más prominente en el reino del hijo favorito. La población estaba triste y cabizbaja pues en realidad amaban a Ahau Galel, Tecún Umán, su Nima Rajpop Achij, pero no podían celebrar dado el grave estado de guerra inminente. No "chicha", como era acostumbrado en estas ocasiones históricas fue ofrecida. Las celebraciones fueron muy cortas y no hubo comida gratis para la población. Todos los asistentes se esparcieron por la ciudad en busca de las tareas que se les habían encomendado. Nadie quería fallar en sus obligaciones.

Capitulo 30

Cada hora del día de Tecúm era consumida por miles de detalles, demandas de una u otra clase, visitas a las guarniciones, supervisión de las defensas, entrenamiento de los nuevos reclutas que ahora engrosaban el número de tropas a cerca de 8400 hombres, muchos nuevos al esfuerzo de guerra con ninguna experiencia bélica. La mayoría era granjeros, arrancados de sus labores agrícolas, llamados a la defensa de su patria. Todos se sentían honrados de haber sido llamados al servicio, deseosos de sacrificar sus vidas en defensa de la nación, sus valores, creencias y tradiciones.

Eventos apocalípticos estaban a punto de ser desencadenados sobre su suelo; una cultura de las gentes más sofisticadas en la historia de la humanidad estaba a punto de ser borrados de la tierra por fuerzas ignorantes, espoleadas por avaricia, creencias oscuras y una sed de destrucción.

Un silencio sepulcral se había apoderado de la ebullente ciudad. Los habitantes caminaban en silencio, como temerosos de que sus voces pudieran ser oídas por el enemigo. Sus cabezas iban agachadas, tratando de no ofender al dios del viento, temerosos de que él pudiera empujar a los invasores más cerca de su ciudad amada. Todos rezaban en silencio por un milagro, algo que pudiera salvar a su metrópolis del enemigo desconocido, alguien a quien nunca habían visto anteriormente. A pesar de su temor, la mayoría de ciudadanos estaban determinados a vender sus vidas muy caro. Se juraron ser valientes y enfrentar el ataque con todo su poderío. Todos confiaban en su capitán general, Ahau Galel, Tecúm.

Muchas personas fueron encargadas de almacenar grandes cantidades de maíz y frijol en caso la ciudad era sitiada. El agua no era problema pues aun tenían acceso al rio. Los ancianos alentaban a los jóvenes, urgiéndolos a tener valor, que Tojil, su dios les protegería y que K'uq'matz, la serpiente blanca emplumada, guardián del reino estaría con ellos, peleando contra los invasores.

En los templos, una nube tenue de humo podía verse escapando de los recintos, los sacerdotes quemando "copal", tratando de aplacar la ira de los dioses, pidiendo clemencia por sus transgresiones de las cuales ellos no eran culpables, excepto el hecho desafortunado de estar en el camino de los extranjeros codiciosos.

Las mujeres, bajo la dirección de Ixmucane y sus hijas, las princesas Ixchel Y K'etzalin estaban muy atareadas atendiendo a las necesidades de los ancianos y los niños, alistándose para el éxodo a la ciudad de Zaculeu, como había sido planeado por Tecún y Kakupatak.

Todos estaban infectados con el virus de destrucción que se avecinaba de manera inminente. Las mujeres se preocuban de sus maridos y de sus hijos quienes sospechaban inevitablemente perecerían en la guerra. Mientras trabajaban, rezaban en silencio, suprimiendo lágrimas de cólera e impotencia, preguntándose a sí mismas ¿por que el hombre era tan cruel? ¿Por qué era tan ciego y propenso a la destrucción? Sus almas humildes no podían comprender las fuerzas oscuras detrás de los motivos de los españoles. Eran tan extraños, tan diferentes a otras gentes que habían visto anteriormente. Se preguntaban por qué algunos soldados se ocultaban la cara con los pelos y porque algunos de los extranjeros que habían visto anteriormente eran tan pálidos, con ojos faltos de color y humanidad. ¿En que forma habían ofendido a los dioses para merecer este castigo? Sus mentes sencillas no podían entender que los dioses eran completamente ajenos a los designios de los seres humanos, que nada que pidieran a los dioses cambiaria el rumbo de la conquista, muy especialmente los soldados que cada día se acercaban más a la ciudad, motivados por el pillaje, la sed de oro y plata.

Capitulo 31

Deambulando por el valle, Nima Tecúm y Kakupatak, el ministro de la guerra, discutían las mejores opciones para preparar las defensas. Los dos comandantes y su sequitó seguían las márgenes del rio Olintepeque cuyas aguas fluían casi partiendo el valle en dos, como una gran serpiente, con una orientación ligeramente de este a oeste. La corriente era plácida, con un ancho de unos noventa metros en su parte más amplia y, más o menos, 45 metros en el lado más angosto. Los comandantes ahora ya conocían la forma tan veloz con que los caballos podían desplazarse y acordaron que la mejor manera de impedir los movimientos de estos animales era cavar "zanjas", en frente y más allá, del otro lado de las márgenes del rio, paralelas al mismo, en las partes menos profundas de la corriente. Las zanjas serian excavadas a una profundidad de 2 metros y doce metros de ancho, con la idea de que esto frenaría el avance de los potros y los mastines. Dos juegos de trincheras serian excavadas, una inmediatamente enfrente del rio, con un espacio muerto de aproximadamente 100 metros hasta las márgenes del agua. El otro grupo de zanjas serian excavadas del otro lado del rio, sin espacio muerto frente a ellas. Cualquiera que cruzara el espacio vacío se encontrarían con la tierra apilada, como paredes, desde las cuales los arqueros podrían lanzar sus flechas o los bodoques, tratando de herir o matar a los atacantes. En el segundo parapeto, a intervalos convenientes, aperturas angostas serian colocadas para permitir a los guerreros moverse a la segunda línea de defensa en caso la primera era sobrepasada por las fuerzas atacantes. Los estrategas contaban con que la profundidad del rio en las otras secciones prevendría el avance de los agresores, dándoles a los defensores cierta ventaja. Afortunadamente la mayoría de los guerreros K'iche sabían nadar y no llevaban armadura que pudiera imposibilitar su retiro, si se veían forzados a lanzarse al agua.

Las zanjas serian excavadas por granjeros que vendrían de muy lejos los cuales habían sido convocados por sus jefes. Tecúm y Kakupatak esperaban con ansiedad su llegada, en los próximos dos días.

"Kakupatak", Tecúm se dirigió a su ministro, "me temo que el rio podría imposibilitar nuestra retirada si nuestras dos líneas de defensa caen, entonces tendremos que desplazarnos a las calles de la ciudad que no son tan fáciles de defender. ¿Crees que deberíamos almacenar algunos materiales de guerra en puntos estratégicos? Prosiguió, "esas bestias que llaman mastines me preocupan; se miran poderosos y sanguinarios. Son tan silenciosos que es desconcertante, aunque Vukub e Ixpiyacoc se dieron cuenta de que el sonido de los "pitos" hacia que las bestias se desorientaran gimiendo, rehusándose a obedecer las órdenes de sus amos. Ordena que todos los soldados lleven pitos. Los usaremos durante la batalla cuando los perros sean soltados. Tal vez, posiblemente esto pueda ayudar aunque sea un poco"

Tecúm y Kakupatak previamente habían acordado enviar a las mujeres, niños y ancianos a Zaculeu, la capital del imperio Mam, en pocos días. Los Mam compartían el mismo ancestro que los Maya-K'iche aunque no eran tan puros como los K'iche. Tecúm ya había recibido noticias de que el cacique recibiría a su gente con los brazos abiertos y que velaría por ellos. El dilema para Tecúm en mandarlos a esta ciudad era el temor de que si los K'iche fallaban en detener a los españoles, entonces los Mam quedarían atrapados entre las tropas españolas presentes en su reino y las tropas que seguramente vendrían del norte, de la ciudad de Oaxaca. La oleada se estaba haciendo más fuerte, casi inevitable, como un gran rio de pesar que amenazaba arrasar todo en su paso. Tecúm estaba seguro que este grupo solamente era la punta del tempano que destrozaría el pecho de su nación, les esclavizaría y se apoderaría de sus tierras. Se preguntaba donde habían fallado. ¿Estaban los dioses descontentos con ellos? su mente seguía conjurando nuevos escenarios desalentadores, desesperadamente tratando de encontrar una forma de repeler a los usurpadores, hacerlos desaparecer. Se había convertido en una pesadilla.

Continúo caminando el teatro de operaciones, analizando las defensas, tratando de encontrar el punto ideal para situar a sus tropas. Con tristeza pensó que muchos de ellos eran tan jóvenes, sin experiencia. Necesitaba un milagro y en silencio pidió por uno.

Cuando el sol se estaba ocultando en el horizonte, Tecúm decidió regresar a su palacio y después visitaría a Ixchel. Habían pasado varios días desde su última visita. ¡Por Cacoch, dios creador, como la echaba de menos! Como le hacía falta oír su dulce voz, mirar sus ojos amados, acariciar el suave cabello. Temía perderla para siempre, pero pronto desechó ese pensamiento negro; tenía que ser positivo. No podía permitir que la duda se apoderara de su mente.

Cuando Ahau Galel, príncipe Tecúm llegó al palacio de Ixchel, fue admitido inmediatamente, con más cortesía que antes de convertirse en el Nima Rajpop Achij. El mayordomo del palacio ahora lo miraba como el comandante supremo de su gente, como el nuevo señor de la casa; además, le amaba de verdad y le respetaba como su señor, Ahau, Tecúm. Al entrar Ixchel, no pudo contenerse y la tomó en sus brazos, dándole un fuerte abrazo. Por su parte, Ixchel, por instinto, le acogió en sus brazos, uniendo su cuerpo con el de él, todas las normas sociales olvidadas por el momento, relegada a la necesidad urgente que les había atrapado a los dos, empujándolos a ser agresivos, a saborear la dulzura de la otra persona, a tomar fuerza del calor del otro. En silencio continuaron abrazados, felices, llenos de alegría. Tecúm le acarició el cabello, besó sus sienes, acarició los lóbulos de sus orejas y pronto la estaba besando en la boca, saboreando esos labios dulces con una pasión que no pensaba poseer. La respiración de Ixchel se mezcló con la de Ahau, entrecortada, por momentos frenética. Ella le acarició su espalda desnuda, sintió sus músculos poderosos responder a sus caricias, demandando más y más hasta que con un esfuerzo supremo se separaron, contentos de finalmente haberse encontrado y de apenas explorar el placer de su proximidad, el deleite que trajo a sus cuerpos, sintiéndose ligeramente culpables. Nunca habían esperado que la proximidad física fuera a ser tan poderosa, exhilarante, conduciéndoles a tanto placer. La atracción corporal se convirtió en algo urgente, más allá del dominio humano. Deseaban tanto explorar su nueva aproximación, pero de manera renuente se separaron con cierto temor de su nueva experiencia.

Cuando Ahau recobró su cordura, exclamó, "Ixchel, te echo mucho de menos; me siento casi morir cada vez que tengo que marcharme. Honestamente me gustaría ser gente común que pudieran escaparse hacia las sierras, pero estamos atados a nuestras responsabilidades. La gente nos mira como ejemplo". Se quedó pensativo, quieto, esperando por su reacción. "Ahau, bien sabes como mi corazón te ansia; alegremente me iría contigo, lejos, muy lejos de esta negra pesadilla que espera a nuestra patria. Tengo miedo, mucho miedo", prosiguió, "Ahau, tengo el presentimiento, una sensación de que nunca más volveré a verte, que mi vida pronto terminará. Por favor, dime que estoy equivocada. He discutido con mi "nana", madre y con mi hermana nuestra próxima huida. ¡Hay tantos niños y ancianos que salvar! Le ruego a Jacawitz que me otorgue coraje, que me provea de sabiduría para llevar a cabo esta misión. Me gustaría tanto que vinieras con nosotros, pero comprendo que te necesitan aquí para dirigir a nuestros guerreros en combate. Por favor, prométeme de que serás cuidadoso; no podría vivir sin ti", concluyó, apenas capaz de contener las lagrimas y sus emociones. No quería que Ahau le viera llorando; tenía que ser valiente.

Su conversación íntima continuo hasta que fueron interrumpidos por Ixmucane, la madre de Ixchel, cuando ella les invitó a pasar al comedor. La comida de nuevo fue exquisita y bien sazonada; ¿era esta percepción aumentada por su reciente experiencia? Ahau se preguntó, pero tenían tanta hambre espiritual, con su reciente encuentro íntimo tan solo habían saciado sus deseos de manera parcial. Estaban conscientes de que ella pronto partiría en su misión de misericordia y sobrevivencia, sola, asustada, caminando por los cerros, tratando de evitar ser capturada y hecha esclava. Tecún se estremeció con ese pensamiento.

El corazón de Ahau se rebelaba ante semejante injusticia, ante esa disyuntiva. Pero tenía que ser fuerte, debía ayudarla a llevar a cabo su misión. De manera silenciosa los dos acordaron que no había otra opción si querían que su cultura sobreviviera. Cada uno prometió al otro cumplir con su deber con dignidad y valentía. Ellos eran gente maya, nobles, pero también sabían que no tenían otra alternativa.

Capitulo 32

A la mañana siguiente, Nima Tecúm continuo con su inspección de las tropas; una ola de orgullo llenó su corazón. Los reclutas eran jóvenes pero sus ojos estaban llenos de expectativa, cada uno deseando probar su valor y la confianza que su jefe había depositado en ellos.

El tiempo de partida para las mujeres y niños se aproximaba. Tecúm se entregó a sus labores pensando que pronto su amada Ixchel partiría para las montañas, pero su mente pronto se enfrascó en los detalles de preparar la batalla que pronto llegaría. Su paso era metódico, sin prisas, no deseaba omitir ningún detalle por pequeño que fuera y que pudiera llevar a la derrota. Las horas se desgranaban como granos de maíz, una tras otra, la noche acercándose apresuradamente.

Su prometida Ixchel, ayudada por su madre Ixmucane y su hermana K'etzalin estaban febrilmente completando las ultimas preparaciones para el viaje. Algunos pocos hombres, no esenciales para la guerra, más que todo ancianos acompañarían al grupo. La fecha de partir había sido escogida para la siguiente noche, cuando la luna estaría oculta por las nubes, vaticinado por los astrólogos. La ciudad entera estaba envuelta en la monumental empresa. Todos guardaban silencio, no querían que el enemigo se enterara de sus planes de escape.

Poco tiempo después, Tecúm estaba sentado frente a Ixchel, dándole instrucciones de última hora, asegurándose de que había entendido todas sus recomendaciones. Estaba tratando de protegerla contra cualquier eventualidad. Tecúm le había repetido varias veces la ruta secreta que los fugitivos usarían en su escape. Le hizo saber de los muchos lugares recónditos en las montanas donde podrían esconderse, los numerosos arroyos donde podrían abastecerse de agua. Los fugitivos llevarían con ellos, cecina-carne seca, frutas secas y "ticucos"-tamales semisólidos hechos de maíz que los K'iche usaban en viajes largos y que podían partirse como rebanadas.

"Ixchel, mi amor", Ahau dijo, "mi corazón y mis plegarias irán contigo; no tienes idea como es de duro separarme de ti, dejarte partir contra mi voluntad, verte alejarte de mi vida. Te agradezco tu paciencia y comprensión durante mis largas ausencias. Tu amor y devoción me han dado fuerza durante estos días y noches de incertidumbre. Tu amor me ha dado mucho coraje, me ha levantado el espíritu. Nuestra forma de vida esta en peligro. Te prometo que la defenderé con honor y valentía, con mi vida si es necesario", siguió, "Ojalá que Cacoch, nuestro dios creador, te guie y proteja a ti y a tu familia; te juro buscarte tan pronto como sea seguro y que los invasores hayan sido derrotados. Vendré personalmente a Zaculeu y traerte junto con tu familia de regreso a nuestra capital".

"Ahau, vida de mis ojos, luz de mi vida, me honras al pensar en mi en estos tiempos tan difíciles. Te amo con todo mi corazón y desearía tanto quedarme a tu lado para enfrentar el peligro que se avecina, pero sé que tenemos que pensar en los niños y los ancianos. Nuestros niños representan la esperanza de preservar nuestra raza y nuestras tradiciones. Los ancianos nos afianzan al pasado, a nuestros dioses, a nuestros nahuales-espíritus". Ixchel tomó un breve respiro y continuó, "tu amor me hace tan feliz; no puedo pedir más". Entonces, en un momento de osadía le abrazo fuerte y le besó en la boca con tanta pasión que Ahau se mostró sorprendido del despliegue de pasión en una persona tan reservada y tradicional. Ella tenía tanto miedo por su seguridad y se preguntó si le volvería a ver con vida, pero mantuvo su compostura, conteniendo las lágrimas, hasta que finalmente fue capaz de decir adiós al hombre de sus sueños, la fuente de su felicidad. Sabía que la noche de la partida iba a ser muy difícil estar a solas con él. Esta era la última vez que estarían juntos, no habría más oportunidades de abrazarse y decirse adiós.

Tecúm, haciendo acopio de su fuerza interior abrazó a Ixchel por última vez, grabando en su mente las líneas de esa cara preciosa, el olor de su cuerpo de mujer y fue en busca de su madre y hermana para despedirse y darles unas instrucciones finales. Les abrazó con un corazón lleno de pesar y con gran dignidad partió hacia su destino.

Al partir Tecúm, su amigo Ixpiyacoc vino en busca de K'etzalin; finalmente había encontrado el valor de decirle acerca de sus sentimientos. Cuando vio a la mujer amada avanzo hacia ella, la tomó de las manos y dijo, "K'etzalin, ahora sé que te he amado toda la vida, desde que éramos niños pero tenía miedo de que me despreciaras. Quiero que sepas que cuando esta guerra termine intento pedirle tu mano a tu madre y a tu futuro padre, Ahau. Espero me hagas el honor de aceptar ser mi mujer; no puedo permitir que sea de otra manera", concluyó lleno de esperanza, esperando. K'etzalin respondió, "Ixpiyacoc, mi dulce amor, tontito, haz estado en mi mente por siempre. Muchas veces me sentí frustrada porque no me confesabas tus sentimientos. Me hace tan feliz que finalmente me hayas dicho de tus emociones y saber que no estaba equivocada en pensar que no me amabas". Le tomó de las manos y se acercó, deseando besar su frente, sus labios, su cuello; pero esto no era posible ni permitido, todavía no estaban comprometidos. ¿Qué pensaría el de ella? ¿Se sentiría avergonzado? Estaba frustrada pero feliz de saber que era amada.

El suave perfume y la presencia tan cercana de K'etzalin le estaba volviendo loco de deseo pero se contuvo de cometer un error; no quería perder a esta criatura tan preciosa. Se hizo una promesa mental de que regresaría para casarse con ella.

Los nuevos novios pasaron un tiempo muy largo hablando de sus sueños hasta que el tiempo de partir llegó. El deber le llamaba de manera insistente, sin piedad.

En las cercanías, envuelta en las sombras, Ixmucane, su madre silenciosamente agradecía al dios creador, Jacawitz, por finalmente haberle permitido a su hija un breve momento de felicidad. Su corazón le dijo que ya nunca más se verían, por lo menos no en la tierra. Lloró amargamente; ¡no era justo! Ixmucane se quejó con cierta cólera porqué la vida era tan cruel. ¿Cómo era posible que algunas personas solo encontraban la felicidad en los momentos más difíciles de sus vidas? Pero por lo menos la había visto feliz. Pero no era malagradecida, los dioses habían sido dadivosos con ella y con sus dos hijas que finalmente habían encontrado al hombre ideal. Se prometió que haría lo imposible para mantenerlas a salvo. Ixmucane recordó con nostalgia la última vez que visitara la tierra de los Mam, Zaculeu, en tiempos más felices, en compañía de su esposo, sus amigos y sirvientes. Ahora solo eran memorias lejanas. Suspiró con satisfacción; todavía recordaba la forma en que fueran recibidos por el cacique y su corte. ¡Ah, esos fueron días felices! Llenos de promesa para el futuro, pero ahora los invasores blancos habían desecrado su tierra en busca de tesoros. Aún cuando no les conocía supo que les odiaba con toda su alma. Fervientemente rogó que Tecúm, su futuro yerno saliera victorioso contra estos agresores. Deseaba que este aplastara a los invasores, que les hiciera arrepentirse el haber llegado a sus dominios. Estaba tan llena de expectativas. De manera piadosa continuó sus plegarias a los dioses, pidiéndoles un milagro, que les salvara.

La noche pasó lentamente, las horas arrastrándose como serpientes en busca del sol. Ni los murciélagos volaban. Todo estaba como muerto, sin aliento. Las calles de la ciudad estaban desiertas, ni siquiera los perros ladraban. La luna, como a propósito, se mantuvo oculta, cubierta por nubes negras, como crespones que anunciaban la muerte.

Los astrólogos habían vaticinado un verano caluroso, sin lluvias y el pasto del valle estaba seco, amarillo, sin flores, como triste. El rio seguía su curso en su búsqueda eterna por el océano. A lo lejos, muy a lo lejos, se escuchaban sonidos metálicos intermitentes, entrelazados con muchas voces extrañas, en ocasiones interrumpidas por voces guturales indígenas.

Capitulo 33

A la noche siguiente, sin ser vistos o descubiertos por los espías de Alvarado, envueltos en la oscuridad, las mujeres, niños y ancianos salieron de la ciudad de K'umarkaj en ruta a Zaculeu, alejada muchas leguas, en las montañas. El camino que seguirían estaba escondido en la maleza, solamente conocido por ellos. Los pies de los adultos estaban cubiertos con "caites" muy suaves para aminorar el ruido de sus pasos. Pocas horas antes, a los niños les fue administrada una mezcla especial de zarzaparrilla y miel, un sedante que les hizo dormir, para evitar que lloraran al dejar a sus padres y sus casas. Cada niño era llevado "atuto"-a cuestas, por un adulto.

Los soldados que permanecieron en la ciudad presenciaron el éxodo con un nudo en la garganta, no sabiendo si volverían a ver a sus seres queridos. Un gran dolor apretó el corazón de cada persona, lagrimas furtivas se asomaron a los ojos de hombres endurecidos por la vida quienes rezaban en silencio pidiéndole a los dioses que protegieran y guardaran a sus niños queridos. Anteriormente, sin ser vistos, en silencio les habían dicho adiós. Muy pronto el sonido sordo de los pasos se perdió en la oscuridad de la noche, llevando a los fugitivos a una suerte desconocida.

Muy temprano al día siguiente, antes de que el sol saliera por completo, el contingente de excavadores llegados tarde la noche anterior fueron puestos a trabajar. Su tarea seria excavar las zanjas en las márgenes del rio, como había sido planeado, suficientemente profundas para impedir el libre desplazamiento de los caballos, de esta manera negando a los españoles la ventaja de que gozaban. Tecúm y Kakupatak sabían que con el sol, la tierra excavada se volvería dura como piedra, proveería a los defensores con una cantidad ilimitada de arcilla para hacer bodoques. Una vez que la tierra fuera apilada se convertiría en paredes desde cuyas alturas los K'iche arrojarían sus lanzas y flechas. Cuando la ocasión propicia llegara, los guerreros dejarían los emplazamientos y se envolverían en combate cuerpo a cuerpo con el enemigo, hiriéndolos o matándolos con golpes de los mazos con cabezas de obsidiana o atacándolos con las lanzas largas con las cuales fueron provistos. Por lo menos ese era el plan. A nadie se le ocurrió usar flechas con fuego. Los K'iche nunca habían enfrentado un enemigo tan sagaz como este ni conocían la forma en que peleaba, ni tampoco estaban conscientes de los cañones.

Nima Rajpop Achij, Tecúm, junto a su ministro de la guerra, Kakupatak, recorrían el perímetro del valle, inspeccionando las preparaciones, buscando espacios débiles, alentando a los hombres, levantándole el ánimo a los que vacilaban, felicitándoles por su valor. Una palabra de encomio aquí, una palmada en el hombro allá. Todos los soldados estaban orgullosos de ver a su jefe caminando entre ellos, reconociendo su presencia con una breve inclinación de la cabeza. Muchos guerreros nunca le habían visto antes, solamente le conocían por su reputación. Sabían que pertenecía a la casa de Tekún y eso era suficiente para ellos. Era un noble. Era amado por el pueblo, quien le consideraba uno de ellos, aun cuando era su cacique, el comandante supremo.

La ciudad, sin los niños, estaba silenciosa, como una tumba, vacía, sin vida. No se escuchaban risas, peleas, niños llorando; ninguna madre llamaba a sus hijos a que regresaran a su casa. Los únicos sonidos eran los gruñidos de los perros pequeños abandonados por sus dueños, mezclados al cacarear de las gallinas y de los gallos que les perseguían. Los cuervos se posaban en lo alto de las casas, apostados como crespones negros anunciando un funeral. ¿Era este un aviso de muerte?

Los templos estaban vacios; todos estaban en el frente de batalla o en ruta a los cerros. Los sirvientes de los palacios estaban ayudando en los quehaceres del frente, contribuyendo en lo que fuera necesario, muchos fueron enrolados como soldados.

Los sacerdotes mantenían rezos continuos, pidiendo clemencia, constantemente escudriñando los cielos en busca de mejores augurios. Todo era desconsuelo. Los adivinos seguían encontrando a Venus, la estrella de la mañana, día a día más cerca del sol, trayendo consigo peores vaticinios. Ni un poquito de esperanza estaba presente, las señales adversas seguían multiplicándose contra el imperio K'iche. Todo apuntaba a una conspiración monumental tal vez tramada por los habitantes de los cielos que estaban enojados, o tal vez propiciada por Xibalba, el rey de las tinieblas.

Las predicciones hechas anteriormente fueron revisadas una y otra vez, tratando de encontrar un error, un signo que posiblemente no había sido reconocido. Pero no, todas los signos, todas las indicaciones estaban alineadas contra ellos, sin cambio, inmutables, incontrovertibles. Ah Puch Kisin, el sacerdote supremo, escudriñaba las predicciones por los próximos quinientos años en el futuro, hasta el año 2012 del calendario Gregoriano, aproximadamente 6132 ciclos de Venus en el Haab- calendario maya completo. Cada símbolo era desalentador. Sin alternativa tendría que comunicarle las malas predicciones a su Nima, Tecum. Estaba temeroso de la reacción del jefe supremo. ¿Aceptaría las profecías de una forma calmada o explotaría con furia contra el mensajero? En silencio imploró a Tojil, el dios jaguar que le iluminara.

El sacerdote de manera humilde y piadosa, como en sacrificio, se perforó el pene, ofreciendo su sangre en arrepentimiento, pidiendo clemencia para su reino amado. Lloró lagrimas de tristeza; nunca en su vida se había encontrado con vaticinios tan alarmantes. Se sintió impotente de no poder llevarle mejores noticias a su señor. Revisó su vida, sus actos; tal vez había cometido un pecado contra los dioses por el cual sus fieles estaban a punto de ser castigados. ¿Había sido negligente en sus obligaciones como sacerdote? ¿De alguna manera ofendió a los dioses? En muchas ocasiones había solicitado la opinión de los otros sacerdotes buscando respuesta a su pregunta, pero nadie pudo señalar ninguna desviación de sus deberes. Finalmente, haciendo acopio de todo su valor se fué en busca de su superior, Nima Rajpop Achij, señor Tecúm, para comunicarle sus hallazgos. En su prisa, olvidó inclinar la cabeza para evitar ofender al dios del viento.

CAPITULO 34

24 de julio, 1524

Las tropas de los K'akchiqueles al mando de Acajal y las fuerzas de los Tz'utujiles bajo el liderazgo de Xahil esperaban a las fuerzas de Alvarado en las afueras del valle de Olintepeque, cerca del rio del mismo nombre. Todos en conjunto sumaban cerca de diez mil hombres.

Pedro de Alvarado, el mensajero de muerte y destrucción, con sus soldados, cañones, arcabuces, caballos, mastines, acompañado por los Tlaxcaltecas y Cholutecas se hizo presente poco tiempo después. Alvarado había estado esperando a corta distancia a que sus aliados aparecieran. No quería aparecer muy ansioso de verlos, como si estuviera mendingando la ayuda de sus vasallos. Cuando sus vigías le avisaron que los otros jefes indios habían arribado, movilizó su ejército y vino al encuentro de ellos, su insignia flotando libremente en la suave brisa del campo. Alvarado llevaba puesta su coraza, la cual había sido pulido la noche anterior por un soldado. Trotando a su lado, como siempre, venia su mastín "Valor", silencioso, alerta, sus zarpas poderosas aplastando la tierra, ajeno al drama que estaba por desarrollarse, esperando de manera ansiosa las ordenes de su amo. Sus ojos escudriñaban constantemente el escenario, su nariz identificando los olores de los cientos de combatientes, el sudor, el miedo, la anticipación.

Cuando Alvarado llegó al campo de los dos caciques traidores, desmontó su yegua, "Corazón" y empezó a caminar hacia los dignatarios;

cuando estuvo suficientemente cerca, saludó a los caciques de manera imperiosa, dirigiéndose a ellos en su maya rudimentario, "Nima Acajal, Nima Xahil", dijo de manera untuosa, "en el nombre de nuestro rey de España les doy la bienvenida a nuestro lado, a nuestra lucha; ahora tenéis la oportunidad de vengar todas las humillaciones que habéis sufrido a manos de los despreciables Quichés", agregó, escupiendo en el suelo con desdén. Prosiguió, alentando la animosidad de los jefes indígenas y su gente contra sus vecinos. "Juntos podemos enseñarles una lección a vuestros enemigos, castigarlos por las muchas ofensas que han infringido a vuestras naciones amantes de la paz". Alvarado siguió apilando elogios; su audiencia estaba cautivada al escucharlo, mirando a su nuevo amo con envidia poco disimulada. Cuando Alvarado agotó su poco vocabulario maya, Xicotenga, el padre de doña Luisa prosiguió con la traducción, reforzando y agregando muchas palabras de su propia cosecha con ademanes y movimientos de sus manos. Cuando Alvarado había empezado a caminar, se había removido su casco, para desplegar su cabello rubio, sabiendo positivamente el efecto sicológico que tenia sobre los indios. El cabello brillaba en el sol de la mañana haciendo que los guerreros que esperaban se mostraran admirados. Creían que estaban viendo a Tonatiuh, el sol, el dios que habían estado esperando por muchas generaciones, el mito reforzado por las tradiciones orales de los Cholutecas.

Una vez que los saludos y adulaciones fueron completados, Alvarado se dirigió a la raíz del problema, en realidad su problema, las zanjas que sus adversarios cavaran durante la noche. Eran la espina en su costado, el factor que podría descarrilar sus planes. El obstáculo que sus caballos no podían sobreponer si no eran rellenadas.

"Nima Acajal, Nima Xahil, mis exploradores me han informado acerca de las zanjas que vuestros enemigos han cavado en las partes menos profundas del rio, y que podrían impedir que mis caballos y vuestra gente puedan cruzar esas aguas sin impedimentos". Hizo una breve pausa, colectando sus pensamientos, tratando de encontrar las palabras más dulces para presentar su propuesta, el corazón de su dilema. "Necesito que vuestros bravos guerreros rellenen esas zanjas para así poder mover mis caballos y castigar a esos rebeldes ingratos". "Por piedad, ordenad a vuestros soldados a cumplir mis órdenes inmediatamente; no podemos perder más tiempo, el día avanza rápidamente". De manera humilde cerró su petición y partió para unirse a sus fuerzas, internamente rogando que los dos caciques cayeran en la trampa y llevaran a cabo la misión suicida. Alvarado sabia que desesperadamente necesitaba la ayuda de estos salvajes, de otra manera sus mejores planes fracasarían. De todas maneras cabalgó con la frente en alto, pretendiendo que no le importaba si se negaban a cumplir su petición. Se había convertido en un maestro del engaño y decepción.

Después de una discusión breve, los dos caciques ordenaron a cientos de sus tropas a llevar a cabo la misión mortal. Estaban ansiosos de mostrarle a Alvarado como eran de valientes. Deseaban tanto agradar a su nuevo amo, sin saber que este solamente les estaba usando para sus propósitos siniestros; los dos caciques no eran más que comparsas en los planes de Alvarado, pura basura a ser descartada una vez que sus planes fueran cumplidos y su utilidad fuera agotada. Ignoraban que cuando la batalla concluyera serian hechos esclavos, peones a ser usados en las nuevas empresas de los españoles.

Alvarado, ayudado por la astucia de Portocarrero ya había delineado un plan para distribuir las tierras y los despojos a sus aliados más fieles. Los estrategas creían que el botín seria grande, suficiente para pagar los sueldos atrasados que se les adeudaba a los soldados, así como también llenarse los bolsillos con las gemas y el oro que supuestamente les esperaban en la ciudad que estaban a punto de saquear, tan pronto como el enemigo fuera aniquilado.

Inmediatamente que las fuerzas de los K'akchiqueles y Tz'utujiles se movilizaron para cumplir su misión, una vez que estuvieron al alcance de las armas de los defensores K'iche, fueron recibidos por una lluvia de flechas y bodoques, lanzadas por los protectores desde las alturas de los parapetos, que de alguna manera les protegían de las flechas y bodoques que los atacantes usaban. A pesar de muchas pérdidas, los agresores persistieron en su ataque, fustigados por años de enemistad y rencor, tratando con la ayuda de los españoles de finalmente destruir a sus odiados enemigos, los K'iche. Las perdidas aumentaron de forma dramática, pero a pesar de las bajas, los atacantes continuaron con su carga, enviando oleada tras oleada de guerreros enardecidos, embrutecidos por una causa que no era de ellos, a la cual los españoles les habían reclutado de forma insidiosa.

Las zanjas pronto se empezaron a llenar con cientos de muertos y muchos heridos, sus cuerpos bañando la tierra con sangre y entrañas, como un grifo gótico fuera de control. La carga bestial continuó, con más y más sucumbiendo a la respuesta de los defensores. Los bodoques diezmaban a las fuerzas arremetedoras con puntería mortal; las flechas lanzadas por los arcos de los defensores agregaban al número de muertos y heridos. Había tantos muertos y heridos que las zanjas empezaban a llenarse de manera rápida con cadáveres, entrañas, orina, sudor, lodo y equipo descartado.

Decenas de atacantes de alguna manera fueron capaces de escalar parte de las rampas pero eran inmediatamente repelidos por los defensores K'iche. Sin embargo, los atacantes renovaron sus esfuerzos y pronto estaban luchando cuerpo a cuerpo con los defensores, amenazando con vencer su resistencia.

Mientras tanto, algunos soldados de Alvarado, empujados por orgullo o estupidez, llegaron cerca de las zanjas recientemente rellenadas y pronto se unieron al combate; al darse cuenta, sin demora, Alvarado ordenó a sus ballesteros a soltar sus flechas cortas de metal, que inmediatamente hirieron o mataron decenas de guerreros K'iche quienes no contaban con el largo alcance de estos proyectiles, comparados con sus flechas y arcos anticuados. La escena se convirtió en una masacre, casi una cacería de "chompipes"- pavos. Era como si la muerte estuviera lloviendo sobre los defensores.

Los cañones y algunos arcabuceros emprendedores se unieron a la acción, lanzando descarga tras descarga de fuego despiadado.

El estruendo de los cañones y arcabuces tomó por sorpresa a los K'iche que nunca habían encontrado armas tan devastadoras. La carnicería era increíble, la sangre y orina de los muertos mojando la tierra y la grama a torrentes, haciendo que el terreno se volviera sumamente resbaladizo, tanto que los defensores tenían dificultad para mantenerse en pie al deslizarse en el lodo, evitando que pudieran arrojar sus flechas y bodoques con buenas posibilidades de dar en el blanco.

Los dos ejércitos indígenas se encontraron tan cerca que no podían hacer uso de sus flechas y hondas.

Los cuerpos se acumulaban con rapidez en ambos lados; la artillería continuaba castigando las rampas, tratando de abrir agujeros en las paredes que permitieran a los atacantes a penetrar las líneas de los defensores. Los arcabuces seguían disparando, llenando el aire con el olor de pólvora quemada, aumentando la algarabía del campo de batalla.

Los españoles siguieron arremetiendo, alentando a sus aliados con palabras soeces que los indígenas no podían entender, pero aún así podían comprender el significado de la amenaza detrás de las palabras.

Muy pronto algunos de los caballos pudieron negociar los sectores de zanjas ahora llenas, forzando a los soldados K'iche a replegarse a su segunda línea de defensa del otro lado del rio. Los K'iche tenían dificultad en correr por la grama resbaladiza como vidrio, mientras eran castigados por el fuerte bombardeo y la carga sin tregua de los jinetes quienes usaban sus lanzas largas con destreza mortal, algunos soldados usando sus espadas, cortando cabezas, pechos y brazos que se levantaban en defensa y cualquier otra parte del cuerpo que se encontrara expuesta. En la confusión, muchos de los aliados de los españoles fueron mutilados, puesto que a los europeos, en el calor del combate, todos los indígenas parecían iguales, como los K'iche.

Con un esfuerzo supremo, muchos de los K'iche llegaron a sus nuevas líneas e inmediatamente se desplegaron para proseguir con el combate.

La sangre derramada era tan copiosa que pronto empezó a correr hacia el rio, tiñendo las aguas de color rojo. La carnicería en ambos lados era atroz. Miles de indígenas estaban heridos, lisiados o muertos, mientras que solo pocos españoles habían sufrido heridas menores.

Los caciques K'akchiquel y Tz'utujil, estaban molestos, furiosos, quejándose abiertamente, en voz alta de que los españoles no estaban participando de igual manera en la batalla. Juntos, Acajal y Xahil fueron en busca de Alvarado quien presenciaba la batalla desde una distancia segura, para presentar sus quejas. Cuando Alvarado se percató que los dos jefes avanzaban hacia él, su cara se contorsionó brevemente, pero pronto recuperó su máscara de diplomático y se encaminó a encontrar a los caciques que avanzaban. Sin desmontar de su yegua, con forzada cortesía escucho las quejas expuestas y de mala gana prometió ordenar a sus soldados que participaran más activamente en la batalla. Alvarado estaba lívido de cólera. ¿Cómo podían estos salvajes demandar que expusiera a sus soldados? pero pretendió simpatizar con los demandantes. Los dos generales indígenas se mostraron ligeramente satisfechos pero mantuvieron sus caras estoicas, ocultando sus verdaderos sentimientos, no mostrando ninguna emoción, pero por dentro estaban que hervían de cólera, preguntándose acerca del precio que estaban pagando por el privilegio de ser aliados de los diablos blancos. Se sintieron traicionados, les habían tomado el pelo, envueltos en una empresa que no había traído honor a su gente, cientos de los cuales yacían heridos o muertos en el campo de batalla. Los dos caciques se preguntaron por que no habían prestado atención a la oferta de Tecún pero habían persistido en su creencia errónea de que Alvarado les llevaría a una victoria fácil y un botín grande. Habían deseado tanto regresar a Gumaarkaj como vencedores, a reclamar el honor y prestigio que una vez fuera de ellos, o así pensaban.

Alvarado por su parte, no estaba contento con esta queja. Después de reafirmarle su promesa a los caciques, fue en busca de sus capitanes y les ordenó pretender un ataque en la parte ms débil de los K'iche, con la idea de forzar al enemigo a enviar más fuerzas al sector amenazado, de manera de aliviar la presión sobre sus aliados. Estaba tratando de aplacar a sus vasallos y tal vez hacer que los K'iche se envolvieran en una acción que destruiría sus esperanzas de victoria. Su mente sagaz cambiaba planes conforme la batalla se desarrollaba, haciendo ajustes a su estrategia. Sabía que sus tácticas eran muy superiores a la forma anticuada de pelear de los soldados K'iche. Finalmente, con gran sorpresa y satisfacción se dio cuenta de que los K'iche no tenían cañones, arcabuces, caballos ni mastines. Alvarado estaba esperando el momento más propicio para liberar a esos endiablados monstruos, los mastines. Alvarado estaba seguro de que estas bestias crearían un infierno cuando atacaran. A propósito, el día anterior a la batalla, los mastines no habían sido alimentados para estar seguro de que estarían hambrientos y sedientos de atacar. Los españoles habían aprendido esta estratagema cuando usaron los mastines contra las tropas árabes durante la guerra en España, con resultados horrendos.

El campo de batalla estaba lleno de cadáveres, ya descomponiéndose con el calor del día, sus ojos vacios mirando al cielo, la bóveda infinita que una vez fuera su orgullo al contemplar los miles de estrellas en el firmamento durante los meses de verano, astros que jamás volverían a venerar. Ojos que para siempre se cerraron y no presenciarían el doloroso drama que envolvería a su nación por cientos de años en el futuro, ni serian testigos de la destrucción de su majestuosa metrópolis.

Los caballos se miraban enormes, con los pechos anchos, las colas espantando a las moscas que principiaban a posarse en los cuerpos yacentes. La escena era dantesca.

La artillería continúo su bombardeo sin tregua, lanzando descarga tras descarga; los fusileros trataban de avanzar, de acercarse más hacia los defensores, a una distancia desde la cual fuera posible para sus arcabuces a diezmar al enemigo.

Capitulo 35

"Kakupatak", Tecúm dijo dirigiéndose a su ministro, "los españoles están atacando nuestros flancos; toma algunos hombres y trata de bloquear su avance. Por el momento, mantendré la presión en este sector; apúrate, no podemos dejar que los agresores exploten esos puntos.

El ministro de la guerra se alejó con un contingente de tropas y pronto se encontró en medio de un bombardeo feroz, que empezó tan pronto dejó sus emplazamientos. Los españoles, alertados por Pedro Portocarrero, el artillero, divisó a las fuerzas de Kakupatak desplazándose hacia ellos, avanzando rápidamente, tratando de prevenir que sus defensas fueran penetradas. Los invasores se sintieron gratificados de observar que los defensores habían caído en la trampa e inmediatamente tomaron ventaja del gran error de los atacantes K'iche.

En pocos minutos las pérdidas se acumulaban de manera alarmante, pero de alguna manera, Kakupatak fue capaz de frenar el avance de los españoles. No sospechaba o sabia que este supuesto ataque había sido planeado para atraer tantos de sus guerreros como fuera posible, alejarlos de la fuerza principal para darles a los K'akchiqueles y los Tz'utujiles una mejor oportunidad de apoderarse de las rampas que los K'iche defendían con ahínco. Cuando esto sucedió, Alvarado y sus hombres se replegaron a sus posiciones originales; habían logrado su objetivo. El enemigo había sido castigado de manera brutal. Cientos de guerreros K'iche fueron perdidos en este ataque fingido. Alvarado estaba radiante, su trampa había funcionado mejor de lo que esperaba. El enemigo sufrió bajas exorbitantes; ahora podía exigirles a sus aliados que continuaran con su misión de penetrar las defensas de los K'iche quienes resistían valientemente, dando lo mejor durante la lucha pero siendo casi aniquilados por el bombardeo incesante, las descargas continuas de los arcabuces y la embestida ocasional pero persistente de la caballería.

El combate intenso continúo por muchas horas, con victorias parciales para ambos lados. El olor de sangre caliente, orina, excremento y sudor de miedo permeaba el aire, volviéndolo pesado, opresivo; el sol se ocultaba de manera rápida, prestándole al campo de batalla un aire de desolación, desaliento, tristeza, lágrimas y el quejido constante de los heridos próximos a expirar.

Los "zopilotes"-buitres ya volaban por encima de la carnicería, esperando pacientemente su turno para picotear los cuerpos esparcidos por el campo de batalla. El olor de cobre de la sangre se hacía más evidente. La corriente del rio con tantos cadáveres acumulados se detuvo parcialmente, permitiendo que las aguas se acumularan en algunos sectores, teñida de sangre, prestándole a las aguas represas un color carmín profundo que se extendía rápidamente, convirtiéndose en un manto oscuro que amenazaba con cubrir completamente las aguas represas.

Cuando la oscuridad envolvió el campo de batalla por completo y ninguno era capaz de mirar al enemigo, una tregua implícita fue declarada por el resto de la noche. Era una noche sin luna, el único sonido que se escuchaba eran los gemidos de los heridos, de los lisiados pidiendo alivio, muchos llamando a sus madres en su agonía. El número de muertos, heridos o lisiados había sido exorbitante en ambos campos.

Los hombres de Alvarado estaban agotados, exhaustos, más allá del cansancio, aumentado por el peso de las corazas, las polainas de metal y los cascos que con el sol se volvieron como pequeños hornos portátiles, que muchos hombres desecharon haciendo caso omiso del peligro que corrían con los bodoques que volaban en todas direcciones, esas esferitas de arcilla que los indios eran tan certeros en lanzar. Muchos fueron heridos de muerte o severamente mutilados. Los veteranos españoles no podían creer la ferocidad y determinación de los guerreros K'iche; estaban impresionados de la sagacidad que habían desplegado y de manera forzada les otorgaron, como soldados, cierto respeto por su heroísmo, quienes pagaron un precio muy alto por defender su patria.

Bajo el amparo de la oscuridad, con gran silencio-nadie quería ser el último blanco del enemigo, los soldados españoles muertos fueron removidos del campo por sus camaradas y traídos a la retaguardia, donde con gran respeto y solemnidad fueron enterrados por sus amigos. Alvarado, a pesar de su temperamento en realidad amaba y respetaba a sus soldados. Con gran ceremonia pronunció unas palabras en memoria de los caídos, exaltando sus cualidades, alabando su sacrificio no solicitado que hicieran por su nación, pero de manera conveniente evitó mencionar que eran simplemente mercenarios, removidos de cualquier vestigio de patriotismo y solo buscando sus propios intereses y avances.

Los curas ofrecieron una misa breve en su honor, encomendando su alma inmortal al dios de misericordia, pidiendo perdón en su nombre, que les salvara de los tormentos del purgatorio y del infierno, aunque omitieron mencionar el hecho de que muchos soldados no eran devotos, que su único Dios era la rapiña.

El ambiente era sombrío; muchos hombres perdieron amigos de toda la vida, compañeros de guerras previas en las que habían peleado juntos. Alvarado y los clérigos sabían el nombre y los sueños de muchos de los caídos. La tristeza descendió sobre el campamento español, docenas de victimas nunca más verían sus tierras o sus familias de nuevo. Habían muerto tan pobres como cuando empezaron la invasión, sus vidas perdidas en busca de riquezas y fama efímeras. Muchos soldados no esperaban perder sus vidas a manos de soldados a quienes consideraban inferiores porque no lucían o hablaban como ellos y pagaron con sus vidas este error fatal.

Por su parte los K'akchiqueles y Tz'utujiles no pudieron recuperar a cientos de sus compañeros caídos, porque no se podían distinguir de los guerreros K'iche. En silencio, con estoicismo aceptaron la triste realidad de que muchos no serian sepultados de acuerdo a las tradiciones de sus antepasados con los honores y la pompa que los fallecidos merecían. Ni siquiera pudieron encender una pira funeraria por miedo de presentar un blanco fácil para los enemigos K'iche que les observaban del otro lado del rio, ansiosos de que cometieran el menor error. Los guerreros K'iche esperaban pacientemente, acechando para atrapar al enemigo desprevenido.

Nima Acajal y Nima Xahil enunciaron unas plegarias silenciosas por sus leales y bravos soldados, encomendando su alma a los dioses, deseándoles una transición feliz hacia la vida eterna, esperando que escaparan los tormentos de Xibalbá, el infierno.

La noche amenazaba con ser larga y triste, oscura; no fogatas fueron encendidas, tenían miedo de los intrusos que acechaban en las sombras. Ninguno quería ser la última víctima. La mente de cada hombre estaba llena con la incertidumbre del próximo día. Estaban positivos que un ataque más feroz vendría al amanecer. Ahora cada quien sabía con certeza qué tan bravos y sin piedad los guerreros K'iche podían ser. Los invasores no contemplaban una victoria fácil.

Un valiente y solitario sacerdote español caminaba entre las tropas, consolándolos, dándoles ayuda espiritual, bendiciendo las manos y las armas que el próximo día serian usadas para matar a sus hermanos. Tal vez los curas no sabían o aceptaban que Dios no tenia favoritos, o que este conflicto era un evento infinitesimal en el gran esquema de Dios. Juan Godínez, el clérigo, sin darse cuenta rezaba en Latín olvidando que los soldados no hablaban el lenguaje universal de la iglesia católica. Sus pasos eran entorpecidos por la falta de luz ya que estaba completamente consciente de que Pedro de Alvarado había prohibido cualquier clase de iluminación que pudiera descubrir sus posiciones, de tal manera que no podía llevar ni una vela encendida. Su mente sencilla no podía entender la razón de la guerra. Su alma se rebelaba ante la estupidez de sus semejantes. Brevemente alzó los ojos al cielo y pidió perdón por toda su congregación.

El resto de los soldados trataba de dormir, de descansar, de recuperarse de los trajines del día. Deberían estar listos para el próximo amanecer. El ruido de la corriente del rio había cesado, su flujo libre impedido por los cientos de cadáveres que flotaban unos encima de los otros, formando una alfombra de cuerpos rígidos, entrañas, equipo descartado, balas de cañones, lanzas, arcos, flechas y escudos.

Capitulo 36

Recorriendo su campo, Tecúm, el Nima Rajpop Achij, estaba triste de ver a cientos de sus heroicos soldados despedazados por las armas devastadores de los españoles. Estaba especialmente furioso con los despreciables K'akchiqueles y Tz'utujiles por haberse prestado a ser usados por el agresor Alvarado. Había esperado que ellos entenderían razones y aceptarían su forma de pensar, finalmente se unirían a ellos y juntos derrotarían a los españoles. Tecúm aun no podía comprender porque se habían aliado con los extranjeros con los cuales no tenían nada en común. Su corazón estaba herido pero su mente estaba tranquila, llena de propósito, la defensa de su tierra. Su mente, por un segundo infinitesimal consideró la posibilidad de derrota, pero inmediatamente apartó ese pensamiento negativo. ¡No podía fallar! ¡Tenía que vencer al enemigo! Todos contaban con él.

Ordenó a un grupo de sus hombres a recuperar tantos cadáveres como fuera posible, sin exponerse innecesariamente o cansarse demasiado. Una inmensa pira funeraria fue encendida para cremar a todos aquellos valientes que perdieron la vida defendiendo su suelo sagrado. Serian incinerados de acuerdo a la tradición maya, con todos los honores que como soldados heroicos merecían. Lamentó que dadas las condiciones del campo de batalla, los cuerpos no pudieran ser purificados y embalsamados para el viaje al más allá, como era ordenado en el libro sagrado, el Popol Vuh, el libro del consejo, donde todas sus tradiciones estaban escritas.

El Quetzal Y La Cruz

Los sacerdotes estaban presentes para ofrecer consuelo a los vivos e invocar una transición segura del alma de los guerreros muertos en combate, a los brazos de Awilix, su Dios, que les esperaba en el cielo. Los sacerdotes estaban seguros que sus almas inmortales ascenderían a las alturas, donde, como la tradición afirmaba, se convertirían en estrellas brillantes que desde allí enviarían su luz hacia la tierra.

Tecúm también ordenó recuperar todo el material de guerra que sus soldados pudieran encontrar y transportar. Los suministros estaban agotándose a pesar de las grandes cantidades que fueran producidas en los pocos días antes del combate.

La oscuridad de la noche era desconcertante, llena de inquietud, con una calma extraña y un porvenir incierto el próximo día. Cientos de sus guerreros pasaron a la otra vida peleando valientemente. Pocos podían recordar una noche tan negra como esta.

Tecúm evaluó su predicamento, empeorado por el hecho de que muchos sectores de las zanjas estaban llenos de cadáveres y tierra levantada por el bombardeo incesante de los cañones. Las trincheras ya no eran de uso práctico. Ahora algunos caballos podían pasar los grandes boquetes en las paredes y desplazarse a su gusto, trayendo muerte a sus hombres. Había presenciado muchas de sus tropas ser pisoteados por los cascos de las bestias. Todavía podía escuchar el enfermizo sonido de las cabezas trituradas bajo el peso de las patas de los animales. Su mente se estremecía ante el recuerdo del grotesco espectáculo. Nima Tecúm sabía que los españoles atacarían de nuevo en la mañana, con más determinación, alentados por la matanza de este día. Siguió preguntándose a sí mismo si deberían de abandonar sus posiciones presentes y moverse a la ciudad y continuar el combate en las calles y los barrancos aledaños; aun mejor, huir a las montanas para continuar la lucha desde allí, usando con más ventaja el bosque que conocían tan bien. Tecúm razonó que si abandonaban estas posiciones y corrían hacia los cerros, dejarían la ciudad completamente abierta y, lo que era peor, no tendrían casa a la que podrían regresar en caso ganaran la guerra. Además, la ciudad no tenia murallas que pudieran repeler a los atacantes; era una metrópolis completamente abierta.

Su mente siguió analizando este rompecabezas, evaluando soluciones que pudieran darle una esperanza de victoria.

Ordenó apostar centinelas en lugares estratégicos para evitar un ataque por sorpresa durante la noche.

Poco tiempo después, Kakupatak y su ayuda de campo, Ixpiyacoc, se acercaron a Tecúm; ellos también habían estado inspeccionando los perímetros exteriores de las defensas. Se mostraron felices de saber que habían infringido perdidas severas al enemigo, mucho más de lo que habían esperado o deseado, a pesar de las tácticas superiores y el poder de las armas de los agresores.

Cuando Nima Tecúm se enteró de estas buenas noticias, su ánimo fue levantado, se volvió más optimista, más convincente, tal vez no todo estaba tan mal como pensara. ¿Era aun posible, contra todas las desventajas ganar la guerra?

Después de una cena ligera, una nueva estrategia fue discutida. El ministro de la defensa habló primero, "Nima, recomiendo que continuemos peleando contra el enemigo como lo estamos haciendo; hemos logrado muchísimo en frenar el avance de los españoles en su primera embestida", continuó, "en la madrugada, de nuevo apostaremos a nuestros mejores arqueros y aquellos equipados con hondas, en las alturas de las rampas desde donde podrán inflingir el mayor numero de pérdidas a las fuerzas que avancen. He visto con mis propios ojos la forma mortal con que lanzaban sus proyectiles que han sido responsables por cientos de muertos en las filas enemigas".

Nima Tecúm estuvo pensativo por unos minutos, analizando esta recomendación que tenía mucho sentido, entonces exclamo, "estoy de acuerdo con tu propuesta; es la mejor forma de derrotar a los asaltantes", continuó, "tengo otras ideas que me gustaría discutir con ustedes; quiero de nuevo enviar unos pocos hombres a la retaguardia del enemigo y tratar de matar muchos caballos y perros, tantos como se pueda. Con esto tal vez podremos privarlos de sus "nahuales".

Si podemos lograr esta meta les arrebataremos sus mejores armas ofensivas, especialmente esos caballos".

Después de unos minutos de reflexión, ambos hombres, casi simultáneamente exclamaron, "es una buena idea; ciertamente no perderemos nada con intentarlo". Así fue acordado enviar una brigada de merodeadores para hostigar la retaguardia de las tropas españolas. Ixpiyacoc se ofreció de voluntario para dirigir a un destacamento de soldados para llevar a cabo el plan, una misión casi suicida, pero al mismo tiempo valía la pena morir tratando de proteger su territorio.

Los líderes continuaron discutiendo otros planes. De alguna manera aun tenían dudas de sacrificar a esos animales tan bellos como los caballos, aunque no tenían remordimiento en disponer de los mastines, esas bestias tan temibles. El problema principal era como acercarse sin ser descubiertos. Las criaturas del infierno parecían poseer, además de su poderoso olfato, un sexto sentido. Al final el plan fue aprobado; los valientes guerreros marcharían antes del amanecer, en las primeras horas de la mañana cuando consideraban que los centinelas estarían medio dormidos.

Tecúm, Kakupatak y sus ayudantes estaban agotados, casi muertos después de desplazarse de arriba hacia abajo empujando a sus tropas a pelear con honor, con desesperación. Habían estado en todos lados. Comieron una refacción liviana de cecina-carne seca, tortillas de maíz, la sed saciada con agua contenida en sus "tecomates"- calabazas vacías. Sus cuerpos estaban cubiertos de sangre, polvo, sudor y miedo, preguntándose que traería el nuevo día. Puesto que eran hombres estoicos, nadie dijo una palabra, temerosos de traicionar sus aprehensiones, aunque cada quien sabia que sus amigos pensaban lo mismo. Continuaron en silencio.

Capitulo 37

El príncipe Tecún y su amigo Ixpiyacoc estaban sentados en la tierra, lado a lado, recordando los viejos tiempos, cuando aun no tenían ninguna preocupación, libres de esta responsabilidad tan enorme. Cada uno deseaba confiar en el otro, abrir su alma, encontrar comprensión en el entendimiento mutuo, pero de alguna manera eran incapaces de abrir su corazón, expresar sus sentimientos. ¡Era tan difícil hablar de problemas personales!

"Finalmente le confesé a K'etzalin mi amor por ella", Ixpiyacoc dijo a su amigo y comandante, Tecún. "Como sucedió, ella tiene los mismos sentimientos hacia mí. ¡La besé en la boca! Fue tan dulce. Me sorprendí mucho después de tantos años de saber que ella me ama tanto como yo la amo. Ahau, no puedo creer que fui un tonto al demorar decirle de mi amor secreto", tomó un corto suspiro y alentado por su amigo, continuó, "le prometí que algún día, pronto, le pediré su mano a vos, como su futuro padre y a su "nana", Ixmúcane; deseo hacerla mi prometida y después mi mujer".

Ahau estaba muy feliz por su amigo y con sinceridad le expresó sus mejores deseos para los dos y, de una manera varonil, apretó el hombro de su compañero. Siguieron conversando por un tiempo más. En lo profundo de sus pensamientos estaba la memoria de Vukub, el amigo querido a quien habían perdido pocos días antes. Todavía no podían reconciliar en sus mentes la forma tan horrible en que fue asesinado por los españoles. ¡Como le echaban de menos! Los amigos mantuvieron su conversación por algún tiempo mas, tratando de prolongar su compañía mutua tanto como fuera posible. En lo más hondo de su ser sospechaban que tal vez esta sería la última vez que estarían juntos.

Cuando la hora de partir llegó para Ixpiyacoc, los hermanos, con mucho dolor, se dijeron adiós, sus voces quebradas con emoción. Ambos se preguntaron si se encontrarían de nuevo, pero mantuvieron su compostura. La vida había puesto tantas demandas sobre sus hombros tan jóvenes; apenas eran adolescentes. Ellos no habían pedido esta carga, pero sabían que su nación era el último obstáculo en el camino de los invasores españoles. En silencio rogaron a Jacawitz, el patrón de su reino que les protegiera, que les diera fuerza y honor, que les proporcionara los medios de defender las fronteras de su patria contra las abrumadoras fuerzas que estaban a sus puertas.

Con un fuerte abrazo final se separaron en la periferia de sus líneas, Ixpiyacoc marchando a un destino desconocido, Tecún de regreso a planear y ejecutar la defensa de su ciudad, la metrópolis que tanto amaba, la cuna de sus antepasados. Desde el valle podía contemplar los templos imponentes dedicados a sus dioses, a quienes en silencio les rezó, pidiéndoles que vinieran a su rescate, invocando su protección en la batalla que vendría en la mañana.

Del otro lado de la tierra de nadie se escuchaba los rebuznos de las mulas, mezcladas con el sonido gutural de los mastines quienes de forma inquieta esperaban ser liberados por sus amos. Los soldados hablaban en voz baja, casi sin oírse, quejándose abiertamente de la pestilencia de los muertos.

Los arcabuceros limpiaban sus armas, alistándose para el próximo día. Estaban orgullosos de la manera en que se habían desenvuelto, atacando de manera ordenada, prestando atención a las órdenes de sus líderes.

Los artilleros revisaban detenidamente los cañones, asegurándose que estuvieran nítidos, listos para la acción de la mañana siguiente.

Los jinetes cuidaban y hablaban con sus caballos.

Los indígenas, ligeramente apartados, rezaban en silencio.

Capitulo 38

Los infiltradores K'iche de nuevo se untaron el cuerpo con aceite de castor, que en previas ocasiones había encubierto su olor, descalzos para hacer menos ruido; las únicas armas que llevaban eran sus cuchillos de obsidiana, lanzas cortas y sus hondas con bastantes bodoques. Ya habían comido una merienda liviana y traían consigo carne seca, tortillas, comida que les alimentaria por varios días en caso de ser atrapados detrás de las líneas enemigas. Eran encabezados por Ixpiyacoc, moviéndose como fantasmas a través de la oscuridad de la noche, ocultándose en pequeñas elevaciones y el pasto del valle. El grupo había seguido una ruta convoluta y se acercaron al enemigo por atrás. Las horas se deslizaban lentamente, como barro pegajoso; la tensión aumentando lánguidamente con temor de los mastines. A pesar de lo frio de la noche, su piel estaba cubierta de una capa delgada de sudor que ayudaba a liberar el olor pungente del aceite, que hasta el momento había encubierto de las tropas y los mastines su llegada.

Ahora que finalmente le había declarado su amor a K'etzalin, Ixpiyacoc se preguntaba cuando la volvería a ver. Su rostro se entrometía en sus pensamientos, dulce, inocente, confiada. Se hacia la pregunta porqué había sido tan lento en darse cuenta de que ella también le amaba. Ahora ella estaba lejos, en camino al santuario de Zaculeu; ¿pero lograría llegar? ¿Tendría miedo? Deseaba tanto estar a su lado para consolarla y protegerla a ella y a su familia. Su mente estaba tan ocupada con su memoria que no prestaba atención a su misión. Se amonestó a sí mismo cuando se dio cuenta de su omisión. En algunos puntos de su inserción tuvieron que arrastrarse en la grama, tratando de ser tan silenciosos como las serpientes. Los muchos años cazando venados les había preparado para esta experiencia. Después de un largo tiempo llegaron a su destino.

Sin los intrusos saberlo, Alvarado también había enviado su propio grupo de comandos acompañados de dos mastines. Los galgos se movían silenciosamente, olfateando el aire, tratando de identificar el olor que anteriormente encontraran. Sus ataduras habían sido removidas para dejarles movimientos libres. Sus mandíbulas babeaban saliva, su respiración humedeciéndose en lo templado de la noche; sus ojos estaban bien abiertos, tratando de compensar por la luz pobre de la noche. Los sentidos de los merodeadores aumentados por el olor de peligro. Los dos grupos se movían en la misma dirección, acercándose poco a poco unos a otros. Los perros gozaban de una gran ventaja sobre los humanos con su sentido del olfato súper desarrollado y su mejor visión nocturna comparada con la de su presa, quienes no se percataban de su proximidad.

Uno de los soldados de Ixpiyacoc estaba listo a usar su honda para lanzar el bodoque mortal, cuando de repente, una mandíbula poderosa atrapó su brazo, casi descolgándolo con un jalón equivalente a cuatrocientas libras por pulgada cuadrada; el guerrero, en su sorpresa lanzó un grito desgarrador, sosteniéndose su brazo, revelando su posición. Al escuchar el alarido, los arcabuceros lanzaron una descarga infernal matando de inmediato a dos soldados e hiriendo mortalmente a otro enemigo. El ataque por sorpresa había fallado. Toda la ventaja perdida. Los mastines les habían descubierto y atacado con furia, como si estuvieran motivados por venganza.

Muy pronto la escena se volvió caótica cuando los dos bandos se encontraron en combate mano a mano, la ventaja siendo para los españoles que contaban con espadas más largas que permitían a sus dueños a alcanzar a sus blancos con más facilidad. Su entrenamiento también comprobó ser una ventaja tremenda. Los guerreros K'iche estaban en gran desventaja con sus cuchillos cortos y sus hondas, incapaces de lanzar sus proyectiles por la proximidad de los otros combatientes. Con todo el griterío, el campo inmediatamente despertó y más soldados se unieron a la pelea. Los esclavos indígenas estaban escondidos de la mejor forma posible, temerosos; no querían morir en una tierra extraña, sirviendo de una manera forzada a sus amos. Todavía tenían la esperanza de algún día regresar a sus hogares libres del yugo de los opresores.

El resto de los mastines fue soltado e inmediatamente se unieron a la acción, lisiando o matando instantáneamente a muchos K'iche. Las bestias tenían libre albedrio, haciendo una carnicería de sus presas, desgarrando manos, brazos, piernas, orejas y cualquier otra parte expuesta del cuerpo al alcance de sus quijadas poderosas. La mayoría de los merodeadores estaban aterrados, paralizados por el pánico; era su primer encuentro en batalla con estos animales espantosos. A pesar de su miedo, los guerreros prontamente se recuperaron y empezaron a devolver golpe por golpe contra los españoles. A pesar de sus esfuerzos, muchos soldados K'iche fueron heridos, muertos o capturados. Ixpiyacoc fue traspasado por la espada empuñada por Pedro Portocarrero, uno de los capitanes de confianza de Alvarado, su pecho completamente desgarrado, la sangre brotando como una fuente, drenando su vida en pocos minutos. La oscuridad pronto le envolvió. Su muerte fue tan rápida que ni siquiera tuvo tiempo de pensar en su querida K'etzalin, el amor de su vida. Su cuerpo se desplomó al suelo y fue inmediatamente destrozado por las fauces poderosas de los mastines quienes se encontraban en una furia desenfrenada.

De todos los saboteadores, un solo guerrero solitario se escapó, internándose con prisa en los bosques aledaños, usando la oscuridad de la noche como escudo. A pesar de sus heridas estaba determinado a llegar hasta la capital e informar a su señor, Ahau Galel, Tecún. Con mucho esfuerzo alcanzó el rio y empezó a vadear en el, por pura suerte despistando a los sabuesos que le perseguían de manera frenética. Con sorpresa se dió cuenta de que había sido herido de gravedad en su brazo izquierdo, la herida sangrando profusamente, debilitándolo, casi a punto de perder la consciencia por la pérdida de sangre. Con un esfuerzo grande se inclinó y tomó un puñado de lodo del fondo del rio, aplicándolo con presión a la herida. En pocos minutos, con sorpresa descubrió que la hemorragia casi había cesado por completo. Descansó por un rato y en seguida bebió grandes cantidades de agua fresca del arroyo. Una vez que se aseguró que los mastines habían perdido su rastro, decidió descansar hasta el amanecer, acomodándose en una depresión del terreno, cercana al rio cubriéndose con hojas y unas pocas ramas de pino. Cuando la aurora llegó, se encaminó hacia la capital; sabía que todavía no estaba completamente a salvo y continúo caminando en el rio por varias leguas hasta que estuvo seguro de que se había deshecho de las bestias de las tinieblas. Eran tan bravos, fuertes y salvajes; espeluznantes en su acercamiento silencioso. Estaba muy triste ante la muerte de sus amigos y de su jefe a manos de ese despreciable español. ¿Cómo le iba a decir a su Nima Tecúm que su mejor amigo estaba muerto, aniquilado por aquel soldado alto que anteriormente había visto cuando vino a la ciudad de K'umarkaj como emisario de su señor, Tonatiuh, Pedro de Alvarado? Aunque no podía recordar con exactitud el nombre del jefe de los invasores. Para sus adentros pensó que esto era completamente irrelevante dada su situación. Su meta principal era escapar, alertar a su cacique. Esa era su misión.

A pesar de sus heridas, el fugitivo solitario empezó a caminar, luego a trotar, devorando las leguas una tras otra, cada paso tornando su brazo herido en una agonía viviente hasta que llegó a las afueras de la ciudad. Al divisarlo, los centinelas apostados se apresuraron a su encuentro, lo soportaron para evitar que se colapsara. De inmediato fue llevado ante el superior al mando del grupo, fue curado de su herida, alimentado y en seguida fue preparado para comparecer frente a Tecún.

Cuando el oficial llegó, el combatiente escapado se hincó con gran dificultad y habló en una voz grave, llena de dolor y vergüenza al ser el único sobreviviente de la masacre, relatando la forma en que

Ixpiyacoc muriera, muerto por uno de los españoles. Tan pronto como el oficial supo de la muerte de Ixpiyacoc, uno de los mejores amigos del jefe supremo, sin demora ordenó a dos de sus soldados a acompañar al herido a la presencia de Tecún. El oficial se puso triste ante estas noticias porque conocía al fallecido y sabia que Nima Rajpop le amaba como a un hermano.

Capitulo 39

Cuando el soldado herido llegó a presencia de su jefe supremo, con gran esfuerzo trato de arrodillarse, pero Tecúm le impidió que lo hiciera al mismo tiempo preguntándole que había pasado. Con una voz medio temblorosa debido a su dolor, el soldado exclamó, "Nima Rajpop Achij, me apena decirte que tu hermano, Ixpiyacoc está muerto, fue asesinado por uno de esos extranjeros". Con incentivo de su comandante, el soldado continuó, "nuestro grupo fue tomado por sorpresa por esos perros rabiosos que aparecieron de la nada. Nos atacaron con mucha furia, hiriendo a algunos de los hombres. Muchos de los soldados españoles hicieron que sus palos de fuego escupieran la muerte, hiriendo a muchos más del grupo. Entonces, los demonios nos atacaron con sus cuchillos largos, uno de ellos matando a tu amigo, Ixpiyacoc". Hizo un gran esfuerzo, organizando sus palabras, prosiguió, "mi corazón esta adolorido como el tuyo, Nima, pues sé cuánto amabas a tu amigo". El resto de su reporte fue incompleto porque en la confusión no había visto mucho y tenía mucha suerte de estar vivo, aunque todavía estaba sumamente avergonzado de haber sobrevivido.

Ahau Galel, Nima Tecúm, ordenó a uno de sus capitanes a llevar al herido a ser atendido por los sacerdotes, quienes eran expertos en heridas de guerra. Ahau se había dado cuenta de que la herida era grave. En una voz suave, llena de compasión, agradeció al soldado por su mensaje. Tecúm estaba devastado; en un tiempo muy corto había perdido a dos de sus mejores amigos, compañeros de toda la vida, uno de ellos su futuro hermano político. ¿Qué le diría a la princesa K'etzalin? ¿Cómo podría decírselo a su amada Ixchel? Ella se encontraba en los cerros, tal vez huyendo por su vida. Rápidamente estaba perdiendo a sus amigos, se sentía como un pez pequeño en un mar tormentoso. Ni siquiera podía velar y cremar a sus amigos; no había tiempo. El enemigo tocaba a sus puertas.

Después de un momento, Kakupatak se acerco a él y le abrazó como a un hijo y le urgió a que desahogara su pecho, que sacara todo su dolor, todas sus frustraciones, toda su cólera. En pocos minutos Ahau recobró su compostura y volvió al problema presente, sus emociones ocultas detrás de una máscara estoica. Sus ojos se tornaron más oscuros, como obsidiana, su mente llena de determinación; se prometió a si mismo que no dejaría que los agresores se apoderaran de sus tierras. Juró combatirlos hasta su último aliento.

Ahau Galel, príncipe Tecúm, dijo, "Kakupatak, la pelea por el día de hoy ha concluido. Estoy seguro de que los enemigos atacaran de nuevo en la mañana, tan pronto como amanezca. Da la orden de reforzar las posiciones de combate; asegúrate de que los hombres tienen suficientes arcos y flechas, lanzas, hondas y bodoques. Dales mas mazos de obsidiana". Ahau estaba seguro de que su némesis, Alvarado cargaría al despuntar el alba. "Te prometo que le haré pagar cara su osadía e insolencia a ese forastero desdichado".

En silencio, el príncipe y su mentor tomaron una cena ligera, descansaron por un rato, entonces, con un abrazo final cada hombre se dirigió a su estación de batalla. Se pusieron de acuerdo de reunirse más tarde, en un lugar previsto de antemano, en los restos de las murallas. Cada hombre estaba consciente del papel que jugarían en la próxima batalla.

Caminando por su sector, Tecúm buscaba aéreas débiles, examinándolos, alentando a sus soldados. Con gran tristeza pensó que comó eran de jóvenes, muchos de ellos no acostumbrados a la guerra, alejados de sus familias, muy lejos de sus queridas tierras, las que trabajaban con amor y dedicación. Estaba tan orgulloso de que nadie se quejara; todos estaban listos a pelear contra el enemigo, cada quien había prometido defender su modo de vida, conservar sus tradiciones y creencias contra las increíbles desventajas que enfrentaban. Los invasores poseían armas tan poderosas y peleaban con tácticas con las cuales los K'iche no estaban familiarizados. Los cañones eran tan devastadores, que podían lanzar bolas de un material que ellos desconocían, que eran capaces de levantar en el aire a muchos guerreros y destrozarlos a pedazos, romper las rampas, enviando en el aire grandes nubes de polvo y piedras, pedazos de cuerpos y vestimentas. Tenía que mantener a sus soldados alejados de estos cañones y de los palos que escupían fuego. ¿Pero cómo podía lograrlo y al mismo tiempo, matar al enemigo? ¿Qué estrategia podía emplear?

Capitulo 40

"Pedro, Cristobal", Pedro de Alvarado llamó a sus capitanes de confianza, Pedro Portocarrero y Cristobal de Olid. "Venid conmigo, necesitamos discutir la estrategia para mañana", Alvarado siguió, "Cristobal, estaréis a cargo de proteger el flanco derecho, y tu, Pedro, cubriréis el lado izquierdo. Mientras tanto, yo me haré cargo del centro".

La mente sagaz de Alvarado diseñó un plan audaz que podría asegurarle la victoria. Su objetivo era dividir a los defensores K'iche, forzarlos a pelear en tres frentes, obligarlos a extender sus líneas. También estaba contemplando usar los cañones y los arcabuces de una manera más efectiva, ahora que ya sabía que los enemigos no tenían armas de fuego. ¿Cómo era posible que una sociedad tan avanzada desconociera la pólvora? Sus ballesteros serian apostados de tal manera que les fuera más fácil matar o herir a los defensores que se expusieran en las alturas de los terraplenes. Los españoles ahora usarían como avanzada las rampas de la primera línea de defensa que los K'iche abandonaron previamente.

Sectores de las zanjas ahora podían ser cruzados con relativa facilidad por los grandes caballos. Los equinos cruzarían la corta distancia de la tierra de nadie hasta llegar a las márgenes del rio, en pocos minutos, esperando que los enemigos no defendieran estas áreas o que estuvieran peleando abiertamente, a pie, donde la caballería les haría pedazos. Todas esas largas horas practicando en las playas de Cádiz estaban a punto de rendir frutos.

Después de varios minutos más de discusión con sus capitanes, Alvarado fue en busca de un lugar donde pasar el resto de la noche. Una vez que se instaló cómodamente en la grama, recostado en su montura, su mente empezó a divagar; Alvarado todavía no podía creer la resistencia feroz que los guerreros K'iche habían presentado. Estaba sorprendido que el cacique K'iche casi le había ganado la batalla inicial. ¿Quién era este hombre? Alvarado se preguntó. No tenía conocimiento directo de su oponente, excepto las historias que Acajal Y Xahil, los caciques K'akchiquel y Tz'utujil le relataran, posiblemente exageradas para justificar las derrotas que habían sufrido muchas veces anteriormente a manos de estos Quichés. Estos caciques describían a Tecún como un guerrero musculoso, valiente e inteligente. Le relataron que era conocido como Tekún Umám, nieto del gran rey Don K'iqab quien murió en una de las guerras más recientes entre los reinos. Sus fantasías afirmaban que Tekún era un Dios, cubierto con plumas de quetzal que podían elevarlo al cielo; entonces, desde allí, cerca del sol y las estrellas, dirigiría a sus tropas contra sus enemigos. Estos caciques juraban que Tekún estaba protegido por su "Nahual", el quetzal, que podía hacerlo invisible a los ojos de los humanos. Estos hombres tenían mucho miedo de los guerreros K'iche, de tal manera que tenían que exagerar sus relatos. Alvarado tenía duda de esta información, pero de alguna manera le dió cierta creencia basado en el hecho de que el también estaba protegido por el apóstol Santiago, de quien creía ser la reencarnación, también capaz de remontarse a las alturas montado en su caballo y desde allí, sembrar muerte y destrucción entre sus enemigos. La mente de Alvarado siempre conjuraba las vestimentas blancas del santo cuyo cuerpo estaba enterrado en la catedral de Compostela, España, un lugar que nunca en su vida había visitado. Sin embargo, durante sus tribulaciones, Alvarado había adoptado al santo como su protector é invocaba su nombre antes y durante cada batalla, posiblemente un recuerdo latente de su padre que había sido miembro de la orden de Santiago.

Cuando su mente dejó de errar, Alvarado se enfocó en asuntos prácticos; se lamentaba no tener catapultas ni maquinas de asalto, como esas grandes ballestas que los romanos usaban en tiempos antiguos, que podían lanzar rocas gigantes o jabalinas grandísimas a largas distancias, usarlas para destruir las rampas de los K'iche. Se prometió que al día siguiente lanzaría a los mastines sin ninguna compasión, que desencadenaría la furia y el salvajismo de esas bestias tan feroces, esos brutos que probaron ser tan efectivos en destrozar y matar a las tropas enemigas el día anterior. Sabía que los animales estaban sedientos de sangre.

Descansando plácidamente, Alvarado contemplaba las pocas estrellas visibles en la negra noche. Su mente volvía constantemente al recuerdo de Raquel Fuentes, aquella mujer bella de ojos verdes, muy lejos en La Esperanza. Varios años habían transcurrido desde aquel encuentro casual. ¿Todavía estaría soltera? ¿Aun me recordará? Pedro pensó con nostalgia. Cuantas vueltas su vida había tomado desde aquella ocasión; ahora era un Capitán mayor, al servicio de Hernán Cortés y su majestad, el rey Carlos V. ¡Ahora era un gobernador! Pero a decir verdad, gobernador de una provincia menor, pero sin embargo un gobernador. Brevemente recordó a Sara y Alejandro su tio, todavía maravillándose de su poco egoísmo cuando les dieran asilo al llegar fugitivos a Cádiz. Pedro no podía olvidar las palabras de aliento durante aquellos días de desconsuelo. Como sus consejos le habían salvado de su depresión. La comparó con un ángel. Su madre, Mexia se entrometió en su mente en los últimos minutos antes de caer dormido. Alvarado recordó su bello rostro, sus tiernas palabras cuando le acariciaba junto a su pecho. ¿Estaría viva? ¿Habría recibido el dinero que le enviara antes de zarpar de Cádiz? Finalmente, Pedro se maravilló que a pesar de su juventud se había convertido en una fuente de ejemplo para sus hermanos mayores y su primo Rodrigo Sosa cuando decidieron seguirlo a esta tierra. Tal vez, pensó, con los tesoros que obtenga en estas remotidades pueda regresar a Badajoz y comprar la pequeña finca que su padre arrendaba.

El último pensamiento de Alvarado fue de victoria. Con certeza sabia que sería rico y famoso.

Capitulo 41

Al finalizar su inspección, como habían acordado de antemano, Ahau Galel, príncipe Tecún, se reunió con su ministro de la guerra, Kakupatak para esperar a que el resto de la noche transcurriera. A continuación de intercambiar impresiones y ponerse de acuerdo con el plan de batalla del día siguiente, cada uno pretendió entregarse al sueño, cada hombre a solas con sus pensamientos, sus deseos, sus esperanzas.

Kakupatak, el jefe de la guerra continuaba analizando la mejor estrategia, revisando los planes, tratando de recordar detalles cruciales que pudieran ayudar a su señor a alcanzar la victoria en la próxima batalla. Tenía experiencias anteriores pero era contra sus enemigos los K'akchiqueles y los Tz'utujiles, pero nada comparado con estos diablos extranjeros, estos "jolom kiej"- hijos de p... que vinieron a sus lares con esos perros terribles y esos caballos enormes, con esos tubos ruidosos que vomitaban destrucción y muerte. Su mente siguió devanándose en este acertijo hasta que sucumbió a la fatiga.

Ahau Galel, príncipe Tecúm, continúo pensando en Ixchel, su prometida amada; sabia que la amaba con todo su corazón. Era tan llena de vida, vibrante, adorable, atractiva, su presencia real suficiente para llenar un salón grande y hacer que todos la miraran con deleite. Ahau sabía que era dichoso de ser amado por esa gran mujer. ¡Que pena! Los sucesos que se desencadenaron los forzó a decirse adiós. Ahau en silencio se la encomendó a los dioses, pidiéndoles que les permitiera verse de nuevo. Estaba triste pensando que estaba solita en las montañas, tal vez temerosa por su seguridad, posiblemente perseguida por el enemigo. Casi lloró abiertamente, pero mantuvo su voz bajo control, no podía mostrar debilidad frente a sus hombres. ¡Era un príncipe maya!

Arriba, en las sierras, Ixchel tenía las mismas preocupaciones, su mente ocupada con el recuerdo de su último encuentro con Ahau. Todavía podía sentir el último beso que intercambiaron, seguido de muchos más en pocos minutos. Había sido la primera vez que se besaran en la boca, antes de casarse, completamente contra la tradición. ¡Pero que dulce había sido sentir su aliento tibio en su cuello! Sentir esos labios fuertes, percibir la esencia de su masculinidad, mirar en sus ojos su devoción y amor. Acariciar con sus manos esos músculos poderosos, saber que era deseada tanto como ella lo deseaba. Estaba consciente de que le amaba sin ninguna duda, con toda su alma. Ixchel deseó que algún día no muy lejano, muy pronto, le miraría de nuevo y entonces le haría saber cuánto le amaba. Le prometió a Ahau Kinich, el dios sol que cuando se casaran sería una buena esposa y gestaría con orgullo sus hijos si Kinich les salvaba de esta pesadilla. Ixchel ni siquiera podía hablarle a su madre Ixmucané o a su hermana, K'etzalin por miedo de ser oída por los espías que pudieran estar ocultos en la sombras, esperando a capturarlos, porque estaba segura de que los agresores ya habían descubierto su escape. El poco sueño que pudo lograr fue inquieto, lleno de temor por su prometido, a veces visualizando que estaba muerto, abandonado por sus soldados, desgarrado por los mastines, devorado por las aves de rapiña. Ocasionalmente se despertaba sobresaltada agradeciendo a los dioses de que solo era una pesadilla.

Capitulo 42

Pedro Portocarrero, en otra sección del campamento español, también se encontraba a solas con sus recuerdos, cuando era niño. A la edad de 16 años dejó la casa de sus padres en Zaragoza, España; nacido noble, de padres muy cercanos a la corte del rey. Había nacido rico, con un futuro prometedor, con tierras y otras propiedades que como hijo primogénito heredaría al morir su padre; tenía un nombre, un titulo que adoptaría cuando su padre pasara a mejor vida, marqués de Zaragoza. En vez, abandonó todo y decidió seguir su espíritu de aventura moviéndose a Cádiz donde conoció a Hernán Cortés y posteriormente a Pedro de Alvarado en quien encontró un alma gemela, quien después le convenció a zarpar con él al nuevo mundo en busca de aventura y gloria; su propia gloria, algo que quería ganar por sus propios meritos. Ahora, en esta tierra tan lejana encontró más de lo que andaba buscando. Pedro se había convertido en la mano derecha de Alvarado y uno de sus más cercanos consejeros. Tal vez algún día hasta llegaría a ser gobernador de una provincia, o, aun mejor, virrey. Sus últimos pensamientos fueron de sus padres y hermanos.

Juan Godínez, uno de los curas de la expedición rezaba fervientemente a Dios, pidiéndole que cuidara a sus fieles. Tenía miedo que el día siguiente traería más sufrimiento, más destrucción, más muerte. Durante el día presenció la furia de los cañones y arcabuces que despedazaron a los soldados enemigos, lanzando sus miembros al aire. Estaba avergonzado de la carnicería que fue visitada sobre los indígenas quienes luchaban por sobrevivir. No podía reconciliar estas escenas macabras con las enseñanzas de su salvador. De alguna manera se arrepintió de venir a estas tierras desconocidas con la idea de salvar almas, pero en lugar se encontró inmerso en un baño de sangre. ¿A quién sería capaz de salvar? Al paso que la matanza se desarrollaba dudaba mucho de que hubiera ánimas que salvar. Juan siguió con sus oraciones, su voz perdida en la cacofonía de los lamentos de los heridos y de los soldados mutilados. En la mañana hablaría con Alvarado para rogarle que cesara las hostilidades y que perdonara las ofensas inexistentes de los indígenas. Su alma atormentada al fin sucumbió al sueño, sosteniendo en sus manos su crucifijo, el símbolo de otra tragedia innecesaria que sucedió muchos años atrás.

El sargento Juan Argueta, por su parte analizaba su vida oscura, una vida que no era nada hasta que conoció a Alvarado en Cádiz, cuando todos sus prospectos cambiaron dramáticamente casi de la noche a la mañana, cuando se convirtió en la mano derecha del ahora gobernador de Oaxaca; ahora era el hombre de quien Alvarado dependía más y más. Se prendería a su amo como garrapata, y, tal vez al hacerlo así, sus leales servicios serían recompensados, y con suerte posiblemente hasta se hallaría nombrado un capitán general, aunque esto sería un poco difícil puesto que apenas sabía leer y escribir. Dado su origen humilde, pensó que hasta el momento, había logrado muchísimo y todo se lo debía a su capitán Alvarado

Juan Díaz, el otro sacerdote, no pensaba mucho, convencido de que Alvarado haría lo que quisiera a pesar de que él, como clérigo, le rogara a enmendar el camino que había escogido. Sin embargo continúo rezando, esperando que de alguna manera ocurriera un milagro.

Capítulo 43

25 de julio, 1524

Esa mañana el sol salió más temprano que de costumbre, caliente, sin misericordia, iluminando la escena macabra, calcinada por la pólvora, sembrada de miles de cadáveres K'akchiqueles y Tz'utujiles, mezclados con pocos españoles y uno que otro caballo.

La pestilencia de los cuerpos en descomposición era agobiante, prestándole al panorama un aire de soledad. Todavía salía humo de la hoguera gigantesca que las tropas K'iche encendieron la noche anterior para quemar a sus guerreros muertos como era su tradición. Las perdidas K'iche también ascendían a cientos, sin contar los cadáveres que no pudieron ser recuperados.

A medida que el suave viento cambiaba de dirección, de manera intermitente, llevaba hasta el campo español el desagradable olor semidulce de cuerpos quemados y el recuerdo de una derrota muy cercana que esos salvajes casi les infringieran el día anterior.

En algunos trechos el rio había dejado de correr, la corriente impedida por los cientos de cadáveres apiñados en las aguas y las orillas del rio. El agua se había tornado de un color ocre, sucio, como un velo aceitoso motivado por los eflujos de los caídos.

Los guerreros K'iche despertaron del corto reposo muy temprano, llenos de determinación, alentados por las grandes pérdidas que le causaron al enemigo. Cada uno se dirigió en silencio a sus posiciones. Las ordenes de los lideres de escuadrones fueron dadas en voz baja, no querían ser oídos por los K'akchiqueles y Tz'utujiles que entendían su idioma y como una señal de respeto para sus hermanos caídos.

Cuando los defensores subieron a las alturas de las rampas, su corazón se congeló al ver a través del rio las tropas que el enemigo había amasado, aumentada por los caballos imponentes y esas bestias amenazadoras, los enormes mastines. Una sensación de incredulidad sobrecargó sus sentidos. Para muchos era la primera vez que enfrentaban esos animales. El cuadro era aterrador, aún a distancia los perros se miraban tan grandes y feroces. Algunos soldados con vista muy aguda podían ver las fauces babeantes de saliva, sus narices olfateando sangre, ansiosos de ser soltados.

La visión se hizo más aterradora cuando vieron los cañones alineados en una sola fila, apuntándoles, con los soldados que los cuidaban mostrando su casco y coraza plateada, los cuales, durante la noche habían pulido hasta dejarlas relucientes. Ahora podían apreciar que muchos portaban el temible palo de fuego. Muchos combatientes se alegraron de que el rio estuviera entre ellos y los asaltantes amenazadores.

Los soldados K'iche estaban resentidos contra los despreciables K'akchiqueles y Tz'utujiles que se habían unido a los españoles para pelear contra ellos, sus hermanos, su propia sangre, sus vecinos, haciendo caso omiso de su herencia común y su mismo lenguaje. Era una locura. Estaban conscientes que cuando los traidores bastardos atacaran seria sin misericordia, llenos de furia, implacables, buscando venganza por las innumerables derrotas que sufrieron a manos de los K'iche. Acajal y Xahil estaban como enloquecidos, arengando a sus tropas a vengar a sus muertos, a borrar de su memoria colectiva el nombre de los K'iche. La presencia de los enemigos se miraba aumentada, amenazadora, cubriendo gran parte del campo de batalla, con los españoles moviéndose entre ellos, dándoles ordenes, como si sus aliados ya fueran sus esclavos, como si ya fueran dueños de la tierra de sus ancestros.

Los bravos K'iche podían, a lo lejos, escuchar voces desconocidas dando órdenes en un lenguaje grosero, que nunca habían escuchado, lanzando epítetos, urgiendo a sus escuadrones a avanzar, a atacar, presionando a los indígenas, llamándoles cobardes, riéndose ante su expresión estoica cuando no podían entender ni una palabra de lo que les decían, a pesar de los intérpretes que estaban muy ocupados tratando de hacer sentido de las instrucciones que recibían. Cuando los españoles se dieron cuenta de que las órdenes que daban no eran entendidas, se pusieron furiosos, casi al punto de atacar a sus propios aliados. Era un caos. Los pobres interpretes tratando de cumplir lo que se les ordenaba de la mejor manera posible. Sin embargo, después de cierto tiempo cada grupo principió a seguir el plan de batalla.

Capitulo 44

Con una determinación feroz, nacida de odio y desesperación, los defensores K'iche se entregaron a cumplir su deber sagrado, la defensa de su hogar, su nación. Se encontraron aislados, traicionados, superados en equipo y armas, en número de soldados, con una gran desventaja táctica. Pero eran orgullosos, valientes, los últimos descendientes directos de los mayas. Muchos guerreros creían que sus antepasados les miraban desde los cielos y les recompensarían por su valor. Decenas sabían que este podía ser el último día sobre la tierra que tanto amaban, pero todos estaban ansiosos de enfrentar al enemigo, probarse a sí mismos de que merecían la confianza que su Nima Rajpop Achij hubiera depositado en ellos.

Todos estaban orgullosos de su jefe, Ahau Galel, príncipe Tecún Umám, a quien miraban con esperanza como el salvador de su gente. Habían presenciado su valentía durante la batalla del día anterior, fueron testigos de su Nima propinando golpes, matando muchos enemigos en su camino. Era un gigante que les dirigía, un faro de luz, una guía que todos deseaban imitar y seguir.

A pesar de no ser un ejército profesional, cada recluta mantuvo su compostura, en silencio, con sus propios pensamientos. Muchos soldados miraban con deseo las azules montañas a lo lejos, invitantes, tan seguras y acogedoras. ¡Como seria de fácil escapar a ese santuario! Pero ninguno lo hizo, ni siquiera lo intentó. Amaban su tierra; tenían orgullo.

Tecún Umán caminaba entre sus tropas, dándole confianza a los que vacilaban, aconsejándoles calma, levantándoles el espíritu, alentando con palabras suaves a aquellos que tenían miedo, algunas veces tocándoles el hombro suavemente.

La atmosfera era sombría, el silencio era abrumador.

La primera línea de defensa había caído el día anterior y en silencio, ordenadamente se replegaron a la segunda línea de defensa del otro lado del rio.

El valle donde los ejércitos se enfrentaron el día anterior era llamado "Xelahub"- lugar de muchos quetzales. En las alturas, sobrevolando, muchas de estas bellas aves podían ser avistadas, manteniendo estación, observando el holocausto que se desarrollaba abajo, en la tierra. Las aves sagradas desplegaban sus colas largas y curvas, sus alas flotando en la suave brisa. Algunos hombres con mirada aguda podían distinguir el pecho escarlata profundo de los pájaros. Muchos se preguntaron si esto podía ser una señal de su salvación, puesto que el "Nahual" del príncipe Tecún era el quetzal.

Kakupatak, el jefe de la guerra también caminaba entre las tropas de su sector, asegurándose que sus hombres estaban listos para el ataque, preguntándoles se tenían suficientes bodoques y flechas. La respuesta que recibió fue que tenían de sobra, puesto que la noche anterior habían recobrado gran cantidad de equipo. Su problema principal, el que anteriormente discutió con Tecún, era la falta de líderes con experiencia que pudieran guiar a sus tropas en el próximo asalto. Había delegado a muchos soldados con esta misión pero todavía no estaba completamente satisfecho. Kakupatak sabía que cuando la embestida final llegara, esta experiencia seria crucial y que podría tornar la batalla en su favor. Era un hombre práctico y aceptó que debería trabajar con lo que tenía a mano. Trató de recordar las enseñanzas de su mentor, ese gran rey Don K'iqab, el comandante que tanto había admirado y a quien trató de emular la mayor parte de su vida. ¡Por Tepeu, el dios creador, como echaba de menos a ese maestro! Ahora ansiaba sus consejos.

Estaba mortificado de que su primera línea de defensa hubiera caído, pero se consolaba al pensar que había discutido esta posibilidad con Tecún en varias ocasiones, de tal manera que no era sorpresa. Siguió su inspección, deteniéndose aquí y allá. A sus espaldas podía ver su querida K'umarkaj, la ciudad que le vió nacer, la cuna de sus antepasados. Podía apreciar desde esta distancia la belleza y simetría de los templos, pero al mismo tiempo pudo ver, como lo había hecho anteriormente, que la capital era completamente abierta, una pesadilla para defenderla si tenían que replegarse allí. ¿Miraría de nuevo su lugar de nacimiento? ¿Podría salvar a su nación? ¿Qué pasaría si su señor Tecúm moría en combate; aun peor, tomado prisionero? Con amargura recordó a los valientes guerreros que dieron su vida tratando de proteger su suelo, regando con su sangre las montañas y las planicies que tanto amaron.

Capitulo 45

A través del rio, en el campo enemigo, Pedro de Alvarado Y Contreras galopaba entre sus tropas, montado en su magnífica yegua, "Corazón", que se desplazaba con gracia majestuosa a un paso lento. Trotando a su lado, como una sombra siniestra, estaba "Valor", su fiel mastín, silencioso, listo a entrar en acción a la menor señal de su amo. El perro era un animal imponente, grande, con piel negra y lustrosa, ahora manchada con la sangre derramada el día anterior. Sus ojos estaban alerta, vigilantes, examinando el campo, grabando en sus retinas la imagen de amigos, buscando enemigos, ansioso de destruirlos con sus mandíbulas enormes y sus patas gigantescas.

Pedro de Alvarado inspeccionaba sus tropas. A veces bromeando con los soldados, otras veces llamándoles la atención a los haraganes. Estaba lleno de designios; era un hombre de figura imponente, con una mente brillante, lleno de cordialidad y confiaba en sus valientes soldados con quienes había estado junto por muchos años. Les había prometido a sus tropas muchas riquezas, tesoros, honor y fama; en el peor de los casos, una muerte gloriosa.

Alvarado ya había sostenido una conversación mental con el espíritu del apóstol Santiago, su auto nombrado ángel guardián. En su mente, el ser alado le había asegurado una gran victoria.

El capitán Pedro de Alvarado hizo su propósito borrar a este enemigo de la faz de la tierra, de castigarlos por la afrenta anterior de haberse rehusado a doblegarse a su injusta oferta de alianza. Había hecho esta promesa su deber sagrado. ¡Vencería!

Su mente trabajaba febrilmente, mentalmente moviendo sus fuerzas en diferentes direcciones, como un ajedrez gigantesco, adoptando nuevas maniobras cuando su sentido común le decía que ese desplazamiento no trabajaría. Alvarado estaba temeroso de que los dos Nimas, Acajal y Xahil no cumplieran sus órdenes. Fue en busca de su primo Rodrigo Sosa; cuando le encontró, le dijo, "Rodrigo, hoy es el día que hemos estado esperando; hoy todos nuestros sueños se convertirán en realidad". Siguió, "aseguraos que vuestro perro, "Amigo" esté alerta y listo para entrar en acción, porque en algún momento de la batalla liberaré a los mastines; se que los indios les tienen mucho miedo. También, cuando el tiempo llegue, ordenaré a la caballería a atacar. Aseguraos de estar junto a de Olid. El tiene mucha experiencia y puede protegerte en caso de que necesitéis ayuda". Alvarado estaba preocupado por su primo, el amigo que había estado junto a él por muchos años, desde su infancia. Le preguntó a Sosa donde estaban sus hermanos, de alguna manera tratando de cerciorarse de que estarían protegidos durante el asalto final. No quería perderlos y después tener que explicarle a su madre porqué había fallado en salvarlos. Después de un poco mas de conversación, los dos amigos se separaron.

Un silencio sepulcral envolvía al campo de batalla.

La suave brisa que anteriormente agitaba la grama había cesado haciendo que la pestilencia del ambiente se pusiera más pesada, inerte como una sombra invisible que estaba allí, pero que nadie podía palpar.

Capitulo 46

Juan Díaz y Juan Godínez, los dos sacerdotes de la expedición española conducían sus rondas espirituales. El padre Díaz recordaba su tierra natal, las Islas Canarias, el pueblo que dejó para trasladarse al puerto de Cádiz en busca de más almas que salvar, tratando de enmendar los pecados de su juventud. Sus padres eran católicos devotos y querían que él fuera un cura, una de las formas en esos tiempos en que una persona pobre o el segundo hijo, podía acumular riquezas y prestigio, con más posibilidades de mejor aceptación en una sociedad sumamente hermética. Cuando llegó a Cádiz, pobre, hambriento y desorientado, por pura suerte, encontró al arzobispo, quien lo tomó bajo su dirección. Bajo la tutela del arzobispo, Juan aprendió a leer y escribir latín, con la adición de un poco de griego. Deseaba tanto leer los textos bíblicos recopilados por los primeros seguidores de Jesucristo. Cuando el prelado le ofreció la oportunidad de viajar al nuevo mundo como su enviado especial, aceptó el desafío de salvar las almas de los salvajes que no conocían la misericordia de Jesús. Ahora se encontraba sumido en esta tierra lejana, rodeado de indios furiosos y españoles lunáticos. Invocó la protección del señor, pidió guía para entender esta locura. Los dos curas caminaban entre los soldados, preguntándose porque los hombres intentaban con tanta intensidad matarse unos a otros. Sus almas bondadosas y gentiles no podían entender esta abominación.

Los clérigos escucharon las confesiones de varios soldados, les concedieron el perdón por los crímenes que pronto cometerían de nuevo; algunos combatientes recibieron comunión y ahora estaban santificados para matar a los idolatras en el nombre de la religión.

Muchos soldados estaban conscientes de la furia de los guerreros K'iche; el día anterior habían presenciado su determinación, impresionados con su valentía y maestría. A regañadientes les concedieron un poco de respeto por la forma tenaz que defendían su suelo. Unos pocos soldados españoles fueron lo suficientemente osados para pedirle a su comandante que le perdonara la vida a estos combatientes tan intrépidos. Algunos soldados ya habían visto en acción al jefe de estos indígenas K'iche, quien más tarde supieron que su nombre era Tekún Umán, el Nima Rajpop Achij-gran capitán, general; presenciaron la forma resoluta con que peleaba este gigante bronceado, lleno de pasión, poder y propósito. Muchos soldados ya tenían miedo de enfrentar a estos guerreros. Aun en las batallas contra los moros, en España, nunca habían encontrado soldados más valientes y dedicados. Los invasores presenciaron el devastador efecto de esas esferitas infernales de barro —arcilla, responsable por la muerte de muchos de sus compañeros. Nunca habían encontrado esas armas y el sonido aterrador que las hondas hacían antes de lanzar el proyectil, como miles de chapulines que se aproximaban, aniquilando todo en su camino, los ponía con los pelos de punta.

Algunos extranjeros muy observadores se dieron cuenta que los soldados K'iche masticaban de manera constante una substancia suave, ligeramente blanca. Tiempo después, interrogando a sus aliados K'akchiqueles fueron informados que este material era llamado "copal", extraído de un árbol especial llamado ramón y otro árbol, sapodilla. Al masticarlo, esta substancia se ponía suave, moldeable, producía mas saliva y quitaba la sed. Mucho tiempo después, los soldados españoles se volvieron adictos a este copal y principiaron a exportarlo a España. Los mercenarios también notaron que los guerreros K'iche estaban vestidos de forma muy liviana, con una túnica corta, como faldilla que solo cubría sus genitales. Pocos de ellos vestían un chaleco blanco de algodón que protegía su pecho. Sus pies estaban protegidos por sandalias de piel de animales, con una suela muy gruesa, que los nativos llamaban "caites". Cada soldado K'iche portaba un escudo redondo hecho de piel de animales, estirada sobre un marco de madera y también llevaban una lanza corta, hondas con muchos bodoques de barro. Habían visto a estos guerreros desplazarse de lugar a lugar con mucha velocidad y gracia, como creaturas etéreas. Pocos de ellos llevaban plumas finas alrededor de sus tobillos y muñecas. ¿Sería un símbolo de abolengo? ¿O tal vez eran oficiales? ¿Posiblemente les daba una protección divina? Muchos soldados españoles estaban familiarizados con las largas túnicas y turbantes de los árabes y de su larga y curva cimitarra, pero esto era algo nuevo. Nunca habían visto guerreros semi desnudos. ¡Que tierra tan extraña era esta!

Capitulo 47

La tensión en los dos campos era palpable como azúcar de caña liquida, espesa; los ejércitos estaban listos a enfrentarse. Los españoles a punto de desencadenar su furia reprimida contra estos bárbaros. Deseaban matar a tantos enemigos como fuera posible, esperando abrirse camino a las cantidades masivas de oro y joyas que obtendrían al vencerlos. Los soldados miraban con mucha avaricia los palacios en la distancia.

Los extranjeros se acercaban más y más a los emplazamientos de los K'iche. El infierno de la batalla estaba a punto de estallar con el estruendo de los cañones y los arcabuces.

El tono monótono de los "tuns"-tambores, de los K'iche, unido al de los K'akchiqueles y Tz'utujiles era ensordecedor, el sonido alertando a los guerreros en ambos lados a prepararse para el asalto inminente de los españoles y sus lacayos. El sonido plañidero de las "chirimillas"- flautas de bamboo, prestaba una cacofonía angustiosa a la escena. La batalla estaba a punto de principiar. La historia estaba al borde de ser escrita con la sangre de miles de inocentes. Una masacre de proporciones apocalípticas estaba a punto de consumarse.

Alvarado comenzó su ataque desplazando las tropas K'akchiqueles hacia la derecha, supervisadas por oficiales españoles, al mando de Cristobal de Olid con Rodrigo Sosa cabalgando a su lado. En el flanco izquierdo, los Tz'utujiles eran mandados por Pedro Portocarrero y Gómez de Alvarado, uno de los hermanos de Alvarado. Los españoles estaban en sus posiciones para asegurarse que sus aliados indígenas siguieran las órdenes de pelear al estilo europeo y no volver a sus viejas costumbres de atacar en masa, en una forma desordenada.

Pedro de Alvarado, como había sido acordado anteriormente dirigía el centro de la acción con un grupo de soldados selectos, incluyendo el sargento Juan Argueta, aquel soldado de fortuna que Alvarado recogiera en Cádiz. Alvarado seria el eje de la batalla.

Las tres columnas se desplazarían como una pared solida, con precisión, tratando de llegar intacta a las posiciones K'iche. Los cañones fueron colocados en posiciones estratégicas, cerca de las columnas que avanzaban, donde pudieran ser más eficaces e infringir el mayor daño a los defensores.

El único problema, posiblemente el más crucial para las tropas de Alvarado, era el rio, muy profundo en el sector que intentaban cruzar, porque tenían que acercarse mucho a las posiciones de los defensores para que sus armas fueran efectivas.

La caballería fue mantenida ligeramente en la retaguardia, esperando el momento más oportuno para atacar. Los caballos pisoteaban la grama y la tierra suave, ya lodosa en algunos tramos, pegajosa, casi succionando los cascos de los animales.

Una vez que los cañones estuvieron al alcance de las posiciones enemigas, las cuatro piezas abrieron fuego simultáneamente, lanzando grandes bolas hacia las rampas, tratando de abrir boquetes que los soldados de infantería pudieran usar para penetrar las líneas de los K'iche. El estruendo fue escuchado como miles de rayos que descendían del cielo, el humo oscureciendo el valle desolado.

El rugido de las piezas de artillería tomó a los K'iche por sorpresa ya que ahora sabían del poder destructivo de los cañones. Decenas de guerreros fueron heridos, lisiados o muertos durante esta etapa temprana del combate. La destrucción fue horrenda, increíble, abrumadora.

El ambiente pronto se cubrió con el humo espeso de la artillería, saturado con el olor acido de pólvora quemada. El bombardeo fué continuo, descarga tras descarga, los artilleros compitiendo entre ellos para ver quien cargaba los cañones con más rapidez; pronto, agujeros aparecieron en los muros de los defensores. Alentados por esta apertura, muchos combatientes K'akchiqueles y Tz'utujiles avanzaron abiertamente pero pronto se encontraron bajo una lluvia de flechas y bodoques. Cientos murieron, llenando el campo de batalla de más cadáveres, como una alfombra macabra de muertos.

Después de la descarga inicial, los cañones fueron cargados con municiones de perdigones-balines, para causar el mayor número de heridos o muertos entre el enemigo. La artillería estaba teniendo un efecto devastador sobre los defensores K'iche del otro lado del rio, sus cuerpos despedazados por los mortíferos proyectiles. La carnicería aumentaba de manera alarmante y muchos sectores de las rampas mostraban espacios vacios en las filas de los defensores que yacían inmóviles, muertos o heridos.

Los mastines todavía estaban atados, sus fauces babeando ante el olor a sangre, ansiosamente jalando las cuerdas que les sujetaban, urgiendo a sus guardianes a que les liberaran. Sus patas poderosas apisonaban la tierra de forma impaciente, listos a atacar al enemigo.

La próxima oleada en el ataque incluyó a los ballesteros que lanzaron cientos de flechas metálicas, cortas y pesadas al cielo, apuntado a las líneas del enemigo, sembrando destrucción y muerte cuando descendían encontrando el blanco. La sangre derramada era copiosa, saliendo como géiseres de los soldados heridos aumentando más y más a medida que otros resultaban heridos. Parte de la sangre derramada, después de mojar el suelo ya saturado, empezaba a correr hacia el rio, convirtiendo el barro-arcilla, en un material resbaladizo, espeso, de color ocre.

Las bajas en el campo de Alvarado también aumentaban a un paso acelerado. Alvarado, a propósito había mandado a sus aliados indios en la primera oleada del asalto para que sufrieran el primer impacto de la defensa K'iche. El número de muertos incrementaba inexorablemente, como un rio sin obstáculos en su camino.

Cuando los jefes de escuadrones de los K'akchiqueles y Tz'utujiles se dieron cuenta de que sus soldados morían de una forma alarmante, empezaron a quejarse abiertamente con sus caciques, alegando que el número de muertos entre los españoles era minúsculo. Los españoles, de manera sabia, se habían mantenido alejados del peligro. Los pocos españoles atrevidos que se sumaron al ataque indio, se encontraron sangrando profusamente, heridos o lisiados. Las heridas causadas por las flechas K'iche eran profundas e irregulares debido a la superficie áspera y pesada de la obsidiana. Cuando muchos soldados españoles se dieron cuenta de esto, de manera discreta se alejaron del peligro lanzando palabras groseras. ¡No se habían enlistado para ser atrapados en esta masacre!

El sol seguía ascendiendo, aumentando el calor del campo de batalla, acelerando la descomposición de los cadáveres. El pasto se ponía mas resbaloso, los soldados teniendo más dificultad en mantenerse de pie y lanzar sus proyectiles con precisión.

Cientos de atacantes murieron en el vano intento de sobrepasar los muros, los cuales, con los golpes de las balas, se volvieron inestables y porosos, el polvo y la tierra aumentando la confusión del teatro de guerra. Con tanta sangre se había convertido como en gelatina, extremadamente resbaladizo.

Por muchas horas los atacantes fueron incapaces de ganar mucho terreno, resbalándose constantemente en el lodo. El ataque continuó sin tregua, lentamente decimando a los bravos K'iche que de manera tenaz se apegaban a los últimos pedazos de su suelo, tratando desesperadamente de mantenerse con vida. Sabían que los K'akchiqueles y Tz'utujiles no tendrían misericordia de ellos si eran vencidos. Nadie quería convertirse en esclavo de los invasores, preferirían la muerte. Tomaron ejemplo de sus líderes Tecúm y Kakupatak que peleaban valientemente, moviéndose con rapidez a cubrir aquellos sectores que amenazaban con derrumbarse.

Capitulo 48

Los defensores K'iche se envolvieron a sí mismos de coraje y determinación, causando un golpe duro a los invasores durante la carga inicial, que poco a poco perdía ímpetus, demorada por el terreno vidrioso.

Nima Rajpop Achij, Tecún Umám, el general K'iche había escogido sus defensas con mucho cuidado y precisión. Hasta el momento su plan marchaba sobre ruedas y manteniéndose de manera segura contra las arremetidas del enemigo. Sus soldados cosechaban enormes dividendos en bajas infringidas, mayormente a sus enemigos mortales, los K'akchiqueles y Tz'utujiles. El enemigo odioso estaba, por el momento, demorado por las perdidas substanciales que sufría conforme el tiempo avanzaba.

Alvarado estaba furioso, casi como un energúmeno por este tropiezo tan temprano. No podía creer la valentía y resistencia del enemigo. No podía explicarse a sí mismo y a sus hombres como un grupo de salvajes detenían los embates de sus tropas, mejor equipadas y con mejor entrenamiento. ¡Era impensable! ¿Cómo era posible? se preguntó. Estaba lívido de cólera, su lado oscuro amenazando con descarrilar sus planes. De manera ausente acariciaba la crin de su yegua, tratando de calmarse, hablándose a sí mismo en susurros. La noble bestia soportaba su peso con paciencia, en silencio. Su mastín, "Valor" también esperaba quietamente por sus órdenes, estático, como un ente de acción reprimida, listo a saltar a la menor señal de su amo.

"Cristobal, Pedro, venid rápido", Alvarado llamó a sus capitanes de confianza, Cristobal de Olid y Pedro Portocarrero a una sesión improvisada. "Necesito inmediatamente una distracción", Alvarado dijo, "tu Cristobal ve a la derecha y tu, Pedro, ve a la izquierda", Alvarado siguió, "tomad los perros y soltadles cuando os acerquéis a las líneas enemigas. Ahora que secciones de los muros han sido destruidos será más fácil para los mastines atacar a los Quichés. Usad algunos de los soldados en la carga; no quiero ninguna excusa de los hombres para negarse a unirse al ataque. Nuestros aliados ya se quejan de que estamos evitando pelear, dejando que ellos lleven la peor parte del combate". Alvarado prosiguió, "Acajal y Xahil amenazan con abandonar la lucha; si se marchan, seguramente perderemos la batalla", explicó.

"Argueta, cabalgareis conmigo en el centro, cuidando mi lado izquierdo", Alvarado en seguida le ordenó al sargento Juan Argueta. Pedro de Alvarado prosiguió con su arenga, "el sol ya esta muy alto en el cielo, casi cerca del mediodía; el tiempo se nos escapa de las manos rápidamente. No hay más tiempo que perder; marchaos, apuraos". Con estas instrucciones finales, Pedro de Alvarado se encaminó a la batalla, con su perro fiel trotando a su lado, Argueta cuidando su lado izquierdo. El mastín iba como era usual, en silencio, listo para atacar en un instante, sus patas poderosas acercándolo rápidamente al campo enemigo. Mientras más avanzaban, sus patas y los cascos de "Corazón" se llenaban de sangre pegajosa, el clip-clop sonando como un pregón de muerte. El amo y su yegua eran como una unidad, moviéndose con gracia, como un ballet mortal danzando a la música de destrucción y desolación.

Alvarado no prestaba atención a los cientos de "bodoques" y flechas que volaban a su alrededor, sintiéndose protegido de todo peligro por el manto de su patrón, el apóstol Santiago. Pedro se sentía obligado a cumplir su destino auto impuesto, intenso en su propia cruzada, marchando contra las órdenes especificas que su comandante Hernán Cortés le diera en la carta oficial cuando autorizó la expedición que

Alvarado había propuesto. Alvarado seguía razonando que una vez la conquista fuera completada, Cortés no tendría más alternativa que aceptarla como un hecho consumado y ver la realidad. ¡Al diablo con las consecuencias! ¿Después de todo, no era él, el gobernador de Oaxaca?

Continuó su marcha ininterrumpida, su pabellón llevado por Argueta, flotando en la suave brisa, pregonando su egoísmo. Su sola presencia trajo júbilo a sus tropas quienes adoraban a su capitán. Era el profeta que les llevaría a la tierra prometida llena de oro y joyas; a nuevas alturas de gloria y honor.

De manera silenciosa, conforme avanzaba, sus soldados se inclinaban, saludándole. Lucía magnífico, imponente, en su gran yegua andaluza, con el enorme mastín negro complementando el cuadro apocalíptico, precursores de dolor, sufrimiento y muerte.

Los guerreros K'iche, del otro lado del rio observaban en silencio y con trepidación su avance, como una aparición de "Xibalbá", el diablo.

Capitulo 49

Oleada tras oleada de K'akchiqueles y Tz'utujiles gritando furiosamente, con unos pocos supervisores españoles empujándolos, fueron rechazados por los defensores K'iche que peleaban con determinación sobrehumana, más allá del dolor y el cansancio. Las fatalidades aumentaban, la grama y la tierra mojándose más y más con la sangre derramada por los soldados heridos en ambos bandos. La cantidad era tan copiosa que el rio se volvía más rojo, casi purpura.

El asalto continuó sin tregua, con los dos contingentes empujando, jalando, tratando de ganar unos pocos metros, para luego perderlas en pocos minutos.

Los gritos y lamentos de los combatientes rompían el silencio del valle. Muchos trechos del campo estaban quemados por la pólvora, muerta por generaciones. El sonido enfermizo de las espadas al castigar los torsos desnudos era aumentado por el sonido sordo de los mazos de obsidiana partiendo cabezas.

Los mastines habían sido soltados, convirtiendo la escena en un infierno, mordiendo, desgarrando grandes pedazos de carne, algunas veces miembros completos, las victimas en su agonía lanzando gritos desgarradores.

El dolor y la destrucción eran increíbles, espelúznate. Los inmolados estaban aterrorizados por las bestias monstruosas, pero a pesar de su miedo, continuaron reteniendo sus posiciones, algunas veces luchando con los perros con sus manos desnudas, sabiendo bien que cualquier vacilación de su parte podría significar el fin de su reino.

Cientos sabían que estaban a punto de morir, que estos podrían ser sus últimos momentos sobre la tierra, pero persistieron en sus esfuerzos confiando en la vida eterna que los sacerdotes les habían prometido.

Los guerreros K'iche no podían vacilar en este momento. A pesar de fuerzas abrumadoras continuaron manteniendo sus líneas de defensa, deteniendo las huestes del enemigo, negándoles una victoria fácil. Abandonar un sector era ordenado unicamente cuando la resistencia era imposible, solamente entonces se movían a otra sección. El reino estaba en grave peligro de extinción.

Los mazos incrustados de obsidiana convertían en pulpa las cabezas que golpeaban, terminando la vida del soldado con un eco macabro, como quebrando cascarones de huevos. Los bodoques también estaban enviando muchos combatientes a la otra vida, penetrando fácilmente las partes suaves del cráneo.

El sol estaba en su zénit, el panorama se había tornado grotesco, como una pintura surrealista, llena de desolación, lamentos y el ruido constante de los cascos de los caballos.

Tecún Umám estaba en todos lados, alentando a sus guerreros, hiriendo o matando a sus enemigos con golpes poderosos de su mazo o apuñalándolos con su cuchillo de obsidiana. Su cuerpo estaba cubierto de sangre y sudor, su chaleco ya no era blanco; ahora estaba manchado con mucha suciedad. Era imparable, aprovechando su ventaja, sintiendo que sus esfuerzos y los de su gente casi ganaban el combate, sembrando terror y desaliento en el corazón de sus enemigos.

Tecún Umám iba rodeado de su escolta personal, al mando del capitán Chilam Kinich, quien peleaba con gran valor, protegiendo a su señor, asegurándose de que no era herido por uno de esos españoles con sus espadas largas o atacado por uno de esos feroces mastines. Sus ojos escudriñaban constantemente el campo de batalla, alerta, bien posicionado, matando a cualquier enemigo que amenazara el flanco de Tecúm.

En otro sector del teatro de guerra, Kakupatak, el ministro de la guerra también dispensaba muerte a sus enemigos, alentando a sus tropas jóvenes, hiriendo a muchos K'akchiqueles que se cruzaban en su camino. Estaba satisfecho de que sus tropas, a pesar de su juventud no habían abandonado la disciplina. Que mantenían su perímetro asignado.

Alvarado estaba enloquecido, fuera de sí, jurando constantemente, maltratando a sus aliados indígenas, empujándoles a atacar, ordenado a sus soldados a cerrar filas para evitar una derrota. El estado de sus tropas se estaba volviendo desesperado. Su mente ágil cambiaba de estrategia, tratando de poner orden en el caos que su ataque bien planeado había tomado. Como un maestro de ajedrez movía sus tropas de un lado a otro para bloquear el avance de sus oponentes, reforzando áreas que amenazaban con derrumbarse. El campo de batalla estaba cubierto de miles de cadáveres que algunas veces forzaban a los agresores a saltar sobre ellos para evitar ser atrapados en la tierra de nadie, mojados por los líquidos que drenaban de los recién fallecidos. Los ojos de los muertos eran testigos de la carnicería inmensa que poco a poco se acrecentaba.

¡Tantos muertos! Jóvenes, valientes, leales, sin experiencia.

Los "zopilotes", buitres, observaban, volando en las alturas, esperando de manera paciente el mejor tiempo para descender al festín macabro en la tierra.

El sonido de los "tuns" había llegado a un frenesí, urgiendo a las tropas a mantener sus posiciones, a seguir la lucha, su eco aumentado por las voces ásperas de los defensores, urgiendo a sus tropas a resistir el ataque.

El ambiente estaba vacío, como succionado por el humo de los cañones y los arcabuces.

El llano del valle estaba inundado por la sangre de los inocentes, como corderos que eran degollados por las hordas que les atacaban. Era como una pintura surrealista de Goya, oscuro, aterrador, sombrío, la luz del sol oscurecida por el humo de la pólvora. Un lienzo carmesí donde los mastines corrían desenfrenadamente, mordiendo, arrancando a jirones la carne de los casi indefensos guerreros K'iche, sembrando dolor y muerte.

Capitulo 50

"Los españoles están flaqueando", Tecúm Umám, el gran capitán general de los K'iche gritó sobre el ruido de la batalla a su ministro de la guerra, Kakupatak. Prosiguió, "mantengamos la presión de nuestro ataque. Dirigiré la carga desde el centro y vos, "tata", padre, guiarás el lado derecho. Nos moveremos como una tenaza, apretándolos hasta que estén completamente rodeados, y entonces, aplastaremos a los opresores blancos y sus perros lacayos, los K'akchiqueles y Tz'utujiles". Kakupatak respondió de forma afirmativa y empezó a movilizar sus tropas para ejecutar su parte del plan.

Al observar este desplazamiento, Alvarado, con más experiencia y más intuición, adivinó la trampa. Inmediatamente ordenó a Portocarrero y de Olid a pretender que se replegaban. El propósito de Alvarado era de atraer a las tropas de Tecúm y alejarlas de las bien defendidas fortificaciones y entonces, aniquilarlos. Gritaba a pleno pulmón que clamaría venganza por la humillación del día anterior donde casi había sido derrotado. Esta era su oportunidad de obtener una victoria rescatada de una derrota casi segura.

La falsa retirada se llevó a cabo de una manera ordenada, paso a paso, las fuerzas de los extranjeros manteniéndose juntas, cada soldado cuidando el sector que se le había asignado. Se replegaron de manera lenta, vara tras vara, como invitando a los guerreros K'iche a perseguirlos abandonando sus posiciones seguras. Los soldados K'iche cayeron en la emboscada, más que felices de perseguir al enemigo quien pareciera estar en retirada. Podían vislumbrar que la victoria estaba casi al alcance de sus manos.

Los jinetes de la caballería guiaban a sus monturas de manera metódica, con gran destreza, rodeando lentamente a las tropas K'iche que no sospechaban la trampa, ahogándolos, quitándoles, poco a poco, espacio vital para movilizarse y usar sus hondas mortíferas. El desplazamiento de los defensores fue entorpecido aun mas por los cadáveres, los despojos, el equipo abandonado, forzando a los K'iche a tropezarse unos contra otros, siendo incapaces de usar sus mazos de obsidiana. Intoxicados por la posibilidad de una victoria fácil, los líderes de los escuadrones K'iche urgieron a sus tropas a perseguir al enemigo. Muy pronto se dieron cuenta de que no eran capaces de igualar a las tropas españolas con más experiencia. Los guerreros K'iche habían sido engañados por un viejo truco.

Los españoles siguieron instigando al enemigo a seguirles.

Pronto, muy pronto, docenas de campesinos-soldados, abandonando la disciplina que hasta el momento habían mantenido, contrario a las órdenes de sus oficiales, empezaron a perseguir enemigos supuestamente fáciles de aniquilar, rompiendo sus filas, pensando que estaban huyendo. En su entusiasmo de clamar victoria los guerreros volvieron a su forma desorganizada de pelear, cuerpo a cuerpo.

Toda apariencia de orden fue perdida.

Los soldados españoles, con mas entrenamiento, vieron su oportunidad y comenzaron el contra ataque, ordenadamente, disciplinados, metódicos. Sus cañones y arcabuces matando gente a diestra y siniestra, como guadañas cortando trigo, los caballos aplastando con sus cascos a docenas de aterrados guerreros.

Los mastines se unieron al desconcierto, despedazando a los soldados desprotegidos, quebrando a muchos con sus fauces poderosas y aplastándoles con sus patas tan enormes.

Los sabuesos estaban enloquecidos por el olor de sangre que brotaba de los heridos, devorándolos casi vivos, desgarrándolos, debilitando a cientos de soldados.

En su desesperación, los guerreros K'iche que llevaban "pitos", empezaron a sonarlos, agregando más ruido al ambiente, volviendo a los mastines mas furiosos y salvajes, ahora atacando a los soldados indefensos con más determinación, gruñendo, tratando de sacudirse el sonido de los "pitos" que les lastimaba los oídos.

Muy pronto los atacantes K'iche corrían por sus vidas, en su prisa abandonando su equipo, buscando protección contra los caballos y los mastines. El rio se convirtió en su objetivo, muchos olvidándose de que no sabían nadar, o que el sector en el cual trataban de cruzar era sumamente profundo y ancho, con arenas traicioneras en algunos trechos. Muchos cientos perecieron ahogados y pocos alcanzaron sus líneas a través de las aguas que ya estaban rojas, saturadas con la copiosa cantidad de sangre que fluía de los heridos y los muertos hacia la corriente estancada.

Lo que al principio pareció una victoria fácil para los K'iche, ahora era una carnicería. En su deseo de venganza habían desperdiciado una victoria casi segura.

La sangre corriendo libremente hacia el rio era tan abundante que las aguas acumuladas se tornaron rojizas, casi negras. Muchos años después, los indígenas lo bautizarían "Xequijel"-el rio de sangre.

La batalla continuó por muchas horas más, el exterminio siguió aumentando, los guerreros K'akchiquel y Tz'utujil cobrando una venganza cruel contra sus enemigos, sus hermanos de antaño.

Todo estaba perdido pero muchos héroes K'iche continuaron peleando, haciendo pagar al enemigo un precio alto por cada vara de terreno que perdían.

Los españoles urgían a sus aliados con gritos, malas palabras, algunas veces empujándolos físicamente, ordenándoles masacrar a sus parientes. Querían asegurarse de que ningún soldado K'iche sobreviviera; los soldados españoles estaban ansiosos de llegar a los palacios y empezar el pillaje. Estaban sedientos de oro y riquezas, las cuales finalmente estaban casi a su alcance.

Capitulo 51

Pedro de Alvarado vió su oportunidad de redimirse, de obtener la victoria y mantuvo la presión, avanzando sin cesar, como un ángel vengador, poseído, hiriendo o matando decenas de guerreros con su espada enorme, ahora ya cubierta de sangre, su coraza manchada con despojos humanos, su casco ladeado, su cabellera dorada mojada de sudor, su piel enrojecida por el esfuerzo y el calor del sol.

Sin saberlo, Tecún Umám se desplazaba en la misma dirección que Alvarado, aproximándose, muy cerca hasta que pudo ver al hombre rubio montado en su yegua, dispensando muerte, dolor y sufrimiento como un demonio vengador.

Alvarado, sin sospechar la proximidad de su enemigo continuaba con su ataque, espoleando a su cabalgadura, pisoteando a muchos en su camino.

Cuando Tecún se dió cuenta de que su némesis estaba a su alcance, se acercó aun más, al punto de poder mirar la cara de su enemigo. Tecún casi podía sentir la presencia malévola que casi hizo hervir su sangre, su furia aumentada por la oportunidad de poder vengar la muerte de cientos de sus soldados. Tecún avanzó con gran sigilo, como si estuviera cazando venados, ansioso de matar, de acabar al odioso adversario, el invasor de su tierra. Tecún todavía tenía su lanza larga y de manera silenciosa, sosteniendo el mango, la dirigió hacia arriba, la punta del arma penetrando el pecho de la noble bestia con un sonido crepitante, como una ventosa. Cuando la yegua sintió el dolor, sus patas delanteras se doblaron, desmontando al jinete quien cayó al suelo sin balance, tratando desesperadamente de ponerse de pie, intentando recobrar su espada, temeroso del guerrero desconocido que amenazaba con matarlo.

Tecún Umán estaba con su mazo de obsidiana en alto, listo a propinar el golpe de gracia a su enemigo, el odiado español llamado Tonatiuh por los Tlaxcaltecas. Inesperadamente, el Nima Rajpop Achij, Tecún Umám sintió su costado atravesado por una lanza empuñada por Juan Argueta, el oscuro sargento que fielmente había continuado siguiendo a su amo, el capitán Pedro de Alvarado. La herida en el pecho de Tecún Umán era profunda, casi una desgarradura que principió a sangrar copiosamente, como las aguas del rio, la vida de Tecún escapándose entre sus dedos, su boca llena de una espuma rojiza, su respiración entrecortada. Tecún estaba en shock, perdiendo la consciencia rápidamente. En sus últimos momentos de lucidez vió el rostro de Ixchel quien le llamaba con voz dulce y suave. Se sintió triste de no haberle salvado a ella y a su nación. Su vida se esfumaba lentamente, minuto a minuto hasta que finalmente su cuerpo cayó al suelo, inerte, sin vida.

Su "nahual", el resplandeciente quetzal que había estado volando en el cielo, al darse cuenta de que su amo estaba agonizando, descendió, posándose en su pecho, aun tratando de protegerlo con su cuerpo. En contacto con el pecho ensangrentado de Tecún, las plumas del ave sagrada se empaparon con la sangre de su siervo, el quetzal también muriendo lentamente al lado de su señor, el Nima Rajpop Achij, Tecún Umám, el cual al fallecer lo cubrió como un crespón de plumas multicolores. Tecúm murió satisfecho de haberle dado una gran batalla al invasor Alvarado y a sus vasallos los K'akchiqueles y Tz'utujiles, el desenlace de la batalla cambiado completamente por la intervención milagrosa de Juan Argueta, el humilde soldado caza-fortunas.

Como una vela que el viento extingue, la vida del valiente guerrero se esfumó para siempre.

Con la muerte de Tekún Umán, la suerte del reino K'iche y sus súbditos quedó sellada. Su nación ya no existía. Seria enterrada por muchos siglos en las arenas de la historia.

Una nube de quetzales oscureció el cielo, obliterando la luz del sol sobre el héroe caído.

Nima Rajpop Achij, príncipe Tecún, nacido Ahau Galel, el último príncipe maya estaba muerto, defendiendo a su pueblo contra la insidia del invasor español.

De esa manera noble, Tecún Umán nació a la historia de su nación.

Su tumba es desconocida, su legado inmortal.

Epilogo

En los meses siguientes, con una saña nunca vista, nacida tal vez de resentimiento, los vestigios de la cultura maya fueron borrados de la faz de la tierra, perdida a la consciencia del mundo por cientos de años. Ya no habría más profecías por los sacerdotes. Los avances increíbles en matemáticas, astronomía y medicina también desaparecerían en la oscuridad de la inquisición, negada al universo por más de quinientos años.

Los templos majestuosos fueron arrasados, los indígenas usados como esclavos, las piedras serian empleadas para construir nuevos templos consagrados al nuevo Dios venerado por los españoles.

Los libros y documentos sagrados de los K'iche serian destruidos o quemados por sacerdotes fanáticos y por huestes ignorantes de soldados de fortuna.

La gente de Tecún seria sojuzgada por muchos siglos por el conquistador Pedro de Alvarado y Contreras y su ejército de soldados mercenarios.

Alvarado visitó sobre los últimos mayas un reino de terror con poco equivalente en la historia, motivado por avaricia, simplemente avaricia…

Nota Histórica

El estudio de la historia, aunque fascinante es, la mayor parte del tiempo una disciplina imprecisa sujeta a cambios y revisiones al pasar el tiempo. Hechos que fueron considerados cimentados como verdaderos han sido revisados y cambiados para reflejar una realidad mas adecuada a ese periodo.

La conquista de Guatemala es un capitulo breve en la historia del mundo, apenas un destello en la consciencia de muchas naciones.

Ahau Galel, el héroe nacional de Guatemala es mejor conocido como Tecún Umán. En la novela también es llamado Tekún Umám, Tecún Umán. Nació de la casa Tekún, la familia regente del reino K'iche a la llegada de los conquistadores españoles.

Tecún mas tarde se convirtió en Nima Rajpop Achij- gran capitán, general, nieto del gran rey K'iche Don K'iqab.

Tecún, de manera valiente se enfrentó a las fuerzas encabezadas por Pedro de Alvarado y Contreras, nativo de Badajoz, España, quien enlistó la ayuda de los K'akchiqueles y Tz'utujiles en su afán de conquistar el reino K'iche. Alvarado también trajo consigo, indígenas Tlaxcalteca y Choluteca, de la región de Oaxaca.

A la llegada de los conquistadores, la nación maya estaba fragmentada, con los K'iche siendo el grupo más numeroso y avanzado.

Al escribir esta novela traté de presentar el lado humano, por cierto poco conocido, de Tecún Umán, así como también, el de Pedro de Alvarado, sus hermanos, familiares, amigos y subalternos como los capitanes Pedro Portocarrero y Cristobal de Olid (Olid).

Parte crucial del libro es dona Luisa de Xicotencalt, nacida princesa, hija del cacique de los Tlaxcaltecas, Xicotenga. Luisa continuó al lado de Alvarado por muchos años y eventualmente, contrajo matrimonio con él, dándole tres hijos: Maria Leonor de Alvarado, Pedro de Alvarado, "Pedrito", tambien llamado el "mestizo" y Diego Gómez de Alvarado. Se trasladó a la primera capital del reino de Guatemala fundada por Alvarado. A su muerte, a una edad temprana, por causas desconocidas, fue sepultada en la catedral de la nueva ciudad. Pedrito, de acuerdo a los records históricos pereció ahogado cuando el barco en que viajaba se hundió en su travesía de cruzar el atlántico. Diego Gomez de Alvarado murio en Peru mientras acompanaba a otro conquistador.

Los sacerdotes, Juan Díaz y Juan Godinez, en realidad acompañaron a Alvarado y fueron instrumentos en su refinamiento de aprender a leer y escribir.

Hallazgos recientes han elucidado la forma en que Alvarado casi pierde la vida a manos de Tecún Umán, pero fue milagrosamente salvado por Argueta, un soldado caza fortunas que cambio el desenlace de la batalla final entre las fuerzas K'iche y las fuerzas invasoras de Alvarado. No pude encontrar si su primer nombre era realmente Juan, pero decidí usarlo porque Juan es un nombre sumamente común en España y América Latina.

La idea de que Tecún no conocía la diferencia entre caballo y jinete ha sido esclarecida. Los mayas ciertamente creían y creen en el "nahual", una especie de ángel de la guarda, como un espíritu, pero Tecún estaba sumamente consciente de que hombre y bestia eran completamente diferentes.

Los caciques Xahil y Acajal fueron reales y dirigieron las fuerzas de los K'akchiqueles (Cachiqueles) y Tz'utujiles, quienes de acuerdo a la historia eran enemigos acérrimos de los K'iche (Quiché), con los cuales peleaban constantemente.

Las "zanjas" o trincheras fueron excavadas por las fuerzas de los K'iche, como es descrito en el libro, con alguna licencia literaria para acomodar la historia. Los K'iche también usaron guerra de guerrillas contra los agresores. Estos y otros hechos fueron descritos en un estudio conducido por el ejército de Guatemala, publicado en 1963, titulado "La Muerte de Tecún Umán", impreso por la Editorial del Ejercito de Guatemala.

Los mastines fueron usados por los españoles y hay una pintura de Pedro de Alvarado con un mastín, en el palacio de los capitanes en Antigua Guatemala, Guatemala, Centro América.

Otro libro que fue de valor inmenso es "Historia de Guatemala", escrita por Francis Polo Sifontes, publicado por la editorial Evergraficas, S.A., España.

Utilicé algunas ideas con respecto a los gitanos y la huida a Cádiz de una excelente novela, titulada, "Los Perros Bravos", escrita por Kenny Fitzgerald.

Ixchel, su madre Ixmucané, los amigos de Tecún, Ixpiyacoc y Vukub son personajes mitológicos del Popol Vuh (Wuj). K'etzalin es fruto de mi imaginación.

Los padres y hermanos de Pedro de Alvarado, así como también, su primo Rodrigo Sosa, fueron personas reales y algunos viajaron con él al nuevo mundo.

Hernán Cortés fué el superior de Alvarado y pelearon juntos durante las batallas contra los aztecas. Cortés posteriormente fue nombrado gobernador de la Nueva España, actualmente Méjico, y más tarde fue nombrado Virrey.

Otras fuentes excelentes de consulta, fueron Anales de los Cachiqueles, El Titulo K'oyoi y El Titulo de Totonicapán, de autores anónimos.

La ciudad de K'umarkaj o Gumaarkaj fue más tarde conocida como Santa Cruz del Quiche y puede ser visitada en el departamento del Quiche, en el norte de Guatemala.

La capital de los K'akchiqueles era llamada Iximché y todavía es conocida como tal; esta situada cerca del pueblo de Tecpán, en las montañas de Guatemala.

La capital de los Tz'utujiles fue Chuitinamit, situada en las orillas del lago de Atitlán, ahora Santiago Atitlán.

Las batallas, disposición de tropas, movimientos, parte es real, parte es ficción para acomodar la fluidez de la novela.

La fecha de la muerte de Tecún Umán es todavia controversial; algunas autoridades creen que sucedio el veinte de Febrero, mientras que otros afirman que sucedio el 25 de Julio de 1524.

Guatemala deriva de la palabra Koaktemallan.

Espero haya disfrutado esta novela.

Por favor, únase a Pedro de Alvarado y otros personajes históricos en mi próxima novela tentativamente titulada, "El Eclipse de Iximché"; un breve resumen es presentado a continuación.

Capitulo 1

1527

El niño estaba bañado en sudor, su cuerpo era prisionero de una fiebre muy alta, a la cual los sacerdotes no habían podido encontrar respuesta. A los pocos días del comienzo de la fiebre, su cuerpo se cubrió de una erupción, con vesículas pequeñas, rojizas, con mucha picazón; el infante lucia completamente deshidratado y agonizaba lentamente a pesar de las oraciones de sus padres y de los sacerdotes.

El hecho ocurrió pocos meses después de la primera visita de los españoles a Iximché y a Chuitinamit quienes llegaron como emisarios de Pedro de Alvarado, entonces gobernador de Oaxaca, en el nuevo reino de la Nueva España, con el propósito de enlistar a los K'akchiqueles y a los Tz'utujiles como aliados a quienes posteriormente usarían como tropas para derrotar a los K'iche, sus hermanos de antaño. Era la primera epidemia de viruela conocida en el nuevo mundo y que diezmó a la población indígena casi por completo.

Otro regalo inesperado de los conquistadores.

CPSIA information can be obtained at www.ICGtesting.com
Printed in the USA
LVOW12s1931260913

354133LV00002B/4/P